CB034983

O SEGREDO DO KELPIE

Aya Imaeda

1ª edição

Editora Draco

São Paulo

2017

Aya Imaeda
É formada em Ciências Biológicas pela USP e está fazendo pós-graduação, mas ainda espera pela sua carta de Hogwarts. Publicou pela primeira vez na antologia *Samurais x Ninjas* (2015) da Editora Draco.
Blog www.tocadofenrir.wordpress.com

© 2017 by Aya Imaeda

Publisher: Erick Santos Cardoso
Edição: Erick Santos Cardoso
Revisão: Ana Lúcia Merege
Produção editorial: Janaina Chervezan
Arte e capa: Ericksama

Dados Internacionais de Catalogação na Publicação (CIP)
Ana Lúcia Merege 4667/CRB7

I 31

Imaeda, Aya
    O segredo do kelpie/ Aya Imaeda. – São Paulo : Draco, 2017.

ISBN 978-85-8243-227-3

1. Ficção brasileira I. Título II. Série

CDD 028.5

Índices para catálogo sistemático:
1. Ficção : Literatura brasileira 869.93

1ª edição, 2017

Editora Draco
R. César Beccaria, 27 — casa 1
Jd. da Glória — São Paulo — SP
CEP 01547-060
editoradraco@gmail.com
www.editoradraco.com
www.facebook.com/editoradraco
Twitter e Instagram: @editoradraco

*Para a minha irmã Taty, que foi
minha primeira leitora*

Capítulo 1

Um laço de corda voava em minha direção, atirado para encaixar-se em meu pescoço. Virei à direita bruscamente, entrando em uma rua lateral. O laço fisgou o ar atrás de mim, e o humano praguejou, o que foi muito rude da parte dele, diga-se de passagem.

— Whoa! Um corcel negro!

— De onde ele veio?

— Que cavalo incrível!

As pessoas apontavam para mim. Diminuí o passo. Talvez eu ficasse por ali, onde era mais apreciado.

— Peguem as cordas! Precisamos capturá-lo!

Ou não. Onde era a saída mesmo?

Trotei entre as barracas de alguns comerciantes, assustando-os, e cheguei à rua principal da vila. Teria sido interessante parar e ver o que vendiam ali, mas o cavaleiro que estava em meu encalço me alcançou novamente, e ele tinha companhia.

— Não vamos deixar você escapar!

Com permissão, que graça teria?

O bater de meus cascos levantou poeira no chão de terra. Causei uma pequena confusão ao abrir passagem entre as pessoas, e havia mais delas do que me seria conveniente. Seria dia de feira? Aquela carroça parecia estar cheia de peixes que...

Uma mulher gritou.

Opa, perdão. Quase não consegui desviar.

Meus perseguidores se aproximavam. Vislumbrei a saída e virei a cabeça na hora certa, pois um homem quase agarrou as minhas rédeas. Essa foi por pouco! Eu é que não queria marcas de dedos sujos nas minhas belas rédeas de prata. Estava na hora de ir embora.

Galopei para fora da vila, em campos abertos onde poderia

correr sem restrições. Ao olhar para trás, vi alguns homens a cavalo. Sorri comigo mesmo e apressei o passo. Conforme o sol vermelho se punha no horizonte e nos afastávamos da civilização, a maioria dos cavaleiros desistiu. Quando, enfim, escureceu e o ar esfriou, somente dois perseveravam, e eu admirei a sua determinação em lucrar às minhas custas. A distância entre nós não se alterou quando passamos a correr ao longo de um rio.

As águas calmas refletiam o céu noturno, e eu era uma sombra negra voando entre as estrelas. Caso se prestasse atenção, podiam-se ouvir os seixos sussurrando uma história antiga, do tempo em que os celtas dominavam esta terra. A lua, que já conhecia essa história muito bem, assistia a tudo em silêncio, pois sabia que logo a caçada chegaria ao fim.

Aos poucos, diminuí o passo e parei ao lado do rio, com minha respiração quente deixando nuvens no ar noturno. Fora os meus perseguidores, não havia ninguém à vista naqueles vastos campos verdes e pedregosos. Enquanto eu recuperava o fôlego, um dos cavaleiros deu a volta para me cercar. Ambos, então, se aproximaram lentamente.

Deixei que a luz da lua tocasse minhas belas rédeas de prata, e o seu brilho se refletiu nos olhos dos dois humanos. Os cavalos, um pouco mais espertos, se agitaram, farejando algo estranho no ar. Seus mestres não lhes deram atenção, pois um belo corcel com rédeas de prata piscava mansamente para eles. Então, preparando suas cordas e me encurralando contra o rio, os dois sorriram pela perseguição ter finalmente chegado ao fim.

Eu também sorri, internamente, pois sabia de algo que eles não sabiam: o caçador era eu.

**

Os pássaros foram os primeiros a percebê-lo: um sutil clareamento no horizonte. Era um trinado aqui, outro acolá, convidando o sol a colorir o mundo e a revelar o esplêndido céu escocês do início da primavera.

E, em algum lugar não muito distante, dois fígados boiavam tranquilamente rio abaixo.

Bocejei prazerosamente e saboreei o ar do novo dia. Havia gotículas de sereno presas aos meus cabelos, mas o frescor da umidade não me incomodava — afinal, eu era um *faery* dos rios, um espírito da água.

Para que lado ir hoje? Talvez, seguindo o rio, eu encontrasse outro agrupamento humano. Comecei a caminhar sem pressa, sobre as duas pernas da minha forma humana. No dia anterior, eu havia perdido um pouco o foco – ah, não resisti ao desafio daquela caçada! –, mas estava decidido a manter-me discreto na próxima vez que entrasse no mundo dos humanos. Afinal, essa minha busca era importante, e exigia uma decisão mais cuidadosa.

Eu estava à procura de uma esposa.

— Passe pra cá aquela tábua podre — ouvi uma voz grunhir logo à frente.

Em um cantinho do mundo ainda não iluminado pela luz da manhã, três *trowes* tramavam algo em cima de uma ponte de madeira improvisada, provavelmente construída por humanos. Torci o nariz ao me aproximar. Seu cheiro azedo e gorduroso era tão abominável quanto a sua aparência.

— O que pensam que estão fazendo? — perguntei.

Os três se retesaram. Dois deles se viraram para o maior, como se esperassem que tomasse a iniciativa. Ele estufou a pança e me encarou, com os braços grossos rígidos ao lado do corpo atarracado.

— Você nos surpreendeu, Kelpie. O que quer aqui?

— Quero saber o que vocês estão aprontando em meu rio.

Os *trowes* se entreolharam.

— Não sabíamos que este rio era seu.

— Sou o último *kelpie* da ilha. Todos os rios são meus. — Encarei o líder nos olhos. — E não quero *trowes* se intrometendo no meu território.

Coçaram as suas cabeças pegajosas. Aqueles eram *faeries* maldosos dos quais qualquer humano – e a maioria dos outros *faeries* – preferia manter distância. Porém, como a minha espécie era igualmente perigosa, um conflito não seria prudente para nenhum dos lados.

— Estamos preparando algo divertido — o líder disse, com um brilho de maldade nos olhos miúdos. — Vê como a ponte já está podre? Somente esta tora a sustenta. Quando o próximo humano ou *faery* passar por ela, puxaremos a corda que amarramos à tora. O viajante cairá no rio e ficará preso nas cordas. Vamos tirá-lo, e cortaremos seus braços e pernas.

— E as mãos! As mãos primeiro!

— Os dedos! Os quebraremos com os dentes!

— As unhas! Arrancaremos as unhas!

E assim eles continuaram, rindo, sem perceberem a minha crescente reprovação ao que ouvia.

— Fique para ver! Você é um dos nossos, irá se divertir também. Opa! Como é? Espere aí. Eu podia causar problemas aos humanos à minha maneira, mas tinha meu orgulho como predador. Comparar-me a um *trowe* e a seus joguinhos maldosos era ofensivo demais.

— Caiam fora do meu rio.

Eles pararam de rir. Graças aos céus! Seu hálito era horrível.

— Quer mesmo enfrentar três de nós? — o *trowe* desafiou.

Franzi as sobrancelhas.

— Isso implica encostar em vocês? Não quero não.

Puxei a corda que eles haviam indicado — aquela amarrada à tora podre. A ponte velha e frágil fez um barulho assustador ao ruir sob o peso de três *trowes*.

— Arrg! Tire-me daqui! — gritou um deles, debatendo-se na armadilha de cordas e chutando água para todos os lados.

Tudo bem, eu tinha que admitir. Foi um pouco divertido, sim.

— Quando te encontrarmos novamente, Kelpie, você vai pagar!

Nós não iríamos nos encontrar novamente. Afinal, eu estava a caminho de Tir nan Og, a Terra da Eterna Juventude, para onde os outros *kelpies* da ilha haviam ido há muitas estações. Só precisava escolher uma esposa humana primeiro.

Dei as costas para eles e, ao dar o primeiro passo, meu corpo se alterou, cresceu, ganhou cores mais escuras. Em poucos segundos já estava na minha forma de cavalo, galopando pela estrada que havia acabado de encontrar, com a ameaça vazia do *trowe* a se perder no vento suave daquela manhã de primavera. Eu a esqueci completamente, sem me dar conta de que, ao escolher aquele caminho, os ventos estavam prestes a mudar para mim.

***

Quando o sol já estava alto no céu e eu podia sentir o cheiro de uma vila humana logo à frente, deparei-me com um afluente do rio que eu acompanhava. Meus instintos me diziam para subi-lo, saindo da estrada. Não discuti com eles, como nunca discuto, e fui atrás da música silenciosa que me atraía naquela direção.

Depois de um tempo, percebi que havia mesmo uma música. Era uma melodia suave que eu podia ouvir cada vez mais claramente, e que me fez apressar o passo para um trote, ansiando encontrar a sua origem.

A imagem que vi, jamais esquecerei.

Quase à beira do rio, havia um velho carvalho solitário. Sua copa frondosa filtrava os raios de sol, pintando desenhos de luz e sombra na grama ao seu redor e na jovem aninhada entre suas raízes. Era a humana mais bela que eu já vira, com seus longos cabelos castanhos presos em uma trança. Suas mãos ágeis trabalhavam com linha e agulha. Ela cantava uma canção de amor, e as folhas da velha árvore dançavam ao som daquela voz de cores vívidas e, ao mesmo tempo, suaves. Continuei a observar quando ela falhou terrivelmente em alcançar uma nota mais alta, o que a fez rir bastante antes de reiniciar a canção. Sorri sem perceber.

Era ela.

Era ela quem eu procurava!

Respirei fundo e relaxei todos os músculos. Eu sabia o que fazer. Na minha forma de cavalo, caminhei lentamente em sua direção, tomando cuidado para não a assustar.

Alertada pelo som dos meus passos, a bela humana ergueu a cabeça e interrompeu a melodia. Fitou-me com olhos arregalados.

— De onde você veio? — perguntou, levantando-se e espanando as folhas presas às suas saias, o que revelou uma silhueta esbelta e graciosa.

Feliz por tê-la escolhido, eu a olhei amigavelmente, convidando-a a se aproximar. Ela estendeu a mão para afagar o meu focinho, com aquele sorriso hipnotizado que os humanos exibem quando caem no encanto de um *faery*.

O sorriso deu lugar ao espanto.

— Sua pele é um pouco fria... — Ela inclinou ligeiramente a cabeça, levando seus dedos à minha longa crina. — O que é isso?

Ops! Era um pedaço de alga que havia ficado preso ali.

A bela humana abriu e fechou a boca uma vez, antes de conseguir articular sua suspeita.

— Você é um espírito da água, não é?

Sorri. Empinei nas patas de trás e meu corpo diminuiu e adquiriu novos contornos, até voltar à minha forma humana.

Ela abafou um grito, e sua expressão não era nada lisonjeira.

Todos os de minha espécie tinham a capacidade de se transformarem em homens de cabelos negros como a noite e olhos misteriosos como águas profundas. Assim como a forma de cavalo, costumava ser atraente para os humanos, mas perdia o efeito quando se sabia que era uma armadilha para atrair nossas presas.

— U-um *kelpie*? — sussurrou, e lágrimas surgiram em seus belos olhos verdes. — Você vai...? — Seu olhar passou para o rio, e ela não conseguiu completar a frase.

— Não, não se preocupe — eu disse. Pela sua reação, ela sabia de nosso costume de afogar e devorar humanos, deixando apenas o fígado para trás. — Você é a humana mais bela que já vi. Eu a escolhi para ser minha esposa.

— Esposa?

— Sim. Eu a levarei comigo para Tir nan Og.

Ela apertava as duas mãos contra o peito, que subia e descia no ritmo acelerado de sua respiração. Imaginei que precisasse de algum tempo para se recuperar da surpresa.

— Não precisa ter medo. Nunca irei machucá-la. Eu a tratarei bem e a farei feliz.

A jovem humana não estava olhando para mim.

— Em Tir nan Og, humanos e *faeries* vivem em perfeita harmonia, e todos dizem que é um lugar belíssimo. Tenho certeza de que gostará de lá.

Nenhuma reação.

— Além disso, não existe doença nem velhice. É uma espécie de paraíso.

Acho que ela sequer estava me ouvindo, pois sua expressão era distante.

— Está pronta para partir? — indaguei, já começando a temer que ela tivesse entrado em estado de choque.

— Espere! — a jovem humana pediu. — Espere. — Ela inspirou uma vez e fechou os olhos por um instante. Quando ergueu o olhar, havia uma estranha força neles. Sua voz não vacilou. — Está bem.

Olhei-a com curiosidade. Esperava algum tipo de resistência.

— Está bem — repetiu, com a cabeça baixa. — Eu não tenho como fugir de você. Mas a viagem levará alguns dias, não é?

— Certamente.

Com um visível esforço para esconder o tremor de suas mãos, a bela humana apontou para uma sacola de tecido ao pé do velho carvalho.

— Antes de irmos, deixe-me terminar de tricotar um xale para me manter aquecida. O inverno mal acabou, e as noites ainda são bastante frias. — Ela mordeu o lábio inferior. — Por favor?

— Tudo bem. Não estou com pressa.

Sentei-me ao seu lado à sombra do velho carvalho. Enquanto trabalhava em seu tricô, ela começou a cantar, no início hesitante, mas, depois, com a fluidez cristalina das águas do rio. Aos poucos, as canções deram lugar a antigas cantigas de ninar que se tornavam acolhedoras naquela voz gentil. O dia estava agradável, com o zumbido suave das abelhas e o cheiro da vegetação tocada pelo sol. Tudo estava perfeito, e eu era embalado pelas melodias cada vez mais lentas, cada vez mais baixas, cada vez mais suaves...

E, assim, eu adormeci à mercê da humana que eu aprenderia a nunca mais subestimar.

***

Senti um formigamento incômodo. Acontecia quando eu dormia em cima de um braço.

Mais adormecido que acordado, mudei para a minha forma de cavalo, na qual eu dormia em pé e evitava o problema.

Algo roçou levemente o meu rosto, e lá ficou. O que seria?

Abri os olhos. A bela humana entrou em foco, e vi que olhava fixamente para mim enquanto dava passos para trás. Ao sair da sombra do carvalho, um raio de sol fez algo em seu pescoço cintilar.

Ué? Aquilo era meu.

Minhas rédeas se transformavam em uma fina corrente de prata quando eu estava na forma humana. Eu gostava muito delas e iria pedir que as devolvesse. Se ela quisesse, eu poderia encontrar algo bonito para presenteá-la mais tarde. Fiz menção de ir em sua direção, e ela se encolheu.

— Pare! — a humana pediu.

Parei com uma pata no ar. E fiquei naquela pose ridícula.

Hã?

Tentei dar o passo, mover as pernas, mas meu corpo se recusava a obedecer. Ergui o meu olhar até encontrar o da humana, e ela me encarava tão boquiaberta quanto eu deveria estar.

O que estava acontecendo?

Eu não conseguia me mover.

Capítulo 11

— Ainda na forma de cavalo, levante a pata direita da frente e a pata esquerda de trás — ela disse, um pouco hesitante, após vários minutos de silêncio.

Observei meu próprio corpo obedecer ao comando como se não me pertencesse.

Aquilo não podia estar acontecendo. Por que eu estava obedecendo à humana? Em meio à minha confusão, consegui perceber que, em lugar das minhas belas rédeas de prata, a humana havia colocado rédeas de couro em mim. Que diabos significava aquilo?

Olhei para ela, em busca de uma resposta, mas a humana também parecia não saber bem onde procurá-la, pois desatou a correr para longe de mim. Parou. Fez menção de voltar para pegar a sacola de tricô, mas desistiu. Deu-me as costas novamente e voltou a correr em direção aos campos...

Parou e inspirou profundamente, soltando o ar devagar. Encarou-me por alguns segundos e, por fim, se decidiu.

— Venha comigo — disse. — E continue na forma de cavalo.

Eu fui. Não tinha escolha.

Foi com uma ligeira e mesquinha satisfação que percebi a humana torcer nervosamente a alça da sacola do tricô enquanto eu a seguia rio abaixo. Era ótimo saber que eu não era o único confuso e próximo ao pânico, embora sentisse que eu tinha mais direitos nesse quesito do que ela. Olhei para todos os lados, para os morros pedregosos e os campos de terreno irregular, e nenhuma rota de fuga parecia me servir já que eu não entendia nem o que estava me prendendo..

Chegávamos à estrada por onde eu viera quando um garoto humano que brincava nas pedras do rio correu em nossa direção.

— Aileen! — ele gritou. — Nossa! Que cavalo bonito! Ele é seu?

— Fale mais baixo — disse ela, ajoelhando-se e puxando-o para perto, o que o impediu de se aproximar mais de mim. — Escute, Angus, pode fazer um favor para mim?

— Mas é claro!

— Eu quero que você chame o Dr. Beaton e lhe diga que eu preciso falar com ele. É urgente. Pode fazer isso por mim? O garoto assentiu alegremente, lançou um último olhar curioso para mim e disparou em direção à vila.

Assisti à jovem humana andar em círculos e me olhar furtivamente durante longos minutos. O que será que ela tinha em mente? Se minhas suspeitas estivessem corretas, qualquer movimento errado poria meu pescoço em risco, e ele não tinha culpa se a cabeça não estava fazendo seu trabalho direito.

Por fim, ambos erguemos os olhos ao ouvir o trotar de um cavalo. Logo um velho humano estava diante de nós.

— Recebi o seu recado, Srta. McAulay — ele disse, antes de desmontar. — O que aconteceu? E de quem é esse... — Seus olhos foram aumentando de tamanho conforme me encararam com mais atenção. — Esse cavalo... Meu Deus... Não pode ser.

Mantendo alguma distância, ele me circundou, enquanto me olhava de cima a baixo murmurando palavras de admiração. Por fim, parou diante de mim.

— Você é um *kelpie*, não é? — perguntou, parecendo mais fascinado do que amedrontado pela minha presença. — Meu nome é Senan Beaton e sou o médico da vila. É um prazer conhecê-lo. Eu nunca tinha visto um *kelpie* antes, o que não é nada ruim, já que encontrar um *kelpie* não costuma ser nada bom, mas, mesmo assim... Oh, será que eu posso tocar a sua crina?

— Dr. Beaton!

— Ah, perdão, querida. Eu me deixei levar. — Ele parecia um pouco relutante em desviar os olhos de mim. Dei um passo para longe dele, respondendo à sua pergunta anterior, e o humano sorriu. — Srta. McAulay, por gentileza, conte-me sobre o que aconteceu.

Quase sem parar para respirar, ela explicou a nossa estranha situação. O tal Dr. Beaton a ouvia atentamente, de vez em quando passando a mão pela sua barba branca e bem cuidada.

— Pensei que as histórias que o senhor me contava quando eu era criança não passassem de lendas.

— As lendas podem carregar uma dose de verdade muito maior do que imaginamos. Tenha calma, minha querida. Você se lembrou do que eu lhe ensinei sobre os *kelpies*?

— Se alguém conseguir roubar as rédeas de um *kelpie* — ela proferiu, como se repetisse uma história ouvida há muito tempo — e colocar-lhe suas próprias rédeas, um contrato será estabelecido, obrigando o *kelpie* a trabalhar para essa pessoa.

Bufei exasperado. Eu também já havia ouvido aquela história, mas, francamente, sempre pensei que fosse lenda.

— Ao que parece, o contrato funciona mesmo — disse o velho humano, examinando as rédeas de couro que a humana colocara em mim enquanto eu dormia. Seus brilhantes olhos azuis pareciam já ter visto muitas coisas estranhas neste mundo, e um *kelpie* capturado não era a mais estranha delas. — O que você pretende fazer agora? — perguntou, virando-se para a humana.

Encarei-a sem piscar. O que ela pretendia fazer?

— Se ele vai me obedecer, acho que eu poderia mandá-lo ir para longe e desistir de me levar como esposa, mas... — Ela ainda mantinha uma boa distância de mim, e mordia o lábio. — Quando ele apareceu de repente, eu pensei que ele tinha uma aparência tão forte... Que seria perfeito para trabalhar puxando o arado...

Trabalhar? Como é que é? Eu havia colocado todo o meu charme para funcionar naquela hora, e ela estava pensando em mim como burro de carga?

Doeu. Eu precisaria de algum tempo para me recuperar dessa.

— O arado? — O Dr. Beaton sorriu. — É uma ideia e tanto. O que o seu pai e o seu tio acharam disso?

— É por isso que eu vim falar com o senhor primeiro. Do jeito que eles reagiram à minha última ideia sobre o fertilizante, acho que não vão gostar mesmo dessa sobre o *kelpie*...

— Certamente que não. Especialmente o seu tio. O velho John vai enfiar uma faca no coração deste *kelpie* assim que o vir.

Eu ainda estava dando um tapinha amigável no meu ego ferido e lhe dizendo que iria ficar tudo bem, quando parei com a boca aberta. Não iria ficar nada bem.

Fiz menção de me transformar na forma humana para arrancar aquelas rédeas e sair correndo. Meu ego que me perdoasse, pois a sobrevivência ainda vinha em primeiro lugar.

— Não faça isso! — disse a humana, ao perceber minhas intenções.

Não fiz. Para o meu horror, não fiz.

Fiquei parado com o coração a galope.

— Não tente arrancar as rédeas e nem tirar a corrente de prata de mim. É uma... Hum... Ordem. Também o proíbo de matar ou machucar pessoas — acrescentou rapidamente.

Eu estava perdido!

— Pelo que vejo, ele não é capaz de desobedecer a uma ordem direta sua, mas só você poderá descobrir os limites do contrato. Pretende colocá-lo para trabalhar na fazenda, então?

— Um cavalo de tração é exatamente o que estávamos precisando.

— Ele não é um cavalo de tração — o Dr. Beaton apontou, e eu concordei plenamente.

— Eu sei, mas será que não existe alguma chance de isso funcionar? O senhor entende bastante de *faeries*, então esperei que pudesse me dar algum conselho.

— Em vez de conselhos, prefiro dar informações. — Ele sorriu. — Em primeiro lugar, digo-lhe que, segundo as lendas, os *kelpies* possuem a força de dez cavalos trabalhadores e lhe obedecerão fielmente enquanto estiverem presos ao contrato. Por outro lado, estou certo de que a maioria das pessoas lhe diria que é arriscado demais manter por perto um *faery* devorador de humanos, e eu teria que concordar.

— Já aconteceu antes? Outras pessoas já conseguiram capturar um *kelpie*?

— Acredito que sim, mas, no final das histórias, geralmente, a pessoa acaba com um pedaço ou outro do corpo faltando.

— Espero ter eliminado esse risco — disse a bela humana, que se afastou um pouco mais de mim, como se esperasse uma reação minha. O meu silêncio deve ter sido entendido como uma boa notícia. — Eu sei que é arriscado, mas — ela gesticulou em minha direção — este *kelpie* pode ter sido o nosso único golpe de sorte em anos.

— Então, o que você quer fazer?

— Eu quero tentar — ela respondeu com firmeza. — Acho que posso fazer isso dar certo.

— Então, minha cara, siga o seu coração. Você pode dizer às pessoas que este é um cavalo que eu lhe emprestei, caso alguém pergunte. Não queremos espalhar pânico.

— Obrigada, Dr. Beaton!

— Pode me procurar sempre que precisar. E, no caso de vocês não resolverem se livrar dele, traga-o para me visitar um dia desses. — Ele se virou para mim. — Estou curioso quanto ao que você achará do mundo humano quando o conhecer melhor. Espero que possamos conversar um dia desses, pois não é sempre que se tem esse tipo de oportunidade.

O jeito casual com que ele falava comigo me deixava um pouco desconcertado. Não agia como se estivesse diante de um *faery* devorador de humanos, por mais que o *faery* em questão estivesse proibido de devorar quem quer que fosse e suasse frio diante da enrascada em que havia se metido.

— Boa sorte a vocês dois!

Ao se despedir e nos lançar um último sorriso velho e misterioso, o Dr. Beaton olhou para nós como se visse um mundo de possibilidades.

As que eu via não me davam nenhum motivo para sorrir.

***

Subimos a colina atrás do velho carvalho e atravessamos campos pedregosos para chegar à fazenda. Eu podia ver uma casinha e outra construção de pedra ao longe, e as áreas de plantações e pastos separados por muros baixos. Atravessamos o portão de entrada e paramos do lado de dentro do muro de pedra que delimitava a fazenda dos humanos.

— Fique aqui — disse a Humana Esperta. — Você não pode sair dos limites da fazenda sem permissão. E só para reforçar: você está proibido de machucar as pessoas.

De mau humor, observei a Humana Esperta se afastar e ir conversar com um homem que trabalhava no campo.

Eu gostava de pensar nela como a Humana Esperta. Afinal, chamá-la de Humana Mediana implicaria que eu fosse o Kelpie Burro. Ainda mal acreditava que a havia deixado me enganar.

Coloquei meu cérebro – não muito avantajado, conforme eu começava a desconfiar – para funcionar em velocidade máxima. Talvez o efeito do contrato se enfraquecesse com a distância.

Empurrei o portão com a cabeça. Fácil, fácil. Porém, assim que tentei colocar a primeira pata para fora da fazenda, meus músculos deixaram de obedecer, atados pelas forças invisíveis do contrato. Tentei esticar a cabeça para além do muro e me forçar a dar aquele passo, tremendo com o esforço, em vão.

Pisoteei o chão do lado de dentro. Tinha que haver um jeito. Trotei ao longo do muro, mas me deparei com outra barreira.

Fique aqui, ela havia dito. Eu não podia me afastar demais daquele ponto.

Droga!

O meu tempo havia acabado. A Humana Esperta já estava voltando acompanhada pelo homem, que era mais velho e tinha a pele maltratada pelo sol. O tipo de humano para quem eu não olharia duas vezes, a menos que fosse apresentado a ele, como estava prestes a acontecer.

— Eu estou falando sério, pai! Pense no que poderíamos fazer com ele. A força de dez cavalos!

— Você já está muito crescida para acreditar nas histórias do Dr. Beaton. É só um cavalo normal, Aileen. Ele é impressionante, eu concordo, mas o dono certamente deve estar procurando por ele.

A Humana Esperta bufou e se virou para mim.

— Kelpie, mude para a forma humana.

Sem controle sobre mim mesmo, obedeci.

O humano deu um passo para trás e murmurou o nome de uns três santos.

— Agora volte para a forma de cavalo.

— Por acaso você acha que isso é brincadeira...? — protestei, mas, antes de terminar, já estava relinchando indignado.

— Ele não é um cavalo normal — disse a Humana Esperta. — Mas não vamos conseguir nada melhor a esta altura. Eu fiz as contas, pai. As perdas do ano passado foram muito altas, e não vamos conseguir cobrir as despesas mesmo que pudéssemos seguir o plano original, de antes de o nosso cavalo morrer. — O pai dela assentiu a contragosto. — Acho que devemos abrir o campo novo. Aquele atrás do campo dos trevos.

— E o que planeja plantar lá?

— Um terço das batatas que estivemos preparando. E, no campo que ficará livre, plantamos nabo no outono. Eu sei que nunca plantamos nabo em escalas maiores, mas ouvi dizer que um tal de Dawson está tendo sucesso nas Terras Baixas, e terei tempo suficiente para descobrir como, fora que o Dr. Beaton mantém correspondência com o Lorde Kames, que...

— Calma! Respire um pouco. Estou seguindo seu raciocínio. Pode até dar tempo e, sim, essa colheita nos ajudaria bastante. Mas abrir o campo novo é muito trabalhoso, e não temos mão-de-obra suficiente.

— É aí que eu quero chegar! Podemos usar o *kelpie* para arar os campos! Isso dará tempo o suficiente para o senhor e o tio John, não?

Eu não estava acompanhando muito bem a discussão, já que só tinha interesse na parte que me tocava e que me colocava para trabalhar sob ordens humanas. Porém, tive a impressão de que os argumentos da Humana Esperta eram bons, pois o pai dela pareceu não conseguir refutá-los.

— Plantar batatas com um arado e um *kelpie*, e ainda abrir um campo novo... — Ele apertou as têmporas. — É uma ideia louca, sem dúvida. Totalmente maluca. — O humano suspirou e pareceu começar a se acostumar com a ideia louca. — Tem certeza de que esse tal de contrato funciona mesmo?

— Ele já teria me levado para debaixo do rio se não funcionasse.

— É isso mesmo que eu temo. Vou pensar na possibilidade de tentar seu plano maluco. — Ele levantou uma mão diante do sorriso de empolgação da humana. — Eu disse que vou pensar. Isso tudo é um pouco demais para a minha cabeça. Em primeiro lugar, quero que tome cuidado e evite ficar sozinha com ele. Nunca lhe dê as costas, entendeu?

Ela assentiu.

— Entendi.

— Ótimo. Tranque-o no celeiro e, depois, venha comigo. Vamos perguntar ao Dr. Beaton o que mais podemos fazer.

Com um grande sorriso, a Humana Esperta lhe deu um beijo no rosto e me puxou pelas rédeas. Conduziu-me com uma animação bastante irritante até uma construção de pedra com telhado de palha.

Ela empurrou a porta, e o interior me brindou com cheiro de animais e esterco fresco. Ah, que ótimo! O celeiro que abrigava animais no inverno. As vacas, com sua pelagem comprida a cair sobre os olhos, ainda estavam presas no seu cercado, mastigando calmamente sem se importarem com a nossa presença.

— Você vai ficar aqui. E ordeno que não saia do celeiro de jeito nenhum, a não ser que nós deixemos. E... É isso — disse. Fechou a porta e eu a ouvi correr.

Parabéns, Kelpie. Essa foi a maior besteira que já fez em sua vida. Preso a uma humana por um contrato de trabalho.

Bom, eu não pretendia ficar naquele celeiro fedorento por mais tempo. Hora de ir embora. Quais eram as minhas opções?

Dei uma olhada no local. Havia o cercado com uma dezena de vacas, uma baia vazia e um depósito de ferramentas no canto. A pesada porta de madeira e as duas janelas eram as saídas óbvias.

Mãos seriam úteis para abri-las, então experimentei mudar para a minha forma humana. Para meu alívio, não houve nenhuma ordem que me proibisse isso. Imediatamente, tateei meu pescoço.

Encontrei um colar de finas tiras de couro trançadas, com um ponto que estava remendado improvisadamente com linha de costura. Provavelmente, eram rédeas velhas que a Humana Esperta estava reforçando quando eu a encontrei no rio.

Um único puxão e eu poderia arrebentá-las no ponto fraco. Porém, o contrato me impedia.

Também me impedia de sair pela porta, conforme constatei. Corri em sua direção com a intenção de arrombá-la, mas parei a um passo e trombei desajeitadamente com ela. Andei lentamente e coloquei a mão sobre a maçaneta, sem conseguir movê-la. Fingi que olhava para a teia de aranha no teto e tentei pegar a porta de surpresa, mas apenas me senti muito idiota. Nada do que experimentei durante as horas seguintes funcionou. Cada vez que tentava sair, forças invisíveis impediam que eu completasse o movimento.

Chutei a porta, frustrado.

Que ótimo. Chutar eu podia; sair, não.

Talvez as janelas?

Àquela altura, já estava anoitecendo. Pela janela, enxerguei a casa dos humanos, com uma luz bruxuleante de fogo a escapar pelas frestas da porta. Mais além, estavam os campos e a escuridão.

A janela era tão intransponível para mim quanto era a porta – ou as paredes! –, então logo desisti. A ordem de não sair do celeiro era mesmo absoluta.

Sendo assim, minhas chances seriam maiores na manhã seguinte, quando a Humana Esperta viesse me buscar para fosse lá o que ela pretendia que eu fizesse. Fora do celeiro, eu só precisaria esperar por uma brecha, por menor que fosse, e aquele pequeno incidente com os humanos se tornaria apenas uma memória distante e um pouco embaraçosa.

Não deveria ser muito difícil me livrar daquele contrato ridículo, não é?

Capítulo 111

— Onde está o esterco? — foi a primeira coisa que ela me disse quando entrou no celeiro de manhã.

Sentado no chão da baia vazia, eu olhei para a bela humana. Ela usava minha corrente de prata por dentro do vestido e segurava uma pá de um jeito que tentava parecer casual, mas, pela força com que ela apertava o seu cabo, logo vi que também cumpria o papel de uma arma improvisada para autodefesa. Eu havia passado uma longa noite maldormida ouvindo os mugidos das vacas e sentindo o colar de couro a pinicar o meu pescoço, e lá estava a Humana Esperta me fazendo uma pergunta difícil e me ameaçando com uma pá.

— Bom dia pra você também. Do que está falando?

— Ora, você sabe. Onde você fez?

A humana lançou um olhar por sobre o ombro. Atrás dela, seu pai recolhia o esterco das vacas e o colocava em um carrinho de mão.

— Escute aqui, eu não sou um animal de fazenda. Não ia fazer minhas necessidades em qualquer lugar, e muito menos ficar falando onde encontrar.

— Mas você se transforma em cavalo — disse ela, com uma expressão confusa.

— Já disse que não vou falar sobre isso.

A Humana Esperta balançou a cabeça e suspirou.

— Tudo bem. Mas, se eu descobrir que cocô de *faery* é mágico e faz as plantas crescerem mais depressa, eu vou te fazer falar.

— Não é mágico coisa nenhuma!

Ela ficou me olhando como se ainda não estivesse totalmente convencida. Por fim, foi ajudar o seu pai.

Um pouco irritado por deixar a Humana Esperta me tirar do

sério, observei enquanto ela ordenhava as vacas. A porta estava aberta.

Tentando não chamar a atenção, caminhei com a maior naturalidade possível até a porta. O ar puro lá de fora me convidava. Quem sabe as ordens do contrato não perdiam o efeito, digamos, depois da meia-noite?

Não. Eu sabia que não.

Voltei para a baia vazia e esperei enquanto a Humana Esperta e seu pai iam e vinham com sacos de batatas para dar de comer às vacas. A seguir, eles começaram a preparar um equipamento pesado do lado de fora.

— Kelpie, venha aqui.

Que alívio sentir a brisa fresca lá de fora! Desta vez, pude passar pela porta normalmente, e o dia estava muito bonito para eu continuar preso àquela besteira de contrato. Deveria existir uma maneira de escapar.

— Este aqui é o arado — disse a Humana Esperta, apontando para o que, para mim, era apenas um trambolho sem nenhum significado. Uma estrutura baixa de ferro com rodinhas rústicas dos lados e uma lâmina grande no meio. — Na forma de cavalo, você ficará preso a ele por estes arreios e irá puxá-lo para que esta lâmina corte o solo e revire a terra. Você está prestando atenção?

Não. Eu estava pensando em uma maneira de dar o fora.

— Já disse que não sou animal de fazenda. Sou um espírito da água. Você está enganada se pensa que irei trabalhar para vocês, humanos.

— Eu tenho um contrato que diz que você trabalhará, sim. Quer fazer o favor de mudar para a forma de cavalo?

Cruzei os braços e a encarei. Ela mudou o peso de uma perna para a outra, e, por um momento, pensei que fosse recuar. Não o fez. Em vez disso, respirou fundo e deu um passo em minha direção, encarando-me de frente.

— Mude para a forma de cavalo. É uma ordem.

Obedeci, olhando feio para ela. Não era à toa que as histórias sobre *kelpies* que conseguiam se libertar acabavam mal para os humanos que os capturaram.

A Humana Esperta e seu pai prenderam tiras de couro em volta do meu pescoço e em minhas costas, e um arreio de metal foi colocado na minha boca. Blerg!

Às tiras de couro, prenderam correntes de ferro que puxavam o arado atrás de mim.

— Ordeno que obedeça às instruções do meu pai e trabalhe direitinho.

O pai da Humana Esperta, posicionado atrás do arado, me conduzia por meio de interjeições e puxadas leves no arreio. O equipamento não era muito confortável de se usar, mas não foi difícil arrastar aquilo até um campo vazio e razoavelmente plano.

Foi então que o trabalho de verdade começou. Fui posicionado próximo ao muro de pedra que delimitava o terreno, e o humano fincou a lâmina na terra atrás de mim.

— Puxe — ele disse, e eu não tive escolha senão obedecer.

Os arreios se esticaram, e eu senti o peso do arado. A lâmina afundou e cortou a terra dura por onde nós passávamos, deixando um longo sulco e revirando a terra para o lado direito.

Dez cavalos, o Dr. Beaton havia dito. Que exagero!

Desacostumado a qualquer tipo de trabalho físico, logo comecei a suar e a ofegar.

Imaginei que o pai da Humana Esperta tivesse uma longa experiência naquilo, pois me incitava a manter um ritmo constante e a fazer retas perfeitas com simples puxões no arreio e algumas palavras curtas. Devia funcionar muito bem com os cavalos.

Eu não via nada de errado em fazer o trabalho de um cavalo, pois os cavalos são criaturas nobres. Porém, torcia para que ninguém jamais soubesse que acabei sendo obrigado a trabalhar para criaturas que acham que cocô de *faery* é mágico. Enquanto puxava aquele arado sem perspectivas de uma fuga iminente, era o melhor que eu podia esperar.

***

No final da tarde, finalmente, completamos a última linha.

Vindo da direção da casa, a Humana Esperta correu até nós enquanto eu estava tentando recuperar o fôlego. Nem havia percebido quando ela havia ido embora cuidar de seus próprios afazeres.

— Pai! Vocês conseguiram! Isso está... Uau!

Ergui a cabeça para ver a paisagem que ela admirava com tanta empolgação. Tínhamos, diante de nós, um campo todo cortado por sulcos paralelos e cheirando a terra revirada.

— Ficou perfeito, não? — disse o pai dela.

A humana assentiu, com lágrimas brotando em seus olhos.

— Sim. E ficou pronto em um só dia. Eu não poderia pedir por mais.

— Eu poderia pedir que tivéssemos um par de cavalos de tração em vez de um *faery* afogador de homens.

— Sim... — O sorriso dela se desmanchou. — Na verdade, eu vim avisar que o tio John acabou de voltar da viagem.

— Já contou a ele sobre o *kelpie*?

— Não.

Seguiu-se um momento de silêncio.

— Esta conversa será bem complicada — disse o humano. — Tudo bem. Leve o *kelpie* de volta. Eu explico a ele.

Assim, a Humana Esperta me conduziu de volta ao celeiro. Não fiquei feliz por voltar ao lugar com cheiro de vaca, mas, pelo menos, aquilo significava que eu poderia descansar.

A humana encheu um balde d'água para mim e, enquanto eu bebia avidamente, ela guardou o arado no canto usado como depósito, sempre evitando me dar as costas por mais do que poucos segundos.

Um balde d'água era um substituto pobre para o meu rio. Eu bem que gostaria de tomar um banho. Com um suspiro, mudei para minha forma humana para lavar o rosto e as mãos com o resto da água. Quando me virei para a Humana Esperta, vi que ela me observava próxima à porta aberta, por onde estava preparada para sair a qualquer movimento suspeito meu. Ela desviou o olhar e começou a alisar o avental.

— Amanhã, vocês irão limpar o campo novo onde plantaremos batatas. O trabalho será um pouco mais pesado, mas acho que você dá conta.

Devo ter deixado escapar um gemido involuntário.

— Algum problema? — ela perguntou.

— Terei escolha se eu disser que sim?

— Claro — respondeu. — Tanta escolha quanto você me deu quando tentou me sequestrar.

Estreitei os olhos. Eu sentia que não poderia vencer aquela discussão, então tive uma ideia nova. Aquela humana parecia sensata, e talvez pudéssemos negociar.

— Não quero mais que seja minha esposa — eu disse com toda a sinceridade. — Foi um erro. Se você me libertar do contrato, eu prometo que não lhe farei nenhum mal. Não tenho interesse nenhum em você, então apenas irei embora e nunca mais voltarei. O que acha?

— Eu acho que você não está em condições de barganhar — disse ela, com uma nota de irritação na voz. — Não queria dizer isso, mas bem feito para você por tentar me sequestrar.

Acho que ela queria dizer exatamente isso, sim. E, no meu íntimo, eu até tinha que concordar. Eu estava tentando bolar alguma resposta inteligente e espirituosa que a fizesse me libertar, pedir desculpas pelo inconveniente e me indicar a estrada que leva ao rio, quando a porta do celeiro foi escancarada com força.

— Você está morto! — gritou o homem com um facão.

Capítulo IV

Mal tive tempo para me assustar.

O humano enfurecido tentou me acertar no peito. Desviei-me e tateei a parede às minhas costas. Avistei uma pá encostada na parede. Ele ergueu a faca novamente, e eu corri para pegar a pá. Agarrei seu cabo e virei-me bem a tempo de desviar a faca que vinha em direção ao meu rosto, empurrando-a para longe.

Ganhei um segundo de vantagem, então me preparei para acertá-lo na cabeça com a pá.

— Parem com isso! — a Humana Esperta gritou.

Paralisei. O golpe, interrompido no ar.

O outro, bem menos obediente, veio para cima de mim mais uma vez. Bloqueei mais um golpe, e a faca deixou um talho no cabo de madeira da pá. Com a violência do ataque, tropecei em algo, e meu oponente aproveitou a chance. Desceu a faca.

Segurei seu braço. A ponta da lâmina estava a um fio de cabelo do meu olho.

— Morra, seu desgraçado! Morra!

De perto, percebi que o humano já era velho, com o rosto maltratado pelo sol e todo espetado por fios de barba grisalha. O ódio em seu olhar lhe dava mais força do que eu esperaria pela sua aparência.

— Morra!

Eu ainda era mais forte, entretanto.

Joguei seu peso para o lado. Ele perdeu o equilíbrio, e eu consegui lhe tirar a faca.

Levantei-me.

— Largue a faca, Kelpie! — gritou a Humana Esperta.

— Pare com isso, John! — gritou o pai dela, que havia entrado no celeiro em algum momento durante a briga.

Ofegante e sem escolha, larguei a faca e me afastei, mas o tal John não teria parado se o outro homem não o tivesse segurado por trás.

— Eu vou matá-lo!

— Acalme-se primeiro.

— Não me peça para eu me acalmar! Eu vou matar esse monstro agora mesmo!

— Não faça isso, tio John — pediu a Humana Esperta, postada entre nós. — Ele pode nos ajudar a recuperar a fazenda!

— Ajudar? Monstros não ajudam ninguém, eles só destroem! Ele é perigoso demais para ficar vivo!

— Eu o prendi a um contrato!

— Contrato? — Ele deu um riso rouco. — Você é muito ingênua, minha pequena, se acha que isso resolverá nossos problemas. Não precisamos de um monstro em nossa fazenda.

— Talvez precisemos — disse o pai da Humana Esperta.

— Eu não acredito que você concordou com isso.

— Acabei de arar um campo com ele. Dê uma olhada no resultado. O plano da Aileen vai dar certo.

— Vocês dois estão loucos! Loucos!

— Precisamos dele. — O pai da Humana Esperta levantou a mão antes que o outro protestasse novamente. — Precisamos dele até o fim do verão. Se tivermos sucesso na safra de batatas desta primavera, e conseguirmos preparar o solo para plantarmos nabo no outono, poderemos nos virar sem ele depois.

A expressão do homem que me atacara ficou visivelmente sombria, transformando-se em uma velha carranca bastante assustadora.

— E vocês acham que o libertarão ao final do verão, e ele não virá buscar vingança? — o Velho Carrancudo perguntou entredentes.

— Não. Ao final do verão, você pode matá-lo.

— O quê? — eu disse, mas ninguém prestou atenção.

— Pai...

— Aileen, o John tem razão. Já estamos correndo um risco muito grande ao manter este *kelpie* aqui. Não vou arriscar sua segurança nem um segundo a mais se puder evitar. No fim do verão, a gente se livra dele.

Houve um minuto de silêncio, e eu percebi que era o pai da Humana Esperta quem dava a palavra final naquela fazenda. Ninguém parecia totalmente satisfeito com aquela decisão, mas era da minha vida que eles estavam falando. Engoli em seco.

O Velho Carrancudo se virou para mim. Sua voz arranhou os meus ouvidos palavra por palavra, certificando-se de que cada uma delas ficasse marcada.

— Se você sequer pensar em encostar um dedo na minha sobrinha, eu te mato. Mato sem pensar duas vezes.

Eu não disse nada. Apenas sustentei o seu olhar hostil.

A seguir, ele me deu as costas, bruscamente, e saiu pisando duro. Os outros o seguiram, e pude ver o céu pintado com cores quentes como sangue fresco antes de a porta ser fechada, deixando-me sozinho no escuro.

***

Eu passei aquela noite inteira tentando me livrar das rédeas de couro que me prendiam ao contrato. Vasculhei o canto utilizado como depósito, procurando por ferramentas cortantes. Já que eu não tinha nenhum plano brilhante, os ruins teriam que servir.

Testei todas as possibilidades que consegui imaginar, combinando algumas variáveis: se eu estava na forma humana ou de cavalo, se eu segurava o objeto com as mãos ou tentava cortar as rédeas sem tocá-lo. O resultado, porém, foi sempre o mesmo.

Com a mente já nublada pelos sucessivos fracassos, sentei-me no chão da baia vazia e fechei os olhos. Eu podia ouvir as batidas do meu coração. Batidas que estavam contadas.

O fim do verão. Esse era o meu prazo.

A ideia da minha morte, antes uma certeza distante, havia se tornado muito real de repente. Parecia me cutucar com suas gavinhas frias, arrepiando minha pele, deixando cada partícula de meu corpo alerta para o perigo, pronta para lutar pela sua existência. Meu coração e minha mente trabalhavam em ritmo acelerado, como se pudessem fazer algo mais do que me proporcionar a pior noite insone da minha vida.

Na manhã seguinte, quando os humanos vieram, eu me sentia exausto.

A Humana Esperta e o seu pai cuidaram das vacas em silêncio, e o Velho Carrancudo, com a mesma expressão hostil do dia anterior, trabalhava com um dos olhos em mim e uma das mãos no facão. O ar estava bem mais pesado do que no dia anterior, como se eu precisasse fazer um esforço extra para manter a postura ereta.

Apenas esperei quieto. Não queria me arriscar a encurtar ainda mais a minha vida.

Fui chamado para ser carregado com sacolas do lado de fora do celeiro. Enquanto afivelava a bagagem nas minhas costas, a Humana Esperta me disse:

— O papai e o tio John têm uma reunião com o proprietário agora. Estamos levando um pouco de queijo e manteiga como parte do pagamento. Comporte-se bem e não fuja.

Atrás dela, só para enfatizar a mensagem, o Velho Carrancudo batia seu facão contra a palma da mão levemente. Senti um arrepio. Assim, acompanhei os três humanos para além do muro que delimitava a fazenda. Seria esta uma boa oportunidade para escapar? Afinal, eu já estava do lado de fora. Porém, bastava uma ordem da Humana Esperta para frustrar qualquer movimento suspeito de minha parte. Eu tinha certeza de que não queria dar ao Velho Carrancudo nenhuma justificativa para acabar com o suspense e me matar agora mesmo. Era arriscado demais ousar uma fuga com aqueles dois por perto.

Por isso, apenas os segui pela estrada, esperando por uma oportunidade menos suicida. Passamos por outras fazendas, onde humanos cuidavam dos campos e cordeirinhos da primavera davam seus primeiros passos. De longe, vi também o velho carvalho com suas folhas novas e verdes. Era um belo lembrete de que eu precisava me livrar do contrato antes que aquelas folhas começassem a secar.

Com um ânimo mais apropriado a uma marcha fúnebre do que a uma paisagem cheia de promessas de vida nova, acompanhei os humanos até chegarmos à casa do tal Proprietário. Era bem maior do que a casa da Humana Esperta, contando com dois andares e um bonito jardim na frente. Um pouco além, havia um estábulo, celeiros e casas dos empregados.

Da casa principal saiu um humano bem vestido, que julguei ser o Proprietário de quem falavam.

— Bom dia, senhores — ele cumprimentou, apertando a mão dos homens. — Srta. McAulay, que bom revê-la! Você se tornou uma moça muito bonita.

— Obrigada, Sr. McNeil.

— A Bethia vive dizendo que os seus queijos são os melhores, então espero encontrar alguns nessa sacola — continuou o Proprietário. — E devo dizer... Um belo animal, esse aí. — Ele me examinou com o olhar. — Posso lhes perguntar como...?

O pai da Humana Esperta se apressou em dizer a mentira que combinaram a meu respeito.

— O Dr. Beaton o comprou na última feira e, hum, nos emprestou até o fim do verão.

Parecendo satisfeito com a explicação, o Proprietário assentiu.

— Que bom, que bom. Vocês precisarão dele. — O humano esfregou as mãos, como se decidisse encerrar a conversa e ir logo para o que interessava de verdade. — Srta. McAulay, um dos meus empregados a acompanhará até o celeiro. Quanto a vocês, senhores, entrem, por favor. Temos muito o que discutir.

— Ah, eu também... — a Humana Esperta começou a dizer, mas sua voz morreu. O Proprietário e o pai dela já haviam entrado na casa e não ouviram.

Só o Velho Carrancudo havia se demorado um pouco mais, pois estava me lançando uma ameaça silenciosa. Ele olhou rapidamente para a sobrinha.

— Deixa pra lá — ela murmurou. — Não é nada.

Então, eu e a Humana Esperta seguimos um empregado do Proprietário até um celeiro bem maior do que aquele que eu era obrigado a dividir com as vacas. O cheiro também era mais convidativo, pois, em vez de animais, abrigava cereais e outros produtos das fazendas da região. O humano inspecionou o pagamento que trouxemos e fez anotações. Depois de ele e a Humana Esperta trocarem algumas palavras, fomos dispensados e ela me guiou em direção à estrada. Pelo jeito, voltaríamos na frente.

Estávamos a sós agora. Seria a minha chance de fugir?

Meu coração estava acelerado demais, e eu me forcei a me acalmar. Entrar em pânico e fazer besteira só pioraria a minha situação. Ainda havia muito tempo até o fim do prazo, e eu tinha certeza de que, se mantivesse a calma, poderia bolar um plano decente para me livrar do contrato. Não precisava me arriscar a fazer bobagem, não agora. Por ora, eu deveria observar bem os humanos, descobrir uma brecha.

Lancei um olhar de esguelha para a Humana Esperta, que caminhava ao meu lado. Parecia um tanto desanimada. Será que ela queria ter participado da reunião? Achei estranho ela não estar lá com os homens, discutindo os planos para a fazenda.

Dei de ombros comigo mesmo. Ela foi deixada de fora de uma reunião? Bom, eu estava sendo arrastado de um lado para o outro feito burro de carga, e com uma corda não tão metafórica no pescoço. Na competição de quem estava tendo um dia ruim, eu com certeza venceria.

Estava me dando um prêmio imaginário quando percebi que o dia escureceu de repente. Olhei para o céu e vi que uma nuvem grande havia bloqueado o sol. Pelo jeito, o tempo mudaria em breve.

Ouvi o som de alguém se aproximando a cavalo pela estrada. Atrás de nós, vinha um jovem humano de cabelos castanhos que, pelas roupas e constituição física, não deveria ser um trabalhador braçal.

— Oi — o humano cumprimentou, parando ao nosso lado. Ele exibia um sorriso sincero.

— Que foi? — resmungou a humana.

— Credo, que mau humor é esse? — perguntou ele, que estava desmontando do cavalo para caminhar ao lado dela. — Por acaso o Donnchadh te pediu em casamento?

— Nem brinque com isso! — respondeu ela, dando-lhe um empurrão.

O humano riu enquanto se endireitava. Ele lançou um olhar indagativo para a humana, como se dissesse que a preocupação com ela era genuína.

— Não é nada, Ferris — disse ela, com os ombros mais relaxados — É só que o meu pai e o meu tio estão em uma reunião com o Sr. McNeil agora.

— Ah. O contrato de vocês expira quando?

— Ano que vem.

Seguiu-se um momento de silêncio. Os dois humanos caminhavam lado a lado, puxando a mim e ao cavalo de verdade atrás deles.

— É um momento ruim — disse a humana. — Eu sei. E não só para a gente... Muitos estão na mesma situação. — Ela ergueu o olhar. — Por falar nisso, as cartas do seu amigo chegaram? Como estão as coisas lá nas ilhas do norte?

— Piores — disse o outro. Ele hesitou em continuar, mas a Humana Esperta ergueu as sobrancelhas como se lhe dissesse para desembuchar logo. — Mês que vem, algumas famílias vão partir para tentar a sorte no Novo Mundo. Estão ficando sem trabalho, agora que as fazendas foram substituídas por criações de ovelhas.

— Não vamos deixar isso acontecer aqui. Vou aumentar a nossa produtividade, tanto para pagar o aluguel quanto para convencer o Sr. McNeil a renovar o nosso contrato.

— E você acha que um *kelpie* vai ajudar?

Tanto eu quanto a Humana Esperta arregalamos os olhos de

surpresa. Pensei que, em minha forma de cavalo, eu estivesse sendo completamente ignorado durante aquela conversa, mas o humano sabia muito bem quem eu era.

— O seu pai te contou — disse a Humana Esperta. — Faz sentido, já que ele me deixou dizer que o cavalo é de vocês.

Liguei alguns pontos e entendi que aquele humano era filho do Dr. Beaton. Agora que eu reparava, ele tinha mesmo um rosto parecido com o do pai, porém muito mais magro e jovem. E os cabelos eram castanhos em vez de brancos.

— Se ele não tivesse me contado, eu teria ouvido de qualquer maneira pela bronca que minha mãe deu nele por ser tão irresponsável. Sério, Aileen. Como você se meteu nessa?

Ela deu de ombros.

— Pois é. Nos contos de fadas, sempre que um cara diz "Você é a garota mais bela que já vi! Case-se comigo!", ele é um príncipe encantado. Comigo, me aparece um *kelpie*.

Eu poderia argumentar que príncipes encantados têm o péssimo hábito de se transformar em sapos, e que eu tinha um gosto muito melhor para transformações, mas decidi ficar quieto. Talvez um castelo e uma coroa compensassem essas excentricidades.

— Você se importaria em manter segredo sobre o *kelpie*? — perguntou a Humana Esperta. — O contrato tem se mostrado bastante seguro, e eu não queria assustar as outras pessoas.

Àquela altura da caminhada, já havíamos chegado à fazenda, e os humanos pararam perto do muro da entrada.

— Se você está pedindo, eu posso manter segredo, sim. — Ele olhou para mim com um ar incomodado. — Mas isso não significa que eu ache que seja uma boa ideia. Ele é um monstro, Aileen.

— Estou sabendo dos riscos. Não preciso de mais um sermão.

— Eu sei que você é perfeitamente capaz de lidar com um *kelpie* ou dois. Só quero que tome cuidado.

O filho do Dr. Beaton voltou a montar em seu cavalo e o virou em direção à estrada.

— Não o deixe enganar você, está bem? — disse ele. — Se algo acontecer contigo, terei que comprar o queijo cabeludo da Sra. McAlpine.

A humana riu.

Eles se despediram com um sorriso cheio de uma sensação quente e confortável que eu não conhecia e nem sabia nomear. Então, a Humana Esperta e eu entramos na fazenda.

Enquanto ela arrumava o arado e mais um conjunto de arreios e correntes de ferro do lado de fora do celeiro, ventos frios começaram a soprar, confirmando a virada no tempo. Não muito depois, os outros dois humanos retornaram.

A Humana Esperta foi até eles, e eu esperei. Não ouvi a curta conversa que tiveram, mas pareciam bastante ansiosos para começar a trabalhar.

Antes de partirmos para o campo, a humana se aproximou e parou na minha frente. Havia vincos entre seus belos olhos verdes.

— Trabalhe direitinho, Kelpie, obedecendo às instruções do papai e do tio John. É uma ordem. — Então, ela olhou para os lados e acrescentou baixinho, em um tom mais suave: — Só pode desobedecer a instruções que coloquem a sua vida em risco, está bem?

Eu tive um mau pressentimento. Por que acrescentar esse detalhe? Não haviam todos concordado com o prazo? Se bem que, agora que eu parava para pensar, não conseguia me lembrar do Velho Carrancudo dizer, exatamente, que concordava em me deixar vivo até o fim do verão.

Ah, não.

— Ao trabalho! — grunhiu ele, pegando as minhas rédeas e me conduzindo ao campo com um sorriso feroz.

Capítulo V

Eu não estava gostando nada daquilo.

Sempre mantendo um olho no Velho Carrancudo, olhei para o campo novo ao qual chegamos. Era um pouco inclinado, com os muros ao seu redor inacabados. Havia também várias pedras e dois tocos grandes de árvore espalhados pelo terreno.

Não precisei pensar muito para descobrir que limpar aquilo seria tarefa minha. Fui atrelado a um dos tocos pelas correntes de ferro enquanto cada vez mais nuvens se juntavam acima de nossas cabeças, escurecendo o céu.

— Puxe!

Joguei todo o peso do meu corpo para a frente. As raízes profundas daquela árvore já morta se agarravam à terra com vontade, parecendo fazerem parte dela. A tarefa era impossível.

Um chicote estalou perto de minha orelha, fazendo eu me abaixar. Olhei para trás e vi o Velho Carrancudo com facão e chicote nas mãos.

— Puxe, seu desgraçado!

Com raiva, voltei a puxar, de orelhas junto à cabeça. Porém não estava colocando esforço verdadeiro, mas apenas o suficiente para estar cumprindo as ordens do contrato. Talvez o pai da Humana Esperta tenha percebido, pois se aproximou de mim e disse, simplesmente:

— Não se esqueça: só o manterei nesta fazenda enquanto for útil.

Finquei os cascos na terra e puxei como se minha vida dependesse disso, pois dependia mesmo.

Coloquei mais força em um novo impulso, e mais ainda em um próximo, meio irritado e meio incentivado pelos brados dos dois homens. Deixei a imaginação correr solta sobre o que eu faria com eles se pudesse me livrar do contrato naquele exato instante.

Para meu alívio, as raízes começaram a ceder aos poucos, algumas se quebrando, até que eu as venci e arrastei o toco teimoso para fora do campo.

— Bom! Muito bom! — disse o pai da Humana Esperta.

Eu mal podia respirar devido ao esforço, mas, pelo menos, os humanos pareciam mais impressionados comigo agora, e eu não podia negar que havia sentido certo orgulho pela façanha.

Ofegante, assisti aos homens – que já haviam morrido afogados diversas vezes em minha imaginação pouco fértil – prenderem as correntes ao próximo toco de árvore. Repeti a tarefa de arrancar raízes e, depois, nós limpamos o campo das pedras, que pareciam ficar mais pesadas a cada viagem para descarregá-las em um terreno próximo.

Quando já havíamos deixado o campo perfeitamente limpo, fui atrelado ao arado e instruído a puxar. Os arreios se esticaram, e senti minha pele arder em contato com eles. Depois de carregar todo aquele peso, os arreios estavam começando a machucar as minhas costas e ombros.

Diminuí o passo.

— Pare de fazer corpo mole, Kelpie! — gritou o Velho Carrancudo, fazendo estalar o chicote.

Corpo mole, é?

Impulsionei meu corpo para a frente com violência. O arado tombou com a força do puxão, e a lâmina veio à superfície, com a estrutura toda fazendo barulho ao bater contra o chão enquanto eu a arrastava comigo.

— Pare, Kelpie!

Parei, com o sangue fervendo em minhas veias, e senti um corte arder na minha perna. O arado devia ter me acertado.

— Está tentando estragar o arado, seu maldito?

O Velho Carrancudo avançou em minha direção, e eu empinei nas pernas de trás, pronto para lutar. O pai da Humana Esperta veio à frente e interveio.

— Fique quieto, Kelpie. Abaixe a faca, John. Abaixe. Isso.

Obedecemos, mas sem desviar os olhos um do outro.

— John, eu consigo terminar este campo sozinho.

— Está louco? Esse desgraçado está só esperando para aprontar alguma.

O pai da Humana Esperta levou uma das mãos à testa.

— Está certo. Eu sei que isso tudo é difícil para você, mas tente manter a calma. — Ele se virou para mim. — Não faça mais isso. Não se esqueça de que este arado vale mais do que a sua vida. Se estragá-lo, juro que fabricaremos um novo a partir de seus ossos.

Assenti mal-humorado.

Neste momento, as primeiras gotas começaram a cair do céu e a se misturarem ao meu suor.

— A chuva está ficando forte. Vamos voltar.

Agradeci à chuva. Eu não achava que conseguiria terminar aquele campo, já que mal podia me aguentar em minhas pernas àquela altura do dia.

— Fizemos um bom progresso hoje — disse o pai da Humana Esperta. — Se não fosse pela chuva, poderíamos ter começado a arar.

Pela expressão do Velho Carrancudo, era óbvio que ele não achava que um campo limpo em poucas horas fazia a minha vida valer a pena.

— Vá na frente — disse ele. — Eu levo o Kelpie e o arado de volta ao celeiro.

O pai da Humana Esperta assentiu e se apressou para sair da água gelada. Segui o Velho Carrancudo pelo caminho lamacento com muita relutância, pois eu sentia a minha expectativa de vida diminuir drasticamente ao ficar a sós com ele.

O ar do celeiro me pareceu denso e abafado enquanto eu esperava que o Velho Carrancudo terminasse de guardar os instrumentos. Após retirar as correntes e ferramentas que eu carregava nas costas, o humano saiu por alguns instantes e voltou com um balde d'água.

— Beba.

Oras, talvez aquele humano não fosse tão mau assim. Eu estava morrendo de sede depois das longas horas de trabalho duro. Entretanto, ao me abaixar para beber, senti minhas orelhas pinicarem. Eu as mexi para ouvir melhor.

Pois não? É o instinto falando?

— Beba de uma vez — rosnou o Velho Carrancudo, ao perceber que eu hesitava diante do balde.

Ele se abaixou para pegar o facão que deixara apoiado no canto.

— Você colocou algo na água, não foi? — acusei, mudando para a forma humana.

O homem deu um pulo para trás, segurando o facão diante de si.

— Se vai tentar me matar, pelo menos me dê uma chance de lutar pela minha vida. Envenenar a minha água já é muita covardia.

Sua surpresa deu lugar ao ódio feroz.

— *Chance?* E você por acaso dá alguma chance às pessoas que você mata? — vociferou ele. Com horror, vi uma gotícula de saliva voar na minha direção. — Você pode enganar a todos, mas a mim não engana! Eu sei o monstro que você é! Sei que, se pudesse, mataria todos nós sem remorso nenhum!

Ele não estava errado, pois eu era um *kelpie*, afinal. O máximo que eu poderia dizer a meu favor era que eu não cuspia para falar.

— Eu vou proteger esta família, Kelpie. Eles não entendem que você é um monstro perigoso demais para se deixar vivo, mas eu entendo!

O humano avançou em minha direção, e resisti ao impulso de dar um passo para trás. Encarei-o de frente.

— Aquela menina é inocente demais para entender o quão perigoso você é. E o pai dela acha que precisamos de você, mas não precisamos, não. Um demônio como você não merece viver.

Vi sua mão tremer ao apertar o cabo do facão. Eu não movi um único músculo. Sabia que, em um embate corpo a corpo, eu venceria. Era mais forte do que ele.

Devido ao resultado do nosso primeiro encontro, o humano sabia disso também. Chutou o balde com força, derramando a água envenenada no chão. Com uma veia a latejar em sua testa, ele se virou bruscamente e saiu para a chuva, batendo a porta do celeiro com força e deixando para trás a promessa de que, se eu não mantivesse os olhos bem abertos, corria o risco de nunca mais abri-los.

***

Todos os meus músculos estavam tensos e doloridos, e o corte na minha perna ardia, mas eu não conseguia ficar parado. Andei de um lado para o outro do celeiro, como um animal enjaulado. A Humana Esperta e o pai dela me manteriam vivo enquanto eu fosse útil, mas o Velho Carrancudo era imprevisível. Talvez meu prazo fosse mais curto do que eu esperava.

Afastei o cabelo molhado que caíra sobre os meus olhos, como se isso fosse me ajudar a enxergar uma solução.

Pense! Deve haver uma saída. Um detalhe que...

— Hehehe.

Parei. Olhei ao redor.

Era a minha imaginação, ou o destino havia acabado de rir da minha cara?

— Muitos anos atrás, o menino mais novo do John achou um filhote de raposa perto do galinheiro e o levou para casa. O velho John não ficou nem um pouco feliz naquela hora, mas agora... Há! A sobrinha traz um *kelpie*! Há, há!

Procurei pela voz misteriosa. Apesar do tom alto, eu tinha certeza de que era masculina. Seu timbre era marcante, um pouco anasalado, e parecia vir da direção de uma das estantes do depósito. Aquelas estantes... Eu as havia revirado durante a noite anterior, testando cada ferramenta e as jogando de volta sem cuidado nenhum. Porém, agora, percebi que estavam todas muito bem organizadas e até limpas. Aproximei-me. Só então reparei no cheiro de *faery* que estivera mascarado pelo cheiro das vacas. Não era como o cheiro típico dos *kelpies*, nem como o fedor horroroso dos *trowes*. Era de uma espécie que eu não conhecia.

— Quer parar de andar de um lado para o outro, Kelpie? Está espalhando lama pelo celeiro inteiro!

Em uma das prateleiras, lá estava ele, usando roupas de retalhos e torcendo um pano úmido para, logo depois, prendê-lo a um cabo de madeira. Apesar das reclamações, seu sorriso torto denunciava bom humor.

— Ah, essa lama! — Ele pulou ao chão e começou a esfregar a portinhola da baia. — Dá licença? Você é muito bagunceiro para o meu gosto.

E ele era muito atrevido para uma criatura com pouco mais de um palmo de altura.

— Quem é você? — perguntei ao pequeno *faery* marrom.

— O *brownie* a quem você está dando trabalho desde que chegou — respondeu, erguendo os olhos pequenos e vivos em uma expressão meio repreendedora, meio divertida.

— Um *brownie*...? — Era a primeira vez que eu conhecia um. — Você mora aqui na fazenda?

— Sim, há muitos anos. E não ouço falar de *kelpies* na região desde...

Seguiu-se uma estranha pausa, que me fez imaginar se ele havia desistido de completar a frase ou só se distraiu com a mancha de lama que eu havia deixado no cercado de madeira. De qualquer maneira, o *brownie* suspirou brevemente e esfregou a mancha.

— Explique-me uma coisa: por que vocês, *kelpies*, têm esta mania de querer se casar com humanas?

Era a primeira vez que me perguntavam isso, e eu não sabia por que ele se interessaria pelo assunto. No momento, eu queria que a conversa fosse a uma direção mais útil a mim.

— Por que... Porque sim. Olha, já que você conhece a fazenda melhor, eu queria perguntar...

— Pode me dar uma mão para alcançar a janela?

Olhei da janela para o pequeno *faery* aos meus pés. Sem saber bem o que pensar da situação, eu o peguei nas mãos e o depositei na janela.

— Obrigado. Você dizia...?

— Eu...

— Ah, me desculpe! Pode me passar aquele pano seco?

Entreguei-lhe o retalho e esperei até ter certeza de que o Brownie estivesse assobiando feliz da vida com todos os itens de limpeza à mão.

— Então — eu disse. — Você sabe de alguma coisa que possa me ajudar a me livrar deste contrato? — apontei para o colar de couro trançado.

Ele parou de assobiar.

— Kelpie, pessoalmente, eu não tenho nada contra você. Mas eu gosto desta família humana. — Ele esfregou a janela devagar, quase com carinho. — Não serei seu inimigo, mas também não vou ajudar você. Eu não interfiro no mundo humano.

Bufei. Era otimismo demais esperar que ele fosse um aliado, mas eu queria que tivesse me dito aquilo antes de me pedir para ajudá-lo na limpeza.

— E isso aí não é intervir? — Apontei para a janela que ele esfregava.

O pequeno *faery* olhou para mim como se eu fosse louco.

— Isto está sujo. Como você consegue *não* limpar? Ah — exclamou, ao olhar pela janela. — Que estranho. Tem alguém vindo.

Espiei o lado de fora. Na chuva, uma figura vinha em direção ao celeiro.

Seria possível que o Velho Carrancudo tentasse me matar de novo, duas vezes no mesmo dia?

Chega. Chega disso.

Desta vez, eu agiria primeiro.

***

Postei-me ao lado da porta, misturando-me às sombras. Havia uma ordem contra eu machucar humanos, mas, em nenhum momento, foi-me dito que eu não poderia imobilizar um. Esperei quieto, sentindo a expectativa correr de maneira conhecida pelas minhas veias pela espera até minha presa cair na armadilha.

A porta rangeu e se abriu.

Em um movimento preciso, segurei os pulsos da Humana Esperta e a prendi contra a parede. Ela deixou escapar um grito de espanto.

Pisquei. Não era quem eu esperava.

Ela fechou os olhos bem apertados, e seu peito subia e descia rapidamente. Eu não via nenhuma arma. A barra de sua saia estava molhada e enlameada, e ela havia derrubado algumas toalhas velhas no chão.

Eu a soltei e me recostei à parede de pedra, escorregando até desabar no chão com um suspiro de alívio.

— Desculpe, eu achei que fosse... Deixa pra lá — eu disse, sentindo-me cansado e constrangido pelo engano. Dois dias no mundo dos humanos, e eu já estava me tornando paranoico.

A Humana Esperta ainda estava colada à parede, e precisou de um segundo para encontrar a própria voz.

— O-o que pensa que está fazendo? Você quase me mata de susto.

— Eu digo o mesmo — murmurei.

— Nunca mais faça isso.

— Não farei.

Nós dois ficamos em silêncio por um instante, tentando acalmar as batidas de nossos próprios corações.

— O que veio fazer aqui, Humana?

— Pensei que você pudesse estar com frio.

Permaneci calado, olhando-a sem entender. Eu deveria estar com uma expressão tão burra no rosto que ela me deu mais uma chance. Um pouco hesitante, recolheu uma toalha do chão e a esticou em minha direção, mantendo o máximo de distância possível entre nós.

Ah. Agora entendi.

— As noites podem ser bem frias aqui, e imaginei que o tio John não iria se dar ao trabalho de secar você como fazemos com os cavalos — ela disse, depois que eu aceitei a toalha. Então, passou a arrumar as toalhas caídas sem olhar para mim. — Só achei que seria um pouco cruel demais deixá-lo congelar até a morte.

— Pelo menos agradeça, seu *faery* mal educado! — disse o Brownie, que estivera assistindo à conversa em vez de limpar a janela. — A garota está sendo gentil.

Gentil?

— Eu... Hã... Obrigado. Mas não precisava trazer toalhas... Eu sou um espírito da água, lembra?

Um momento de silêncio. Então, ela abafou um gemido constrangido.

— Meu Deus! É verdade. — A humana cobriu o rosto com as mãos. Estava ficando vermelha. — Você mora em um rio. Não sei o que eu estava pensando.

— Agradeço pela intenção.

Ela assentiu, ainda cobrindo o rosto.

— Certo. — A bela humana se levantou como se fosse ir embora. Então, pareceu perceber o sangue na minha perna. — Melhor limpar isso. Você pode usar as toalhas — disse, e em seguida me olhou mais atentamente, analisando meu rosto. — É normal você parecer um pouco pálido?

Franzi as sobrancelhas.

— Trabalhei pesado sem comer nos últimos dois dias. Não é de se espantar que minha aparência não esteja das melhores.

— Que droga — a Humana Esperta murmurou. — Você precisa comer?

— Que pergunta estúpida! É claro que eu preciso comer!

Ela recuou para perto da porta.

Repreendi a mim mesmo, mentalmente. Não era essa a educação que minha mãe havia me dado.

— Sinto muito, de verdade — eu disse. Afinal, eu fora ensinado a nunca ser rude com uma fêmea, e não achava que existia uma cláusula especial para o caso de estar cansado, irritado e preocupado com a minha morte iminente.

A Humana Esperta franziu as sobrancelhas, parecendo intrigada.

— Eu não entendo — disse ela. — Você não vê nada de errado em matar pessoas, mas pede desculpas por ser rude?

Fiquei confuso. Por que matar pessoas seria errado? Após me recuperar da surpresa, procurei por uma maneira de explicar o que, para mim, era óbvio e natural.

— A chuva cai, alaga os campos e destrói plantações — eu disse. — Ela causa inúmeros problemas aos humanos. Você pode não gostar da chuva por causa disso, mas não pode dizer que ela está errada por cair.

É a sua natureza. Assim como é da natureza dos *kelpies* atrair, afogar e devorar humanos, deixando apenas o fígado para trás.

— Mas você não pode escolher não matar pessoas?

— Não. Se eu fizesse isso, deixaria de ser um *kelpie*. Como eu disse, é a minha natureza.

Ela balançou a cabeça, não parecendo convencida.

— Acho que não tem como nós concordarmos nesse assunto. Só lhe digo que devorar pessoas está fora de questão de agora em diante.

Eu já esperava por isso.

— Posso me alimentar de qualquer coisa que humanos ou cavalos conseguem comer. Não me alimento só de humanos.

— Então por que...? — começou a perguntar, mas desistiu. — Ah, deixa pra lá.

Aquela informação pareceu interessá-la. Ela me ignorou enquanto murmurava para si mesma e mostrava um dedo, dois dedos, três dedos. Fazia cálculos, eu presumi.

— Está bem — disse, afinal. — Não queria ter essa despesa contigo, mas não tem jeito. Acho que consigo fazer com que os custos de te alimentar não sejam muito altos. — Ela se virou em direção à porta. — Amanhã eu trago alguma coisa.

— Antes de ir, será que você pode repetir as ordens que me deu até agora? As que ainda estão valendo.

— Para você tentar achar uma brecha e escapar do contrato? — a Humana Esperta perguntou, arqueando as sobrancelhas.

— Sim.

Os cantos de seus lábios se curvaram levemente.

— Não matar nem ferir seres humanos. Não sair do celeiro sem permissão. Não sair da fazenda sem permissão. Obedecer às instruções do meu pai e do meu tio. Não tirar suas rédeas de couro do contrato. Não tirar de mim o colar de prata do contrato. — Ela abriu a porta. — Essas são as regras. Boa sorte para você, se acha que consegue burlá-las.

A Humana Esperta saiu para a noite de céu encoberto, e, pela janela, eu a vi retornar ao abrigo de sua casa.

— Você parece satisfeito — disse o Brownie, provavelmente percebendo o sorriso que crescia em meu rosto. — No que está pensando?

Eu estava pensando que não precisava de sorte para burlar as ordens dadas sob o contrato.

Na verdade, agora, eu já sabia exatamente como me livrar dele.

Capírulo VI

Na manhã seguinte, a Humana Esperta me trouxe uma porção da mesma comida que era dada às vacas – ou seja, batatas cruas. Eu não reclamei. Engoli tudo vorazmente.

O Velho Carrancudo assistiu com uma expressão de completa desaprovação. Não sei por quê, já que ele planejava uma morte muito mais imediata para mim do que a morte por fome.

Tentei ignorá-lo ao fazer minha refeição. Enquanto eu comia, ouvi um pouco da conversa entre os humanos. Pelo que entendi, os drenos do campo novo estavam inacabados, então a terra ficara encharcada pela chuva do dia anterior. Parece que isso os preocupava, pois as batatas, ao contrário dos *kelpies*, não gostavam de ser criadas debaixo d'água.

A decisão foi priorizar a finalização dos drenos antes de voltar a preparar a terra, o que era boa notícia para mim, que poderia tirar o dia de folga do arado. Por outro lado, minha folga era relativa, pois teria que puxar a carroça, já que os humanos decidiram ir ao litoral para fazer negócios com os pescadores.

Deixamos a fazenda e pegamos uma estradinha que passava pela vila. Era um punhado de casinhas simples de pedra, com crianças correndo por ali, mulheres estendendo roupas nos varais, homens carregando sacos de sementes em direção aos campos. A Humana Esperta e os dois homens cumprimentavam um ou outro conhecido e, vez por outra, explicavam a mentira combinada sobre a minha origem, já que eu estava atraindo diversos olhares curiosos. A maioria das pessoas não parecia muito surpresa, entretanto, pois a história correra rapidamente.

Quando já estávamos nos limites da vila, um garoto correu em nossa direção.

— Aileen, olha o que eu fiz! — gritou ele, quase trombando contra a humana. Talvez fosse a mesma criança que foi chamar o Dr. Beaton logo após o estabelecimento do contrato, mas eu não saberia dizer ao certo. Para mim, filhotes humanos eram todos iguais.

A Humana Esperta se abaixou e pegou uma figura de madeira em suas mãos.

— Que bonito, Angus! — disse ela. — Vai se tornar um marceneiro como o seu pai?

Ou ela estava sendo gentil com a criança, ou tinha um senso estético ruim. Eu não fazia a mínima ideia do que a figura de madeira deveria representar. Um cachorro manco com cabeça de rato, talvez?

— Acha que ficou parecido com o seu cavalo? — perguntou o garoto humano.

Ah.

— Hm... — Com um ligeiro sorriso, a Humana Esperta me analisou em comparação à figura. — Uma das pernas está um pouco curta, mas, fora isso, está igualzinho.

Uma mulher chamou o garoto. Ele lançou um sorriso para a Humana Esperta e correu em direção à sua mãe.

— Já falei para ficar longe de cavalos negros, não falei? — Eu ouvi a mulher dizer quando nós já nos afastávamos. A bronca era quase uma brincadeira, e continha um tom de carinho. — E se é um *kelpie* e te arrasta para o fundo do rio?

As mães têm um dom incrível de sempre estar certas, não?

Continuamos o caminho para o litoral. O primeiro sinal dele que percebi foi a brisa salgada que nos saudou. Logo depois, enxerguei uma longa praia de areia branca. Na ponta da qual nos aproximávamos havia um rochedo. As ondas de diversos tons entre azul e verde espirravam espuma ao se chocar contra as pedras, e as gotículas d'água brilhavam na luz do sol que escapava por entre as nuvens.

Antes de a terra dar lugar à areia, havia várias casinhas de pedra. Algumas redes penduradas do lado de fora das casas, o cheiro de peixe salgado e os barquinhos perto do horizonte denunciavam que a maioria daquelas pessoas tirava o seu sustento do mar.

Aproximamo-nos de uma senhora que estava sentada em frente à porta de uma casa. Ao nos ver, ela sorriu e cumprimentou os humanos.

— Amigos, há quanto tempo! Vocês nunca vêm me visitar. Entrem, minha nora irá servir uma bebida enquanto conversamos. Vocês já a conhecem?

— Ainda não tivemos esse prazer — disse o pai da Humana Esperta.

— Uma moça bonita e obediente. Era tudo o que meu filho queria. Só que é meio distraída, vive sonhando acordada, olhando para o mar. Quando a porta se abriu, uma mulher de cabelos escuros olhou para nós, e sua sogra a apresentou. A moça cumprimentou a todos educadamente e logo entrou, seguida pelos convidados. Algo nela me chamou vagamente a atenção, mas eu não soube dizer o que era, e deixei para lá.

— Espere por nós aqui — a Humana Esperta me disse baixinho, na porta, enquanto a velha humana continuava a falar sobre o bom casamento de seu filho e a mandar a nora trazer isto e aquilo para os convidados.

Eu e a carroça ficamos ao lado da casa. Eu podia ouvir um pouco da conversa que se passava lá dentro, mas ela não me interessava muito. Voltei minha atenção ao som das ondas do mar, que não era como a canção suave dos rios, mas me fazia ter saudades da sensação de estar debaixo d'água, no lugar ao qual eu pertencia. Observei as ondas quebrando na areia. A voz do mar era, de fato, bem diferente. Mais poderosa, mais imprevisível. Parecia esconder segredos terríveis e maravilhosos nas suas profundezas escuras, e promessas jamais cumpridas em seu horizonte distante. Exercia certo fascínio sobre mim, mas, mais forte do que isso, desconfiança. E se o mar tivesse monstros escamosos de dentes afiados e um gosto peculiar por *kelpies*? Eu era um espírito da água, mas meu lugar eram os rios. Preferia admirar o mar de longe.

Um ruído interrompeu minhas divagações a respeito de monstros marinhos – se *kelpies* não se aventuravam nas águas salgadas, como é que poderia existir um monstro com gosto peculiar por *kelpies*? –, e virei a cabeça para o lado. A humana de cabelos escuros saiu pela porta carregando um balde de madeira.

Ela interrompeu seus passos e ergueu os olhos para o mar. Eram belos e tristes olhos cinzentos, e miravam as ondas com uma melancolia somente conhecida por aqueles que veem diante de si aquilo que mais amam, mas sabem que o perderam para sempre. A humana suspirou e baixou os olhos.

Eu estava voltando minha atenção para os monstros marinhos novamente quando minhas orelhas se mexeram em direção à humana. Que sensação era aquela? Olhei-a bem. Parecia apenas uma humana triste, mas um esboço de ideia se formava em minha mente. Não havia tempo para elaborá-la melhor, pois a humana de olhos cinzentos já estava prestes a voltar para dentro. Então segui meu primeiro impulso.

— Bom dia — eu disse em um idioma dos *faeries* da água. Para qualquer humano, o cumprimento soaria apenas como uma camada d'água deslizando sobre outra, um som que poderia facilmente ser creditado ao mar e, assim, ignorado. Só que ela não o ignorou. Em vez disso, seu corpo parou no lugar e, lentamente, seus olhos cinzentos se viraram para mim, arregalados de espanto.

***

— Peço perdão por assustá-la. Deixe-me adivinhar... Uma *selkie*? Ela assentiu, com os olhos ainda arregalados. Verificou se ninguém nos observava e se aproximou, falando baixinho no idioma *faery*.

— O que um *kelpie* está fazendo tão longe do rio, e na companhia de humanos?

— Apenas dando um passeio — respondi, com um sorriso um tanto constrangido que eu esperava que pudesse ser interpretado como bom humor.

Meu coração estava acelerado. Eu tentava agir com naturalidade, sem demonstrar a expectativa que sentia.

Eu sabia como quebrar o contrato. Ele era formado pela corrente de prata no pescoço da Humana Esperta e pelas rédeas de couro em meu pescoço, e eu estava proibido de retirar qualquer um deles. *Eu* estava proibido.

O que significava que qualquer outra pessoa que quisesse poderia quebrar o contrato por mim.

— E você? — indaguei. — Está morando com humanos, certo?

Estava curioso sobre isso de verdade. Os *selkies* não costumam se aproximar de humanos, pois são criaturas muito ariscas, embora gentis. No mar, são focas. Só saem, segundo as histórias, para dançar na praia em noites enluaradas. Nessas ocasiões, despem-se de suas peles de foca e adquirem aparência humana.

A Selkie de olhos cinzentos apertou os lábios.

— É uma longa história.

— Gosto de histórias — eu disse.

A *faery* hesitou por um momento e se aproximou um pouco mais de mim, olhando para os lados para se certificar de que os humanos à vista não estavam prestando atenção em nós. Então, com uma voz tão sutil que poderia ser apenas o som da espuma do mar, ela me contou a sua história.

— Éramos sete irmãs — a Selkie começou. — Em uma noite do verão passado, nós viemos à praia para dançar e brincar sob a lua. Um pescador nos viu. Quando percebemos a sua presença, as minhas irmãs vestiram as suas peles de foca e pularam, uma a uma, de volta para o mar. Eu não pude segui-las. — As mãos da Selkie apertaram o balde com força contra o seu peito. — O pescador havia roubado a minha pele. — Seus olhos cinzentos se encheram de lágrimas. Antes de continuar, ela piscou algumas vezes e respirou fundo. — Eu pedi que ele me devolvesse a minha pele, pedi muitas vezes, pois não posso voltar para o mar sem ela, mas ele disse que não. Ele disse que havia se apaixonado por mim, e que me faria a sua esposa. Eu não tinha escolha. Estava nua, sozinha, e sem poder voltar para casa. Segui o pescador até a sua casa, e ele me vestiu e me alimentou, e me deu tudo o que eu pedi, exceto pela minha pele. É por isso que estou aqui, presa, como esposa de um humano.

Fiquei sem palavras. Eu a havia abordado com a intenção de lhe pedir um favor. Entretanto, não imaginava que ela também estivesse presa aos humanos.

— Meu marido humano não é mau — disse a Selkie. — Ele é muito atencioso e me ama de verdade. Até aprendi a gostar dele também. Só que ele não entende que o meu lugar não é a terra. — Ela ergueu os olhos tristes em direção ao oceano. — Aquele é o meu verdadeiro lar. Aquele é o lugar ao qual pertenço. É onde estão minhas irmãs e todos os de meu povo. É o único lugar onde posso ser feliz de verdade.

Ao observar, mais uma vez, a maneira como seus olhos cinzentos olhavam para o mar, eu tomei uma decisão. Fiz minha proposta.

— Acho que podemos ajudar um ao outro — eu disse. A Selkie se virou para mim, atenta. — A verdade é que eu estou preso a uma humana por um contrato.

A Selkie franziu as sobrancelhas e, pela primeira vez, pareceu prestar atenção nas rédeas que eu usava. Não eram de prata.

— Um contrato? Poderia ser aquele da lenda?

— É, sim. Uma humana me enganou e me prendeu a um contrato, colocando-me estas rédeas de couro — eu disse rapidamente, não querendo dar muito destaque ao incidente menos glorioso de minha vida. — Estou preso a uma humana, assim como você está presa a um humano. Se você tirar estas rédeas de mim, eu estarei livre para ir aonde quiser e poderei procurar o lugar onde o pescador esconde a sua pele. Assim, você poderá voltar para a sua casa.

Tudo se encaixava perfeitamente. Eu estava pensando que era quase conveniente demais para ser verdade.

— Perdoe minha desconfiança, mas eu tenho uma contraproposta — disse a Selkie, com os olhos brilhantes, agora, por um sentimento que iluminava o seu rosto. — Primeiro, você me devolve a minha pele. Depois, eu quebro o seu contrato.

Ah, droga. Era mesmo bom demais para ser verdade.

***

— Por que está demorando tanto? — perguntou a velha humana ao abrir a porta. — Entre e lave a louça. Nós estamos indo na Ciara, porque os McAulay querem negociar as algas.

Os humanos saíram e caminharam até outra casa, onde uma mulher os recebeu. De costas para mim, a Selkie sussurrou como uma onda alcançando a areia.

— Me siga.

Agora que a casa estava vazia, poderíamos discutir com privacidade, sem correr o risco de alguém achar estranho ver uma mulher conversando com um cavalo. Esperei até que os humanos tivessem entrado na outra casa e segui a Selkie, fechando a porta atrás das minhas costas, já em minha forma humana.

— Precisamos ser rápidos — disse a *faery* do mar. — Concorda com os meus termos? Eu já procurei em cada mísero pedacinho desta casa, então sei que não está aqui dentro. Também não está nas paredes, nem no telhado. E também procurei na casa da irmã dele.

— Espere, espere um pouco — eu disse, mas passei os olhos pelo único cômodo minúsculo, que tinha redes guardadas em um canto e um lugar para a fogueira no canto oposto. Não havia muitos esconderijos ali. — Se você quebrasse o meu contrato agora, eu poderia procurar pela sua pele livremente. Preso aos humanos, só posso vir aqui quando eles me permitem.

Com o olhar baixo, ela caminhou até os copos sujos que sua sogra mandara lavar.

— Não. Sinto muito, mas só tirarei suas rédeas quando você trouxer a minha pele.

Provavelmente, ela temia que eu não cumprisse a minha parte do acordo se fosse libertado primeiro, e eu não sabia como convencê-la do contrário. Estava sendo sincero.

— Prometo que lhe trarei a sua pele, Selkie, quer eu seja libertado antes ou depois. Não estou tentando enganá-la para fugir sozinho.

A Selkie deu um sorriso sem alegria. Sua decisão final tinha um tom de amargura que, de alguma forma, não combinava com ela.

— Sinto muito, mas é pedir demais que eu confie em um *faery* cuja vida é enganar humanos para devorá-los.

Quis argumentar, mas nós dois ouvimos um ruído do lado de fora e nos demos conta de que os humanos poderiam voltar a qualquer instante.

— Tudo bem — eu disse, já com a mão na porta. — Trarei a sua pele.

A Selkie assentiu. Abri a porta e olhei para trás uma última vez, para a *faery* triste que estaria me aguardando. Assim que virei o rosto, quase trombei com algo. Parado diante de mim, estava o Velho Carrancudo.

Capítulo VII

Senti como se meu espírito saísse de meu corpo, pois queria estar em qualquer outro lugar que não fosse a minha pele.

— Para dentro — disse o Velho Carrancudo, encostando a ponta do facão contra o meu peito e me empurrando para trás. — O que pensa que está fazendo aqui? O que planejava fazer com ela?

Referia-se à Selkie, que encarava a nós dois com uma expressão assustada. Eu estava bastante ciente de que poderia ter sido mal interpretado ao ser pego com ela, mas também não poderia dizer a verdade.

— Eu não estava fazendo nada — eu disse, e a resposta soou patética até para mim.

— O que ele fez? — o Velho Carrancudo perguntou à Selkie, que se sobressaltou.

Encarei-a. *Vamos, por favor, me ajude aqui!*

— E-ele não fez nada — ela disse. Com o olhar, implorei que fosse mais enfática. — Este homem não me fez nenhum mal. Ele apenas me pediu um copo d'água, e já estava de saída.

Assenti com vontade.

— Isso! — eu disse, um pouco entusiasmado demais. — Você envenenou a minha água ontem, lembra? Por isso eu estava com sede.

Ele grunhiu em resposta, apertando um pouco mais a ponta da lâmina contra mim. Encarou-me de perto, e pude ver em seus olhos que estava se segurando para não me fatiar ali mesmo. Um barulho atrás de mim o fez lembrar que a Selkie ainda estava conosco, e que não seria certo matar alguém na frente dela.

— Fora — ordenou, e eu obedeci. — Volte logo para a forma de cavalo e não tente nenhuma gracinha. — Ele, então, se virou para a *faery* do mar. — Não sei que mentiras esse desgraçado te contou, mas ele é perigoso.

— Perigoso?

— É um monstro do rio que tentou fazer a minha sobrinha se casar com ele. Pode parecer humano, mas é um monstro com sangue nas mãos. — Antes de fechar a porta, ele deu um último aviso. — Fique longe dele, para o seu próprio bem.

Eu tinha quase certeza de que os humanos haviam combinado de não saírem contando sobre a minha verdadeira natureza, mas achei que não era um bom momento para lembrar o Velho Carrancudo. Além disso, a Selkie já sabia que eu era um *kelpie*.

— Não sei o que está aprontando, Kelpie maldito — disse ele, enquanto me prendia à carroça com força desnecessária. — Mas sei que está.

Não deixei aquilo estragar o meu humor. Apesar de sermos pegos no flagra, o Velho Carrancudo não parecia saber que a Selkie não era humana, nem suspeitar que tivéssemos um acordo. Procurar por sua pele seria mais complicado enquanto eu estivesse preso aos humanos, mas eu estava satisfeito o bastante por ter conseguido alguém para quebrar o meu contrato. Poderia esperar mais um pouco.

Finalmente, eu tinha uma aliada.

***

Pouco depois, os humanos vieram carregar a carroça e terminaram seus negócios no litoral. Começamos a fazer o caminho de volta.

Tentei dar uma última espiada na região. Os rochedos que limitavam a praia chamaram a minha atenção como possível esconderijo para a pele, e eu não duvidava de que existissem algumas cavernas ali perto. Queria verificar naquele exato momento, mas precisaria esperar por uma próxima oportunidade. Até lá, eu pensaria nos outros possíveis esconderijos.

Voltei a cabeça para frente da estrada quando meu pescoço já estava doendo de tanto olhar para trás.

— Pai, você e o tio John podem ir na frente? — disse a Humana Esperta, quando entrávamos na vila. — Eu queria levar o Kelpie até o Dr. Beaton.

O pai dela ergueu as sobrancelhas.

— Por quê?

— Ele entende bastante de *faeries*. Achei que seria uma boa ideia.

O humano olhou para ela fixamente. Eu não havia percebido nada de incomum na resposta dela, mas seu pai a conhecia há mais tempo. Era uma resposta vaga.

— Está bem — disse ele, por fim. — Eu e o John vamos na frente. Precisamos terminar aqueles drenos.

Como se concordasse, o céu grunhiu com uma trovoada distante. Em breve, a chuva chegaria até nós novamente.

— Dizem que os *kelpies* sabem provocar tempestades — comentou o Velho Carrancudo, olhando-me de lado.

Que ótimo. Agora ele iria me culpar pelo mau tempo.

Pude ouvir o Velho Carrancudo questionar o outro sobre o perigo de nos deixar sozinhos enquanto eu já seguia a Humana Esperta, atravessando a vila. Francamente, o que todo mundo achava que eu poderia fazer contra ela? Se alguém corria algum perigo, com certeza era eu.

— Aileen — uma voz masculina chamou.

— Merda.

Por um instante, duvidei de que aquela palavra deselegante tivesse saído dos lábios da Humana Esperta, mas havia sido ela mesma. Um humano que carregava um feixe de feno estava vindo em nossa direção.

— Estava distraída, heim? — disse ele, bloqueando nosso caminho. — Não percebeu que te chamei?

Credo! Quando olhei para o rosto sorridente do sujeito, percebi por que a Humana Esperta quis evitá-lo. Metade de seu rosto estava desfigurada por cicatrizes grotescas, como se a pele tivesse derretido e se solidificado de qualquer jeito. Eram marcas de queimaduras, presumi.

Afastei-me um passo.

— Olá, Donnchadh — disse a humana, sem nenhuma entonação na voz.

— Como conseguiu esse cavalo? Vocês não estavam quebrados?

— Sem mais nem menos, o humano desfigurado colocou as mãos na minha boca. — Belos dentes.

Belos dedos, seu atrevido.

A Humana Esperta rapidamente afastou as mãos dele ao perceber minhas intenções. Lançou-me um olhar de advertência que, no fundo, não foi muito convincente por causa de seu quase sorriso.

— Melhor não fazer isso. Ele morde.

— Hum — disse ele, e segurou as mãos dela. — Ouvi dizer que o cavalo de vocês morreu no inverno. Deveriam ter vendido ele para o açougue antes que ficasse velho e doente. É por essas e outras que a situação de vocês está ruim.

Com o pretexto de prender melhor as sacolas em minhas costas, a Humana Esperta se soltou dele e respirou fundo. Aquele humano era bem desagradável, tanto na aparência quanto nos modos.

— Está dizendo que não sabemos cuidar da nossa fazenda?

— Calma, não precisa se ofender! Você é muito sensível — disse o Desagradável. — Pense bem. Seu pai e seu tio já não são jovens, e você... Bem, você é só uma garota.

— *Só* uma...?

— Administrar uma fazenda não é nada fácil, e você vai precisar de alguém para tomar as decisões difíceis.

Ele fez uma pausa com um sorriso, talvez esperando que a humana fizesse uma pergunta. Entretanto, ela manteve os braços cruzados e uma expressão pouco amigável no rosto, estendendo o silêncio. Com o sorriso — torto por causa das cicatrizes — começando a cair, o Desagradável pigarreou e continuou a falar.

— Você deve estar se perguntando aonde eu quero chegar com isso tudo, não é mesmo? Eu...

Antes que ele continuasse, outro humano o interrompeu:

— Donnchadh, o patrão está chamando.

Olhamos para o recém-chegado, um homem mais velho que se aproximava carregando uma sela de cavalo.

— O que está fazendo aqui? — perguntou ele, olhando da Humana Esperta para o Desagradável com um sorriso provocador. — Namorando?

— Já estou indo — respondeu o Desagradável, retribuindo o sorriso sem nenhum constrangimento. — Só fui buscar feno extra. — Então, se virou para a Humana Esperta. — Tenho trabalho a fazer. Depois a gente se fala.

— Não se eu puder evitar — eu a ouvi murmurar para as suas costas.

Tive a impressão de que, se eu não havia gostado do Desagradável, ela gostava ainda menos. Assim que ele sumiu de vista, a Humana Esperta bufou alto e respirou fundo.

— Certo — disse para si mesma. — Vamos ao Dr. Beaton.

Voltamos a caminhar e chegamos a uma casa mais afastada e bem maior que as demais. Tinha uma bela horta e um jardim no terreno ao lado, e um pequeno estábulo.

A Humana Esperta bateu à porta.

— Bom dia, Aileen! — cumprimentou o Dr. Beaton ao abrir a porta. — Bom dia, Kelpie — acrescentou mais baixo, verificando se havia outras pessoas por perto. — Sigam-me, por favor.

Contornamos a casa até a parte dos fundos, onde havia vários vasos com ervas e flores. Deixamos a carroça fora da visão de quem passasse pela estrada.

— Kelpie, pode fazer a gentileza de passar para a forma humana? — pediu o Dr. Beaton. — Assim, poderemos todos conversar lá dentro.

Olhei para a Humana Esperta, que assentiu. Fiquei satisfeito em me livrar da carroça e dos arreios, os quais ainda me incomodavam, mas estava um pouco apreensivo, pois não sabia por que estava ali.

Indicaram-me uma porta dos fundos que, claramente, dava para um cômodo que havia sido acrescentado posteriormente à casa principal. Ao entrar, passando pelas paredes grossas de pedra, de mais de um metro de espessura, vi que o lugar era ainda menor por dentro, pois estantes cheias de livros ocupavam grande parte do espaço. Também havia prateleiras cheias de frascos, potes com vegetais secos, instrumentos metálicos e uma bancada de trabalho. Apesar de tudo, dava para se perceber que existia algum nível de organização, embora eu não conseguisse identificar qual era.

— Sentem-se, por favor — disse o Dr. Beaton, indicando dois banquinhos de madeira ao redor de uma pequena mesa.

Sentei-me relutante enquanto olhava ao meu redor, procurando por uma possível rota de fuga. Havia uma passagem sem porta ligando aquela saleta ao cômodo principal da casa, mas, de onde eu estava, não conseguia ver o que havia lá.

— Aceitam um chá?

— Não, obrigada. Não vou me demorar.

O Dr. Beaton assentiu, sentando-se diante de nós.

— Pois bem. Está indo tudo bem?

— Está tudo indo muito bem, sim.

Isso era opinião dela.

Se eu tivesse que sair correndo, teria que pular a pilha de livros que estava no meio do caminho, e sentia que, se eu batesse em um daqueles frascos suspeitos e derrubasse o conteúdo em cima de mim, corria o risco de acabar transformado em um sapo. Como um sapo, talvez fosse mais fácil escapar até o meu rio, mas será que valeria a pena viver com as verrugas?

— Eu resolvi passar por aqui porque... bem... — A Humana Esperta se virou para mim, e eu havia decidido que não queria ser um sapo com verrugas. — Kelpie, pode tirar a camisa?

— O quê?

— Céus! Não precisa fazer essa cara. Eu queria mostrar isto aqui.

Ela puxou a gola da minha camisa para baixo, revelando a base do meu pescoço.

— Os arreios estão machucando um pouco ele — a humana explicou, soltando a minha camisa rapidamente, e, a seguir, começou a alisar o seu vestido. Voltei a respirar. — Principalmente perto dos ombros. E tem um corte em seu tornozelo.

Não sabia que ela havia reparado naquilo tudo. Os outros humanos não repararam, ou, pensando melhor, devem ter reparado e apenas ignorado. Um deles provavelmente chegou à conclusão de que aquilo não me mataria até o fim do verão, e o outro estava torcendo para que algo me matasse até o fim do verão. Eu só não entendia muito bem como funcionava a cabeça da Humana Esperta.

— Acho que eu poderia cuidar disso se fosse um cavalo, mas achei melhor trazê-lo até o senhor — continuou ela. — Quero dizer, eu não sabia como... Como lidar com... — ela fez um gesto em minha direção como se isso finalizasse sua frase. Voltou a alisar o vestido.

— Vamos dar uma olhada nisso, então — disse o Dr. Beaton, que sorriu como se entendesse o que ela queria dizer.

— Quanto ao pagamento pela consulta...

— Acho justo que o Kelpie pague. — Eu e a Humana Esperta nos entreolhamos, e, certamente, eu não tinha cara de ser um *faery* que guarda ouro no final de arco-íris. — Com conhecimento — esclareceu o Dr. Beaton. — Eu fico mais do que satisfeito em poder lhe fazer algumas perguntas.

A Humana Esperta concordou e se levantou.

— Volto mais tarde, então. Vou ver se o Ferris está nos McNeil.

Logo depois que ela saiu, nos deixando a sós, o Dr. Beaton se levantou.

— Pode relaxar — disse ele. — Eu não vou morder você.

Só então me dei conta do quanto eu estava tenso, com os músculos dos ombros rígidos. Não parecia haver nenhum perigo imediato, e o Dr. Beaton nunca expressou nenhum interesse em minha morte, mas um pouco de desconfiança não faria mal a ninguém.

— E você? Aceita uma xícara de chá? — indagou o humano, caminhando até o outro cômodo. — Adoro chá. Um pequeno hábito que adquiri com os ingleses.

Eu não sabia o que era chá, mas aceitei, pois estava aceitando qualquer coisa que não me fosse oferecida pelo Velho Carrancudo. Logo uma xícara foi colocada à minha frente. Cheirei o vapor quente que emanava dela e tomei um gole. Não era ruim, mas eu ainda preferia água pura.

Ergui os olhos em direção ao outro cômodo ao ouvir a porta da frente se abrir. Passos ecoaram pela casa junto ao som de alguém cantarolando.

— Bethia, minha fada, temos visita! — disse o Dr. Beaton.

O cantarolar cessou, e os passos vieram ao nosso encontro. Uma humana apareceu à porta e me examinou com um olhar levemente curioso. A primeira impressão que eu tive foi de uma jovem muito bonita, mas, depois de piscar, vi que se tratava de uma senhora de cabelos já cinzentos, um pouco gordinha e de baixa estatura. Sua postura e movimentos graciosos causavam a pequena ilusão.

— Senan, não me diga que esse aí é o *kelpie*. E na nossa casa.

— Sim, não é demais?

Ela respondeu com um suspiro, dando-nos as costas.

— Demais — repetiu ela, do outro cômodo. — Você também achou demais aceitar um convite para um sarau com um bando de *trowes*. E adivinha quem teve que ir lá acudir você depois, no Outro Mundo? Sumiu por duas semanas e podia jurar que só se ausentou por algumas horas!

— Valeu a pena. Criaturinhas maldosas que só elas, mas têm grande talento para a música, sabia? — Ele buscou o meu apoio, mas eu concordava com a mulher dele. — O que mais eu posso querer da minha esposa, além de que se meta num buraco de *trowes* por minha causa?

— Bom, *eu* posso querer que esse chá que vocês estão tomando não seja o meu experimento — disse a Sra. Beaton no cômodo ao lado.

— Não se preocupe, não usei os vasos marcados em vermelho desta vez. Fiz chá com os em azul.

Ouvi o som de algo sendo derrubado.

— É brincadeira! — o Dr. Beaton se apressou em dizer. Então, em voz baixa: — Lembrei depois de cortar um ou dois raminhos.

— O que você disse?

— Nada! Vou voltar ao trabalho! Kelpie, poderia tirar a camisa para eu dar uma examinada, por gentileza?

Eu estava me sentindo um pouco aturdido pela conversa entre os dois humanos, e ficava cada vez mais incerto quanto a confiar no estado mental de alguém que achava normal passear com *trowes* e convidar *kelpies* para tomar chá. Porém, assim que tirei a camisa, o Dr. Beaton assumiu uma expressão séria e profissional. Ele examinou as marcas que os arreios haviam deixado nos últimos dias e as limpou com pedaços de uma turfa esponjosa molhada.

— A maioria dos *faeries* não suporta o toque do ferro — disse, jogando fora a turfa usada. — Mas as correntes de ferro não parecem ter afetado você. São apenas ferimentos por puxar muito peso nos arreios. — Com a expressão de quem acaba de fazer uma descoberta incrível, ele se esticou e pegou um pote de sua estante. — Parece que as rédeas de prata são o único ponto fraco dos *kelpies*. Fascinante, não?

Eu não via nada de fascinante naquilo, e não gostei nem um pouco do cheiro estranho que senti quando ele abriu o pote.

— O que é isso? — indaguei.

— Uma receita da Sra. Beaton. Vai fazer cicatrizar mais rápido.

Prendi a respiração. A meleca ardeu um pouco no início, mas me senti melhor depois.

Enquanto trabalhava, o Dr. Beaton me fez uma série de perguntas um tanto estranhas, as quais supus que precisava responder como retribuição à consulta. Uma delas foi:

— Como é a estrutura social dos *kelpies*?

— Perdão?

— Veja bem, os seres humanos costumam se organizar em grupos, clãs, geralmente com algum vínculo familiar e com um líder masculino, e possuem hierarquias. Já os cavalos também se organizam em grupos hierárquicos, e um estudioso já me disse que, na verdade, a fêmea alfa é a verdadeira líder. Os *kelpies* podem tomar a forma de seres humanos e de cavalos, mas não são seres humanos, e nem cavalos. São predadores, e a maioria dos predadores têm hábitos solitários. — Ele parou de tagarelar de repente, e eu fiquei confuso. Pelo seu sorriso ansioso, parecia que esperava por uma resposta, embora eu já houvesse esquecido qual era a pergunta.

— Hã... Sim, nós não costumamos formar grupos fixos, e as *kelpies* fêmeas são raras, na verdade.

— Fascinante! — Os velhos olhos do humano brilharam como os de uma criança ao receber um presente. — E vocês enxergam em cores?

A conversa prosseguiu desse jeito até que a Humana Esperta voltasse para me resgatar. Francamente, eu não sabia a resposta para boa parte das perguntas do Dr. Beaton. Nunca questionei por que os *kelpies* agiam de um jeito ou de outro, e nem via motivo para isso. Talvez essa curiosidade fosse parte da natureza dos humanos. Vai saber.

De qualquer forma, ele pareceu bastante satisfeito, e se despediu com pedidos efusivos de que eu e a Humana Esperta voltássemos para conversar em breve. Eu esperava encontrar a pele da Selkie antes de ter que passar por outro interrogatório, pois tive certeza de que ele já estava anotando novas perguntas enquanto nos afastávamos da casa.

***

Pegávamos o caminho de volta à fazenda quando o mesmo garoto de mais cedo veio correndo até nós. Desta vez, não estava sorrindo, e parecia tentar conter as lágrimas.

— Angus? O que aconteceu?

— O Cailean pegou o meu cavalo de madeira — ele respondeu. — E disse que ia me bater se eu contasse para a minha mãe.

A Humana Esperta balançou a cabeça.

— Ele está implicando contigo de novo? — Ela olhou para uma casa pela qual havíamos passado. — Vamos pegar seu cavalo de volta.

Demos meia-volta, e, em vez de bater à porta, a Humana Esperta me fez parar a carroça em um lugar um pouco afastado, mas de onde tínhamos visão da casa. Eu não tinha o menor interesse em uma briga entre crianças humanas, mas queria saber o que a humana planejava fazer a respeito. Ela e o garoto apenas ficaram observando durante um tempo, sem nada dizer, até que um garoto humano saiu da casa.

— Ele não está com o meu cavalo. Deve ter deixado dentro da casa.

A Humana Esperta assentiu.

— Eu vou falar com a mãe dele. Você, fique aqui tomando conta do Kel... Do meu cavalo.

Ela pegou uma cesta na carroça e foi em direção à casa. De longe, eu e o garoto humano a vimos cumprimentar uma mulher e pedir para conversarem em particular. Assim que entraram, o garoto humano me puxou pelas rédeas até a porta, na qual encostou o ouvido. Pelo jeito, "fique aqui" não surtia efeito nele do mesmo jeito que surtia em mim.

— ... porque não é a primeira vez que isso acontece — pude ouvir a voz da Humana Esperta dizer do outro lado da porta. Prestando atenção, minha audição era boa o suficiente para eu conseguir entender o que se passava lá dentro. — O Cailean está intimidando o Angus já faz um bom tempo. Seria bom se a senhora pudesse conversar com ele sobre isso, explicar que é errado.

Uma fungada de desdém.

— E quem é você para me dizer como criar o meu filho? — uma voz de mulher perguntou. — Você tem filhos, por acaso? Então não me diga como criar os meus.

— Não é a minha intenção...

— Já se esqueceu o que você fez da última vez em que se meteu com meus filhos? Vai me dizer que aquilo não foi culpa sua?

Silêncio.

— Viu só? — continuou a mulher. — Você não consegue nem negar! Se acha o máximo só porque todos os homens da vila olham para você, e ainda se atreve a brincar com o coração do meu pobre Don!

— Garanto para a senhora — disse a Humana Esperta, bem devagar — que não pretendo que haja nada entre mim e o Donnchadh, e nem...

— Você se acha boa demais para ele, não é? "Por que a garota mais bela da vila se interessaria por alguém com uma cicatriz tão horrível?", não é?

Assim ficou fácil eu fazer a ligação. Aquela mulher era mãe do Desagradável. Só podia ser.

— Eu não sei como a conversa chegou a este ponto — a Humana Esperta disse. Ouvi o som de passos. — Acho que a senhora não irá me ouvir de qualquer maneira, então é melhor eu ir embora.

Um barulho de algo caindo no chão.

— Sua menina desastrada!

Acho que era a cesta que ela estava carregando. Ouvi o seu conteúdo rolar pelo chão.

— Você só tem a aparência mesmo! Nem ao menos sabe o seu lugar. Pague a dívida que tem com o meu Don ficando longe dele e do meu pequeno Cailean.

Os passos se aproximavam da porta. O garoto humano afastou a cabeça da madeira e me puxou para trás da casa antes que fosse pego espionando.

A Humana Esperta saiu andando rápido, sem olhar para trás. Nós a seguimos e apressamos o passo para alcançá-la.

Ainda bem que eu estava fazendo papel de cavalo, pois não precisava dizer nada. Não saberia o que dizer. Apesar de eu não ter entendido muito bem aquela conversa, achei errado a Humana Esperta ter sido tratada tão mal.

Espiei o seu rosto, que estava voltado para baixo, enquanto ela ainda andava a passos rápidos e sem dizer uma palavra. Estranhamente, um sorriso brotou em seus belos lábios. Um sorriso triunfante, muito parecido com o de um *kelpie* que assiste à sua presa agir exatamente como ele planejava.

Quando já estávamos no limite da vila, a Humana Esperta passou a andar em um ritmo normal e ergueu seu rosto, sem mais esconder sua expressão. Não entendi nada.

O garoto humano parou e olhou para ela com os olhos arregalados. Com uma lentidão deliberada, a humana colocou a mão dentro da cesta que carregava e puxou para fora uma pequena escultura de madeira.

— O meu cavalo! — gritou o garoto.

— Cuide bem dele de agora em diante — disse a Humana Esperta, entregando a figura nas mãos da criança que saltitava de empolgação.

— Obrigado, Aileen!

— Seria bom se você e o Cailean tentassem fazer amizade. Sei que ele não é fácil de lidar, mas o garoto também não tem bons exemplos em casa.

— Você e o irmão mais velho do Cailean eram amigos quando crianças, não eram?

Ela abriu a boca, mas hesitou antes de responder.

— Foi há muito tempo. Agora, vá se divertir. Eu tenho muito que fazer.

***

No caminho de volta para a fazenda, o ar de triunfo da Humana Esperta pareceu esfriar e dar lugar a uma expressão menos alegre. Apesar do sucesso da empreitada, talvez as ofensas da mãe do Desagradável tivessem-na abalado. Eu não entendi muito bem por que aquela humana tinha uma opinião tão ruim a respeito dela, mas não era isso o que mais me intrigava a respeito do que se passou atrás daquela porta. Mudei para minha forma humana para que pudesse perguntar diretamente.

— Kelpie! O que está fazendo? — ela perguntou em um tom alarmado. Olhou para os lados. — E se alguém vir você?

Como se eu quisesse mais humanos sabendo quem eu era e tentando me matar.

— Não tem ninguém por perto. Eu queria fazer uma pergunta.

— E vai largar a carroça aqui, no meio da estrada?

Os arreios que me prendiam a ela estavam frouxos sobre meus

ombros agora. Olhei para os suportes de madeira compridos que ficavam de cada lado do meu corpo quando eu estava na forma de cavalo e segurei-os com as mãos. Comecei a puxar a carroça.

Virei-me para a Humana Esperta para ver o que ela achava. Sua expressão não era completamente satisfeita, mas ela não reclamou.

— Que pergunta você quer fazer? — ela disse, e começou a andar.

— Como você fez para pegar o cavalo de madeira?

Seu sorriso contido tinha um quê de orgulho de si mesma.

— Só precisei enrolar um pouco e deixar aquela mulher adubar os meus ouvidos enquanto eu procurava pelo brinquedo. Então, derrubei a minha cesta perto dele e o recolhi com o resto. Ela nem desconfiou. Já a conheço por tempo o suficiente para saber que não dá para discutir com ela.

Simples, mas engenhoso.

— E que dívida era aquela que você tinha com o filho dela?

— Isso já não é da sua conta.

Dei de ombros. Não era mesmo. Assim que eu encontrasse a pele de foca da Selkie, e ela quebrasse o meu contrato, eu nunca mais pensaria naquilo e em outros assuntos dos humanos.

Nuvens pesadas haviam se acumulado no céu. Pensei em aproveitar a deixa e comentar, como se por acaso, que os *kelpies* não nutriam nenhum interesse por controlar o tempo. Porém, antes que eu dissesse algo, um raio caiu próximo à vila. Fez um barulho enorme, e a Humana Esperta praticamente pulou em cima de mim.

O susto dela havia me assustado mais do que o trovão. Foi meio engraçado, e pensei em dizer isso. Quem sabe ela pensasse que alguém tão engraçado assim merecia viver?

— O seu susto me assustou mais do que...

Interrompi-me ao perceber que ela ainda fitava os céus com o corpo tenso.

— Você está bem? — perguntei.

A Humana Esperta piscou e se recompôs.

— Sim — sussurrou. — Sim, eu estou bem. Foi só um susto. Vamos voltar logo.

Ela ficou resmungando consigo mesma no caminho de volta, parecendo irritada com alguma coisa. Tive vontade de perguntar se estava mesmo tudo bem, mas acabei desistindo.

Provavelmente, não era da minha conta também.

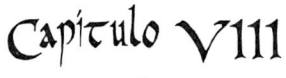

Capítulo VIII

Já fazia alguns dias desde a última vez que o Velho Carrancudo havia tentado me matar, e eu ainda não tivera a oportunidade de voltar ao litoral. Essa demora me preocupava, pois eu tinha certeza de que ele não desistiria facilmente. A Humana Esperta e o seu pai provavelmente me temiam e odiavam da mesma maneira que qualquer presa teme e odeia o seu predador. O Velho Carrancudo, entretanto, era diferente. Ele me odiava de verdade. Talvez os outros dois ficassem bravos com o Velho Carrancudo se ele me matasse antes do prazo, mais isso pouco importaria – para ele e para mim – depois que eu já estivesse bem morto.

Era por isso que eu mantinha a atenção redobrada cada vez que me encontrava na linha de visão daquele humano.

No meu canto usual na baia, eu observei enquanto ele e o pai da Humana Esperta conduziam as vacas para fora do celeiro. Pelo jeito, as batatas e o feno do ano passado estavam acabando, de maneira que os animais precisavam ser levados para pastar nos campos. Ótimo para mim, que não precisaria mais dividir o celeiro com eles. Era um pequeno consolo pelo fato de eu ainda estar preso ali.

— Kelpie — a Humana Esperta chamou, entregando-me uma tigela de ensopado.

Às vezes, ela me trazia um prato com sobras da comida dos humanos. Era uma alternativa menos tediosa do que as batatas que eram dadas às vacas, embora eu sentisse falta de um pouco de carne. O máximo que já havia recebido fora um pedaço de peixe meio queimado.

Aceitei a tigela, tirando os olhos do Velho Carrancudo por um instante. Ele estava lá fora conduzindo as vacas, o que era só um pouco mais tranquilizador do que se ele estivesse a meio metro de mim com uma faca na mão.

Assim que coloquei o ensopado em minha boca, mordi algo de consistência esquisita. O gosto inundou minha boca e minhas narinas. O gosto mais horrível do mundo.

Cuspi no prato e tentei limpar a minha língua com as mãos.

— Kelpie! — protestou a Humana Esperta, certamente horrorizada com minha falta de modos.

Nem olhei para ela. Corri até a porta do celeiro e gritei para as costas do Velho Carrancudo:

— Os *kelpies* não morrem se comerem fígado! Nós só não comemos o fígado das nossas vítimas porque nós detestamos fígado!

Ele parou por um momento. Sem se virar para mim, recomeçou a andar, pisando duro.

Voltei a cuspir. Eca! O gosto não saía da minha boca. Maldito fígado. Maldito humano. Mentalmente, eu o xinguei de todos os nome feios que conhecia e, infelizmente, a lista era curta, então eu tive que repeti-la três vezes para expressar o meu desgosto.

— Tio John, por que o senhor colocou fígado no prato do Kelpie? — a Humana Esperta indagou, indo atrás dele. — Não acredito, que desperdício de dinheiro!

E eu não acreditava que precisava aturar esse tipo de coisa. Com as mãos em concha, bebi de um balde d'água na esperança de me livrar do gosto de fígado.

Ainda tentando me lembrar de alguma imprecação nova, olhei para meu reflexo na água. Naquela noite, em meus sonhos, eu havia vagado pelos meus rios favoritos da ilha. Pelo jeito, apesar do contrato que prendia o meu corpo àquela fazenda, o meu espírito ainda era livre para ir aonde quisesse durante o sono, e isso apenas me deixava mais ansioso para desfrutar da liberdade total.

Mergulhar durante os sonhos não era o mesmo que mergulhar de verdade. Olhei para o balde. A vontade de sentir a água era imensa, e o balde era apenas grande suficiente para eu colocar a minha cabeça dentro dele. Mas a questão era que *dava* para colocar a minha cabeça dentro dele.

Os humanos já estavam longe, assim como as vacas. Não tinha ninguém olhando. Eu estava me sentindo bastante ridículo, mas, no fim, não resisti à tentação.

Ah, a água! A maravilhosa água! Era uma sensação reconfortante. Apesar de ainda estar preso no mundo dos humanos, era como se, por um momento, eu estivesse em um universo à parte, em meu rio imaginário particular.

— Eu preciso de um esconderijo bem difícil desta vez — ouvi uma voz dizer, arrancando-me daquele mundo mágico. Endireitei-me tão rápido que derrubei o balde e fiz mais barulho do que gostaria. — Que diabos está fazendo, Kelpie?

O Brownie me encarava de uma das prateleiras da estante, que ele escalava arrastando um chapéu velho e surrado atrás de si.

— Nada!

— Pela mãe da fada vesga, não me diga que você estava com esse seu cabeção dentro do balde.

— Não é da sua conta! O que é que você quer?

Ele sorriu e, propositalmente, demorou um segundo a mais para responder, olhando para meus cabelos molhados e para o balde caído no chão.

— Hoje é segunda-feira, dia de esconder o chapéu do velho John. Quero bater meu recorde de tempo que ele leva para encontrar.

— Espere aí, foi você que colocou esse chapéu na cabeça de uma vaca na semana passada? Ele ficou achando que fui eu!

O Brownie fez uma careta de arrependimento.

— É, foi má ideia. Ficou fedido pra caramba e tive que lavar. Agora está pronto para ser escondido novamente — disse, ao chegar ao topo da estante. Ele precisava fazer um grande esforço para erguer o chapéu, e não parecia muito satisfeito ao analisar os possíveis esconderijos, murmurando sobre já ter usado todos eles.

Eu ia ignorar isso como apenas mais uma das manias estranhas dele, mas vi ali uma bela oportunidade.

— Brownie, se você tirar essas rédeas de couro de mim, eu escondo esse chapéu bem alto entre as vigas do teto, num lugar em que nunca pensariam em procurar.

Os seus olhinhos brilharam por um instante, e vi que ele considerava a ideia. Cheguei a ter esperanças de que eu o tivesse finalmente convencido a me ajudar, mas o pequeno *faery* balançou a cabeça em uma negativa séria.

— Não. Não fará sentido se não for eu.

Ainda não havia sentido nisso, mesmo sendo ele, mas eu não disse nada.

Certo, talvez ele não me ajudasse diretamente. Mas o fato de o Brownie ter experiência em esconder objetos não passou despercebido para mim, e não haveria mal em fazer uma pergunta inocente.

— Entendi. Só por curiosidade, se você fosse um humano casado com uma *selkie*, onde esconderia sua pele de foca?

Agora que ouvia a mim mesmo, eu tinha que admitir que não era tão sutil quanto pensava. O Brownie até desviou a atenção do chapéu para olhar para mim e erguer uma sobrancelha.

— Eu nunca me casaria com uma *selkie*. Prefiro as baixinhas, se é que me entende — disse, e deu uma piscadela.

— Engraçadinho.

— Se isso tem a ver com um plano de fuga, estou quase torcendo por você, só pela esquisitice — disse ele. — O coitado do John já deve estar ficando desesperado com a dificuldade em te matar, e tem cara de que não dorme há um bom tempo.

— Coitado? — Pensei nos atentados à minha vida, incluindo aquele fígado horrível no meu prato. Estreitei os olhos. — Não acho que eu tenha motivos para sentir pena daquele homicida.

O pequeno *faery* marrom terminou de ajeitar o chapéu atrás de uma caixa e soltou um riso curto.

— Tenho certeza de que o velho John diria o mesmo sobre você.

***

Estávamos caminhando de volta ao celeiro depois de mais um dia de trabalho no campo novo.

Em vez de me matar, o Velho Carrancudo havia me guiado para uma armadilha no chão, na esperança de que eu quebrasse a perna e me provasse inútil. Por isso, agora eu tinha que disfarçar o tornozelo — equivalente a um dos pulsos na forma humana — que estava quente e latejando, ao mesmo tempo que tinha que aturar o olhar de raiva do humano. Puxar o arado havia sido uma tarefa mais difícil do que o normal, sem contar o desconforto de puxar um objeto cortante atrás de minhas canelas na companhia de alguém que preferiria vê-lo mais próximo de meu pescoço.

— Pai! Tio John! Conseguiram terminar? — perguntou a Humana Esperta, quando a encontramos no meio do caminho.

O seu pai assentiu.

— Podemos adubar os campos amanhã — disse ele. — Ah, e o Donnchadh passou por aqui mais cedo. Estava te procurando.

— Eu sei. É por isso que ele não me encontrou.

Seu pai fez uma expressão desaprovadora, mas, antes que dissesse algo, a Humana Esperta mudou de assunto.

— O Kelpie está mancando um pouco ou é impressão minha?

— Ele vai sobreviver — disse o Velho Carrancudo. Quase pude ouvi-lo acrescentar a palavra "infelizmente".

Os humanos me deixaram sozinho e saíram discutindo os planos para o dia seguinte.

Na forma humana, encostei o pulso dolorido no metal frio do balde d'água. Estava um pouco inchado, mas, pelo menos, não havia me inutilizado da forma que o Velho Carrancudo esperava. Eu precisava continuar trabalhando e sendo útil enquanto não obtivesse a pele da Selkie.

Nessa questão eu estava completamente perdido agora. A pele poderia estar em qualquer lugar. E se não estivesse no litoral, mas escondida em algum celeiro ou na igreja da vila? E se, na pior das hipóteses, o pescador tivesse se livrado dela de uma vez?

Eu tinha certeza de que o Brownie poderia ter informações valiosas, mas ele não estava disposto a me ajudar, e insistia que não interferia nas questões dos humanos – exceto, é claro, quando o assunto era limpeza ou seu recorde em fazer o Velho Carrancudo procurar pelo próprio chapéu. Talvez eu pudesse ameaçar sujar o celeiro inteiro, mas aí eu é que ficaria incomodado.

Entretanto, eu conhecia outra pessoa que, com certeza, seria capaz de pensar em uma maneira de encontrar a pele da Selkie. Alguém que, além de conhecer a região, era esperta o suficiente para bolar um plano perfeito.

Mas era óbvio que eu não poderia pedir ajuda à Humana Esperta, ou será que poderia?

***

— Kelpie, venha aqui.

Na manhã seguinte, fui chamado para o lado de fora, onde os humanos carregavam a carroça com vários recipientes grandes de metal. Assim que cheguei perto e o vento soprou na minha direção, quase vomitei.

— Arrg! Que nojo! — Tapei o nariz com as mãos. O cheiro era tão ruim que eu pensei que fosse morrer. — O que é isso?

— Adubo — respondeu a Humana Esperta, trazendo os arreios. — Basicamente, é esterco podre, mas eu juntei uns restos de peixe e algas também. Demorei para aprimorar a receita, e até matei nossa horta inteira uma vez, mas valeu a pena.

— Duas vezes — disse o pai dela, sem erguer os olhos.

— Aquela não conta. Eu só errei um pouco a quantidade...
Parei bem longe da carroça. Eles queriam que eu puxasse aquilo? Só podia ser brincadeira.

— O que está esperando, Kelpie?

— Eu não vou chegar perto disso. De jeito nenhum. Nem morto.

— Para de frescura — disse a humana. — Você sabe que eu posso te obrigar.

— Tente — blefei. — Se você me obrigar a isso, eu farei de tudo para atrapalhar. Darei tanto trabalho quanto eu conseguir. Pode me matar se quiser, mas eu não vou chegar perto dessa carroça.

Atrás da garota, terminando de carregar o último recipiente com adubo, o Velho Carrancudo ergueu a cabeça, interessado em minha sugestão. Ele não hesitaria em decidir como terminar aquela discussão.

Para minha sorte, a Humana Esperta estava mais interessada em me colocar para trabalhar do que em me matar. Ela me encarou com uma expressão séria.

— Se você não puxar esta carroça até o campo — disse ela, bem devagar —, eu vou ordenar que você dance pelado no meio da vila.

Abri a boca, surpreso, e me engasguei porque acabei inspirando o ar fedorento.

— Você não se atreveria — eu disse quando consegui parar de tossir.

— Você conhece alguma dança? Eu posso lhe ensinar, mas só sei os passos femininos.

— ...

— Eu ordeno que...

— Entendi! Entendi! Você venceu! — Andei até a carroça e me posicionei para mudar para a forma de cavalo. — Eu te odeio.

— Quem não odiaria alguém que tentou te sequestrar e te forçar a se casar? Ah, perdão. Esse é você.

— Você vai usar isso contra mim para sempre, não vai?

Ela conteve um sorriso.

— É claro que sim. — Então, ela abaixou a voz. — Não acho que valha a pena morrer por um monte de esterco. Colabore um pouco, sim?

Já na forma de cavalo, fui atrelado à carroça fedorenta e fiz o meu serviço. Sempre ouvi dizerem que, depois de passar muito tempo sentindo um mesmo cheiro, qualquer um se acostuma a ele. Porém quem disse isso nunca deve ter sido apresentado à mistura de esterco podre, a qual impregnou minhas narinas e não as abandonou pelo resto do dia.

No final da tarde, ao puxar a carroça pelo caminho de volta, eu parei para analisar o rumo absurdo que minha vida havia tomado. Eu estava cheirando a esterco, trabalhando para humanos. Não via o meu rio havia semanas. Meu pulso estava latejando e esse era o menor dos meus problemas, pois significava que eu ainda estava vivo, o que não duraria muito se eu não encontrasse logo a pele da Selkie. Pele essa que eu não fazia a mais remota ideia de onde poderia estar.

Os humanos me deixaram sozinho no celeiro novamente, e eu pensei no quanto gostaria de estar em meu rio agora, e não ali, naquela situação lamentável, naquele fedor de esterco. Meus pensamentos foram interrompidos pelo gemido da porta de madeira. A Humana Esperta entrou para guardar um balde no depósito.

Ela detinha a posse do meu contrato. E, apesar de ser inflexível nas questões do trabalho na fazenda, era a única a quem eu poderia ousar pedir um favor.

Eu nunca havia implorado antes. Porém, havia chegado ao meu limite.

Limpei a garganta.

— Humana.

Ela se virou para mim com um olhar desconfiado.

— Sim?

Não era fácil. As palavras pareciam entaladas em minha garganta, com meu ego as puxando de volta para dentro e deixando uma sensação desconfortável no meu estômago.

— Eu... Eu não aguento mais — consegui dizer. — Não aguento mais. Estou suado e fedorento. Por favor, eu preciso tomar um banho.

***

Eu e a Humana Esperta atravessamos os campos no silêncio da noite, com uma lâmpada a óleo iluminando o caminho.

— Não acredito que estou fazendo isso — ela resmungava de vez em quando.

Assim que senti o cheiro do rio, apressei meus passos, sem conseguir me conter. Logo a luz da lâmpada revelou o velho carvalho sob o qual eu e a bela humana havíamos nos conhecido.

O rio preencheu meu campo de visão, e comecei a tirar a camisa.

— Espere aí, seu maluco! — A humana segurou o meu braço. — O que pensa que está fazendo?

— Tirando as roupas — respondi, sem tirar os olhos do rio. — Pode fazer o favor de olhar para outro lado?

— Escute aqui, eu estou fazendo o favor de te trazer até o rio em segredo porque você prometeu se comportar. Sabe o que seria pior de se explicar do que ser vista sozinha com um homem desconhecido no meio da noite? — Esperei que ela mesma respondesse. — Ser vista com um homem desconhecido e pelado no meio da noite!

Dei de ombros.

— Entendi. Roupas não são opcionais. Posso ir agora?

— Pode. Só tente não fazer muito barulho. Alguém pode ouvir.

Eu já não a estava ouvindo mais. Tudo o que eu ouvia era a voz do rio, bem à minha frente, a me chamar.

Mergulhei. As águas envolveram o meu corpo, abraçando-me, dando-me as boas-vindas. Senti as gotas escorrerem pela minha pele, ouvi as canções que a água cantava quando eu tocava a sua superfície, ri das cócegas que as bolhas faziam em meu rosto.

— Ai, meu Deus. Você está fazendo bolhas com a boca debaixo d'água? Quer parar de brincar e tomar banho de uma vez?

Minha resposta foi espirrar um punhado de água em sua direção e ignorá-la.

— Para com isso! Está gelada — ela disse, mas pude ouvi-la rindo antes de mergulhar de novo.

Ela ficou sentada na margem enquanto eu me lavava, e não disse mais nada. Quando terminei, saí da água e me deitei na grama ao seu lado.

— Não é bem a imagem que eu tinha de um *kelpie* — eu a ouvi murmurar.

— Que quer dizer?

— Nada, deixa pra lá — disse ela, olhando para o céu. — Você parece feliz — comentou, olhando-me de soslaio.

Eu estava mesmo. Não apenas por matar as saudades do meu rio, mas pelo prazer de sentir a noite, com o frescor do sereno e a beleza de um céu estrelado. A lua era um sorriso que se alargava no céu.

Ergui meu corpo, sentando-me.

— Obrigado por me trazer aqui, Humana — eu disse, olhando em seus olhos, que refletiam o fogo da lâmpada a óleo entre nós. A dança das luzes e sombras dava a seu rosto um ar misterioso e belo.

A jovem humana abriu a boca e desviou os olhos. Ocupou-se em pentear a franja de lã do seu xale.

— Não foi nada — ela disse. Ficou em silêncio durante um tempo e perguntou em voz baixa: — Kelpie, por que você resolveu me levar como esposa?

— Eu já disse. Você é a humana mais bela que eu já vi.

— Simples assim — ela murmurou, e talvez tenha sido para si mesma. — E por que uma esposa humana?

— É pessoal. Prefiro não dizer.

— Não vá me dizer que não é da minha conta. É da minha conta desde que você tentou me raptar.

— De novo com isso? Não pode usar o mesmo argumento para tudo. Não vou dizer.

— Ordeno que diga.

— Não vou dizer.

— ...

— O que foi? — perguntei.

A bela humana me encarava com uma expressão bastante intrigada.

— Eu não acredito — ela disse.

— No quê?

— Você contrariou uma ordem direta.

Arregalei os olhos. Eu não havia percebido. Como isso era possível?

— Como é um contrato de trabalho — disse a humana, devagar, como se estivesse colocando seus pensamentos em ordem —, acho que só posso te dar ordens que afetem seu trabalho. Mesmo que indiretamente.

Fazia sentido. As ordens em relação a fugas ou a machucar humanos faziam sentido no contexto do trabalho, e as primeiras ordens talvez tivessem sido necessárias para provar que o contrato fora selado. Uma pergunta pessoal, por outro lado, não iria determinar se eu estaria ou não puxando o arado amanhã.

Ouvi duas peças se encaixarem em minha cabeça.

— Isso significa que você não poderia me mandar dançar pelado no meio da vila.

— Acho que não. — Ela mordeu o lábio, rindo.

Não achei muito engraçado. Talvez só um pouco.

Porém eu havia feito uma descoberta nova, e uma ideia começou a tomar forma em minha mente quando alguns pontos se ligaram. Como tirar proveito de alguém que era mais esperta do que eu?

— Proponho o seguinte, então — eu disse. — Já que você não pode me obrigar a responder esse tipo de pergunta, nós faremos uma troca. Uma resposta honesta por outra resposta honesta. Feito?

A humana sorriu.

— Feito. Por que você quis raptar uma humana para ser sua esposa?

— Porque eu estava me sentindo solitário. Agora, a minha pergunta...

— De jeito nenhum. Elabore essa resposta.

Suspirei, conformado. Eu tinha esperanças de que ela ficasse satisfeita com aquilo.

— Há alguns anos, os últimos *kelpies* da ilha resolveram ir para Tir nan Og, a Terra da Eterna Juventude. Alguns conhecidos passaram por mim a caminho de lá e me convidaram para ir junto, mas eu recusei. Acabei ficando para trás e, depois de algum tempo, comecei a me sentir solitário. Por isso, resolvi procurar por uma esposa humana antes de ir para Tir nan Og.

— Mas por que uma esposa humana? Não podia se casar com uma *kelpie* em Tir nan Og?

— As *kelpies* fêmeas são raras e, além disso, só nos procuram quando querem ter um filho. Elas são criaturas preciosas que, assim que sentem vontade, partem para sempre sem olhar para trás.

— Dei de ombros levemente. — É assim que elas são. Já os humanos se casam, têm filhos, formam uma família. Podem ficar juntos para sempre. — Senti minhas bochechas um pouco quentes, apesar do frescor da noite. — Eu queria isso. Pode parar de me encarar assim?

Ela tinha as sobrancelhas franzidas e mordia levemente o lábio.

— Esse era o motivo? É tão... — Ela balançou a cabeça em vez de completar a frase. Ficou em silêncio mais um tempo, antes de murmurar consigo mesma. — Mas, por outro lado, acho que você não entende mesmo como o mundo funciona.

A esta altura eu estava querendo muito mudar de assunto.

— Posso fazer a minha pergunta agora?

— Ah, sim. Claro.

Esta era a minha chance de usar a sua ajuda para encontrar a pele da Selkie. Entretanto, eu não podia deixá-la descobrir, exatamente, o que eu estava tramando. Medi cada palavra com cuidado.

"Se você fosse um pescador e quisesse esconder um objeto de sua esposa, onde esconderia?"

Eu estava prestes a perguntar isso, mas, no meio da pergunta, mudei de ideia. A Humana Esperta seria bem capaz de pensar em um esconderijo infalível, mas eu não precisava de um esconderijo infalível. Eu precisava daquele em que o pescador havia pensado.

— Se você quisesse descobrir onde um pescador esconde um objeto da esposa dele, o que você faria?

A Humana Esperta abriu a boca e piscou.

— Mas o que... Que tipo de pergunta é essa?

— Você já fez a sua pergunta — eu disse, esperando me safar dessa. — Quero uma resposta honesta para a minha.

Meu coração acelerou na espera por sua resposta. Ela sabia o que eu estava planejando, pensei. Ela não vai me responder.

— Que tipo de objeto? — a humana perguntou, afinal. Soltei a respiração.

— Algo como um casaco.

— Hum... Bom, em vez de sair procurando por aí, aleatoriamente, eu acharia mais fácil fazer com que ele próprio me mostrasse onde escondeu.

— Como assim?

— Coloque-se no lugar do pescador. Se eu fosse até você e lhe dissesse que alguém talvez tivesse descoberto onde era o esconderijo, o que você faria?

Fiquei, literalmente, de queixo caído. Aquela humana era genial.

— Eu iria até o esconderijo para verificar se o objeto foi roubado.

Ela sorriu.

— Aí está a minha resposta honesta à sua pergunta esquisita. — Ela puxou o xale ao redor dos ombros. — Agora, você parece muito confortável todo molhado no meio da noite, mas eu estou ficando com frio. Vamos voltar?

— Tudo bem.

Levantei-me e lhe estendi a mão. Os olhos verdes da humana passaram do meu rosto para a minha mão, e ela hesitou.

Antes que se decidisse, eu abaixei a mão ao ouvir um barulho. Ela também ouviu. Alguém vinha em nossa direção e, com a nossa lâmpada acesa em meio à escuridão, ele certamente podia nos ver.

***

Talvez os pessimistas tenham razão ao sempre esperarem o pior. Quem vinha em nossa direção era ninguém mais, ninguém menos, do que o Velho Carrancudo. Mesmo que não fosse ele, certamente o fato de um *kelpie* ter convencido uma humana a vir até o rio poderia causar um mal entendido muito justo.

— Kelpie maldito... Você quer levá-la!

— Calma, tio John — disse a Humana Esperta, apressando-se em tranquilizá-lo. — Eu só o trouxe para tomar um banho. Ele ainda está preso ao contrato.

— Você quer levá-la! — gritou ele, como se não tivesse escutado.

— Tio John?

A humana ergueu a lâmpada para iluminar o rosto do Velho Carrancudo, que se aproximava de nós com passos incertos, como se estivesse prestes a perder o equilíbrio. Ele piscou para a luz, com uma expressão desnorteada. Tinha uma faca na mão.

Quando a brisa soprou em nossa direção, pude sentir o cheiro de álcool que emanava dele.

— Tio John, o senhor está bêbado?

— Você não vai tirá-la de mim! — ele gritou e se jogou em minha direção.

Segurei seu braço que continha a faca. O humano conseguiu agarrar o meu pulso ferido e fincou as unhas nele. Meu corpo se enrijeceu de dor involuntariamente, e o humano aproveitou para livrar a mão com a faca.

— Tio John, pare com isso!

A Humana Esperta agarrou o seu braço, mas ele a empurrou com força, derrubando-a no chão.

Eu o puxei para longe dela e me coloquei entre eles.

— Ficou maluco? — perguntei, pasmado.

— Você não vai tirá-la de mim! Não vai!

Eu estava mais esperto desta vez. Ele veio para cima de mim, e fiz com que caísse com a própria força da investida. Ele tentou levantar, mas o empurrei para baixo e tirei a faca da sua mão, jogando-a para longe. Prendi seus braços em suas costas e apenas o segurei ali. Ele esperneou enquanto repetia aquela mesma frase, embolando as palavras cada vez mais. Por fim, senti sua força se esvaindo. O Velho Carrancudo parou de lutar, e fiquei sem reação quando percebi que seu rosto estava banhado em lágrimas.

— Você não vai tirá-la de mim — disse ele, soluçando baixinho, sem parecer mais me ver. Então, antes de perder a consciência, sussurrou algumas palavras, tão baixo que mal pude ouvir. — Não de novo.

Capítulo IX

Eu estava deitado no chão da minha baia, olhando para o teto. Já era quase dia, e eu não havia conseguido dormir muito. Senti que tinha tido um vislumbre de algo que não deveria ver. A imagem do Velho Carrancudo, de ódio e vontade tão fortes, não condizia com aquele velho frágil que eu havia visto na noite anterior. Fechei os olhos. Estava cansado. Não queria continuar pensando naquilo, mas não podia evitar.

A porta do celeiro se abriu. Levantei-me depressa, estranhando o horário. O sol nem havia nascido ainda, e estava cedo para os humanos virem trabalhar. Quem entrou foi a Humana Esperta, e ela estava só.

— Sinto muito por ontem — a humana disse, recostando-se no cercado de madeira. — Vou passar o dia cuidando do tio John. Ele está passando bastante mal. Meu pai vai te levar para o litoral daqui a pouco, para fazer uma entrega. Acho bom você e o meu tio manterem distância um do outro hoje.

Assenti. Tudo o que eu não queria era ver a cara do Velho Carrancudo, especialmente depois daquela noite.

— E também... — A bela humana apertou um pouco os lábios. — Eu tive a impressão de que você tentou me proteger ontem. Então... Obrigada.

Minha mente ficou estranhamente em branco.

— Não, hã... Eu... — Balancei a cabeça, tanto para negar quanto para fazer meu cérebro voltar a funcionar. — Acho que era ele quem estava te protegendo. De mim. — Apesar disso, achei bom acrescentar: — Mas, ao contrário do que ele pensa, eu não sou um assassino maluco obcecado por machucar você.

A Humana Esperta sorriu.

— É, eu acho que não — ela disse, e caminhou em direção à porta.

— Até mais tarde.

Antes que a humana saísse, eu não resisti e perguntei:

— Ontem, o que ele quis dizer com "de novo"?

Ela olhou para mim por sobre o ombro.

— Não faço a menor ideia.

***

Esqueci-me do Velho Carrancudo durante o caminho para o litoral em companhia do pai da Humana Esperta. Porém, eu tinha a impressão incômoda de estar sendo observado.

Era mais provável que fosse um alarme falso por eu estar com os nervos à flor da pele diante da minha oportunidade de recuperar a pele da Selkie. O prazo do fim do verão, o trabalho na fazenda, a ameaça do Velho Carrancudo, a Humana Esperta... Logo eu deixaria tudo isso para trás. Não consegui impedir que meus batimentos cardíacos aumentassem terrivelmente na longa espera até que o pai da Humana Esperta estacionasse a carroça, conversasse com alguns humanos e, por fim, entrasse em uma das casas e me deixasse sozinho.

Olhei ao meu redor. Pela quantidade de barcos ainda em terra, eu soube que os pescadores ainda não haviam saído. Deviam estar esperando a maré.

Esgueirei-me até a casa da Selkie em minha forma humana. Pela janela, eu a vi mexer em uma panela no fogo, perto do qual o seu marido humano estava sentado.

— Selkie — chamei, mas tudo o que o pescador ouviria seria uma onda do mar.

Eu a vi erguer os olhos cinzentos. Havia me escutado. Fui até a porta e bati, esperando que ela, e não o humano, viesse atender.

A *faery* entendeu o recado. Logo ela abriu a porta e a fechou atrás de si, e eu não perdi tempo.

— Você consegue fazer o seu marido acreditar que quem bateu à sua porta agora talvez saiba onde a pele está escondida?

— Acho que sim — ela disse, franzindo as sobrancelhas. Reparei que seus olhos, estranhamente, pareciam mais frios desta vez. — Isso vai nos ajudar a encontrar a minha pele?

— Acredito que irá nos levar direto até ela — respondi, já lhe dando as costas.

Escondi-me atrás de um muro de pedras de onde eu tinha vista para a entrada da casa. A espera pesou em meu estômago até que eu vi o pescador abrir a porta e sair. Ele olhou para os lados e, em vez de arrastar o seu barco até o mar, foi em direção aos rochedos com passos rápidos, como se precisasse verificar algo antes de ir trabalhar.

Tinha funcionado.

Eu o segui de longe, escondendo-me na sombra das casas e dos muros, até que precisei correr para atravessar a área aberta de vegetação baixa. Chegando à base dos rochedos, eu me apressei em chegar mais perto, pois seria fácil perdê-lo de vista no terreno irregular.

Abaixei-me atrás de uma pedra quando ele parou. O pescador olhou para os lados novamente e, em vez de subir as rochas que avançavam para o mar, foi para o lado oposto, em direção aos campos. Aonde ele estaria indo?

Ouvi um barulho atrás de mim.

Virei-me brevemente, mas, não vendo nada de anormal, voltei a focar minha atenção no pescador. Ele estava se afastando. Eu me preparava para ir atrás dele quando uma mudança de vento me indicou que algo estava errado. Antes que pudesse virar a cabeça para trás, fui atingido na nuca com força, e tudo se apagou.

***

Minha consciência voltou de uma vez e, antes que eu fizesse minha visão entrar em foco, um cheiro conhecido atingiu minhas narinas.

— *Trowes* — resmunguei. Ao tentar me mexer, descobri que meus pulsos e tornozelos estavam amarrados.

Pisquei. Minha cabeça doía. Não ajudou muito o fato de eu batê-la no chão ao ser arrastado pelos pés sem cuidado nenhum. Eu estava sendo levado para o outro lado dos rochedos, onde, em vez de areia, havia um terreno rochoso e irregular recortando o litoral.

— Ele é pesado — grunhiu um dos *trowes*. Eram três. — Está ficando claro demais, o sol já vai chegar aqui.

— Então se apresse até a caverna! — disse outro, bufando ao me carregar. — Vamos fazê-lo pagar pelo episódio da ponte.

Fechei os punhos. Era muita ousadia tratarem um *kelpie* como um pescado gigante que se arrasta por aí. Eu os faria se arrepender dessa humilhação.

Mudei para minha forma de cavalo, rompendo as cordas.

— Corram! — um dos *trowes* gritou, tarde demais.

Ainda deitado, eu lhe dei um coice que o jogou longe. Girei o corpo e me desvencilhei das cordas. Ergui a cabeça. Os outros dois corriam na mesma direção, então me joguei em cima deles. Trombei com os *trowes* violentamente, como pretendia, mas exagerei na força. Acabei caindo e rolando com os dois terreno abaixo.

Quando o chão ficou parado no lugar, chacoalhei a cabeça e pisquei por causa da areia e da água. Havíamos caído na beira do mar, em um lugar raso.

Um dos *trowes* se levantou e saiu correndo, sumindo entre as pedras. Contive o impulso de ir atrás dele, pois estava sentado em cima do outro.

— Me solta! — ele gritou.

Eu o pisoteei, fazendo-o gritar mais.

— Por que, diabos, vocês pensaram que isso era uma boa ideia, criaturinha maldita e estúpida? — Segurei-o debaixo d'água, deixando que se debatesse um pouco.

Diminuí a pressão, e ele ergueu a cabeça em busca de ar, tossindo e cuspindo e xingando ao mesmo tempo.

— A gente te viu com os humanos no outro dia — disse ele, com a sombra de meu casco sobre a sua cabeça. — Vimos que está preso ao contrato e pensamos que estivesse vulnerável. Me deixa ir.

Afundei-o na água de novo, bufando. Eu havia perdido o pescador de vista e, possivelmente, havia perdido a minha única chance de me libertar do contrato, tudo por culpa daqueles *trowes* estúpidos que nem mesmo faziam o trabalho direito. E um deles chutava e se debatia debaixo dos meus cascos. Fiquei bastante tentado a continuar segurando, mas decidi que eu não tinha tempo a perder com ele.

Deixei que o *trowe* tirasse a cabeça da água.

— Na próxima vez em que nossos caminhos se cruzarem — eu disse, enquanto ele tossia —, é bom que tenham descoberto uma maneira de acabarem comigo de verdade, porque farei vocês se arrependerem de terem nascido.

Encarei-o por mais um segundo, no qual o *trowe* engoliu em seco. Ele deve ter pensado que aquilo era para mostrar que eu estava falando sério, mas, sinceramente, naquele segundo eu estava pensando que precisaria tomar outro banho com urgência.

Dei as costas para ele e galopei até a base dos rochedos, subindo um pouco para uma visão mais ampla. À minha frente, estavam os rochedos que apontavam para o céu e o mar e culminavam em uma perigosa queda onde as ondas quebravam com força. Atrás de mim, as pedras davam lugar à terra, e, mais ao longe, começavam as fazendas. Eu achava que não havia perdido a consciência por muito tempo. Para onde o pescador teria ido enquanto isso? Eu não o via em lugar nenhum, e os barcos já estavam no mar.

Trinquei os dentes. Eu o havia perdido. Eu havia perdido a minha chance.

Balancei a cabeça. Não. Deveria haver algo que eu pudesse fazer. Precisava haver. Qualquer coisa.

Meus olhos vasculharam a paisagem em busca de um fio de esperança ao qual eu pudesse me agarrar. Os campos, a praia, as casinhas. Então, eu vi uma mulher que andava em direção ao mar.

— Selkie.

Ela ouviu os meus cascos batendo na areia quando corri em sua direção. Olhou-me com olhos bem arregalados. Tinha as mãos nas costas.

— Selkie, eu o perdi de vista. Ele estava indo naquela direção, você tem alguma ideia de para onde estava indo?

A *faery* tirou uma mecha de cabelo da frente dos olhos.

— Eu o segui também, por outro caminho — ela disse. — Tem alguns arbustos na base daquele pequeno morro. Eu o vi se abaixar ali perto.

Assenti e corri na direção indicada. Ou ele havia escondido a pele ali, ou eu descobriria um motivo fisiológico para ele estar agachado atrás dos arbustos.

Pulei por sobre uma pedra, apressando-me a encontrar o morro. Se fosse eu quem estivesse escondendo a pele, acho que usaria os arbustos como um ponto de referência para enterrá-la. Somente eu saberia onde cavar, então a *faery* nunca a descobriria por conta própria. Só podia ser isso.

Enxerguei o morro e os arbustos em sua base. Meu coração bateu com força. Eu estava quase lá.

Nesse momento, entretanto, uma voz sussurrou baixinho em minha mente. Eu quis ignorá-la, pois os arbustos estavam cada vez mais próximos. A vozinha insistiu, e eu diminuí o passo a contragosto para dar-lhe a devida atenção. Era uma voz de alerta. Eu estava deixando passar alguma coisa. O que era? Tudo parecia se encaixar bem. Exceto, talvez...

A mão que a Selkie usou para tirar o cabelo da frente dos olhos estava suja de terra. A outra estava em suas costas. E o olhar... Ela parecia um pouco nervosa, mas havia uma luz nova em seus tristes olhos cinzentos. Uma luz que enchia o seu rosto de vida.

Kelpie burro. A Selkie já havia desenterrado a pele!

Dei meia-volta. Por que a *faery* do mar me trairia?

Sem poder fazer nada a não ser correr com todas as minhas forças, eu pude vê-la deixar cair o seu vestido na areia aos seus pés. Ela continuou caminhando para o mar, e vestiu a pele de foca por sobre seus ombros. Assim, retornou à sua forma marinha e saltou para as ondas, mergulhando de volta ao seu verdadeiro lar.

— Selkie! — relinchei, assim que alcancei a beira da água. — E o meu contrato?

Procurei por entre as ondas. Uma cabeça de foca se ergueu acima da água, já longe, e o vento salgado carregou a sua voz até a praia.

— Sinto muito, Kelpie, mas não posso ajudá-lo.

— Por quê? — gritei. — Nós tínhamos um acordo!

— Você disse que era igual a mim, mas estava enganado — a Selkie gritou em resposta. — Você tentou sequestrar aquela garota humana para fazê-la sua esposa! Ia forçá-la a viver longe do lugar ao qual ela pertence, longe de todos que ela ama!

Isso não podia estar acontecendo. Abri a boca para argumentar, mas, em busca das palavras, só encontrei o vazio.

— Não posso condenar outra mulher a um destino triste como o meu. Não posso libertá-lo. — Seu tom se tornou sombrio como as águas profundas. — Você só se importa consigo mesmo. É igual ao humano egoísta que roubou a minha pele.

O que ela estava dizendo? A Selkie não podia trair o nosso acordo. Não podia.

— Nós tínhamos um acordo — gritei.

Do mar, não obtive resposta.

Tudo o que eu pude fazer foi observar o silêncio frio da Selkie que me olhava por sobre as ondas. Então, ela se voltou para o horizonte e mergulhou de volta para o reino do mar, deixando-me sozinho, sem palavras, sem reação.

Sem a minha liberdade.

Capítulo X

Era bem cedo, e o sol se escondia atrás de um lençol de nuvens de chuva fina, dando ao céu uma aparência cinza esbranquiçada. Deprimente.

Entretanto, a Humana Esperta cantava, semeando um timbre alegre pelos campos recém-adubados. Eu havia trazido a carroça carregada com as batatas que seriam plantadas, cada uma com um ou dois brotos verdes. Os humanos as enterravam na terra a distâncias iguais umas das outras, formando longas fileiras.

Sem nenhum trabalho com o qual me distrair, voltei a pensar na Selkie, assim como havia pensado a noite inteira. A ideia de ela me trair nunca passara pela minha cabeça, e é por isso que eu ainda estava tão chocado. Como ela pôde romper o nosso acordo? Eu só podia ser um idiota por me deixar enganar tão facilmente.

Mas, agora que a minha raiva já começava a esfriar, eram os sentimentos da Selkie que haviam deixado uma impressão mais forte. Diferentemente dos *kelpies*, as *selkies* são criaturas gentis e adoráveis, e eu até nutro alguma simpatia por elas. Por isso, eu sabia que a amargura da Selkie não era natural. Ela havia sido causada pelo humano que a aprisionara na terra, um humano que ela disse ser igual a mim, pois eu também... Não. Eu não queria continuar pensando nisso. Queria enterrar as palavras da *faery* do mar em um canto da minha mente que pudesse ser ignorado. Pensar naquilo me fazia sentir um desconforto estranho, e que só aumentava quando voltava à minha mente a última imagem que eu tive dela. A tristeza desconcertante nos seus olhos cinzentos, e o desgosto com que me olharam antes de ela voltar ao mar...

Balancei a cabeça, mas a imagem, infelizmente, não saiu voando como uma mosca incômoda.

Resolvi focar a atenção na Humana Esperta, que continuava a

plantar as batatas no campo novo junto aos outros dois humanos. Não sei como ela conseguia cantar enquanto se abaixava e se levantava o tempo todo – e, para ser sincero, ela não conseguia mesmo. A cada movimento que comprimia seu abdômen, sua voz desafinava, mudava de volume ou morria de vez. Mas ainda era uma das canções mais belas que eu já havia ouvido, pois era uma música sincera, expressando a alegria simples de se estar semeando um campo novo em uma manhã de primavera.

Era uma imagem muito bonita, mas provocou em mim certo desconforto por causa do que a Selkie havia dito no dia anterior.

– É diferente — resmunguei comigo mesmo. — Qualquer um seria feliz em Tir nan Og — afirmei, agora sem a mesma convicção de antes.

Foi quase um alívio poder desviar minha atenção desse sentimento incômodo para voltar a me preocupar com o Velho Carrancudo. Talvez para compensar o dia que passamos longe um do outro após o incidente daquela noite no rio, ele estava me tratando com ainda mais agressividade do que o normal. Por quanto tempo eu ainda teria que conviver com ele, agora que minha última esperança havia ido, literalmente, por água abaixo?

O Velho Carrancudo veio até a carroça para pegar mais algumas batatas. Em vez de voltar à fileira que ele plantava, parou em frente a mim. Apesar das olheiras escuras, não havia nenhum traço de hesitação ou fraqueza em seu olhar, apenas as chamas frias do ódio que eu já conhecia muito bem.

– Escute, criatura maldita. — Suas palavras saíram entredentes.

– Tive uma longa conversa com a Aileen e prometi a ela que esperaria até o final do verão para te matar, mas não mais do que isso. Se você tocar nela, dane-se o prazo, pois eu o matarei no mesmo instante.

Tive um súbito jorro de otimismo.

Ameaças à parte, aquela era a melhor notícia que eu recebia em muito tempo, não era? Desta vez, o Velho Carrancudo havia se comprometido a respeitar o prazo, o que já era um avanço.

Entretanto, sempre haveria a possibilidade de que ele só quisesse me fazer abaixar a guarda para eu cair em uma armadilha, talvez uma que fizesse minha morte parecer acidental. Era a última pessoa em quem eu deveria confiar.

Enquanto ele me dava as costas e voltava ao seu trabalho, eu suspirei, acenando um adeus triste ao otimismo. Por mais agradável que fosse, otimismo não me manteria vivo. O que me daria uma chance de ver a próxima primavera seria um novo plano de fuga.

Eu ainda estava sem ideias quando, mais tarde, o campo já quase todo plantado, a Humana Esperta e o seu pai vieram buscar o último lote de batatas.

— Pai, eu queria aproveitar para buscar as sementes para a horta ainda hoje. Será que o senhor e o tio John podem terminar aqui sem mim?

— Mas é claro, filha. Mande lembranças aos Beaton por mim.

— Volto a tempo para a ordenha do fim da tarde — disse ela, e me puxou pelas rédeas. Pelo jeito, eu estava incluído na tarefa.

Passamos pelos campos onde minhas ex-colegas de celeiro pastavam tranquilamente, e as rodas da carroça giravam atrás de mim com um som constante e já familiar. No ritmo sem pressa do andar da Humana Esperta, atravessamos o portão da fazenda. Olhei para a direita de repente, com os olhos arregalados.

Ao perceber meu movimento, a humana olhou também. O que estaria vindo?

Mudei para a forma humana, livrando-me da carroça, e saí correndo para o outro lado, pois o que me veio foi uma ideia brilhante: sair correndo.

Simples, não? Eu já estava fora da fazenda, então tudo o que eu precisava fazer era sair correndo feito louco para bem longe, onde as ordens da Humana Esperta não pudessem me alcançar. Brilhante!

Logo voltei à forma de cavalo, mais veloz, com o vento da liberdade cantando em meus ouvidos. Eu já estava a uma boa distância da fazenda quando, no meio de um salto, meus membros deixaram de obedecer. É claro que eu não poderia fugir tão facilmente assim. No ar, tive tempo para me recriminar pela ideia idiota enquanto o chão de terra dura se aproximava cada vez mais, e pude ver em detalhes suas pequenas pedras e grãos de terra pouco antes de eu cair de cara neles.

***

— Ai! — eu disse quando a Humana Esperta pressionou um chumaço de turfa na minha testa, estancando o sangramento.

— Você por acaso pensa antes de agir? — perguntou ela, sem diminuir a pressão.

Estávamos na casa dos Beaton. Sentada em um banco de frente para mim, a Humana Esperta pegou um novo chumaço limpo.

— Como é que eu iria saber que o contrato me impediria mesmo com ordens sendo gritadas de longe? — respondi. — Ai.

— Já estou quase terminando.

Ouvi passos. O Dr. Beaton trouxe uma bandeja com xícaras fumegantes e se juntou a nós.

— Foi só um cortezinho de nada — disse ele, servindo o chá. — Vai sobreviver.

Por enquanto, pensei. Se minhas ideias continuassem tão brilhantes como as que me trouxeram até aqui, talvez eu fosse um perigo maior para mim mesmo do que o Velho Carrancudo.

Ao esticar o braço para pegar a xícara de chá, eu esbarrei em uma pilha de cadernos, derrubando um deles aos meus pés. Abaixei-me para pegá-lo, e os rabiscos curiosos na página aberta chamaram a minha atenção.

— O que é isso? — indaguei, apontando para um desenho indecifrável rabiscado com tinta preta e colorido com amarelo e verde desbotados.

O Dr. Beaton sorriu ao ver a página.

— Ah! São apenas rascunhos de minha juventude. Eu tinha mais ideias do que talento artístico, a bem da verdade. O que acharam dessa flor?

— Flor? — A Humana Esperta se inclinou para enxergar melhor, embora isso não fizesse nenhuma diferença. Eu não via flor alguma, mas rabiscos por cima uns dos outros.

— É uma flor vista de vários ângulos diferentes, com as imagens sobrepostas umas às outras. Como se uma pessoa estivesse enxergando a flor de todos os pontos de vista ao mesmo tempo.

Agora que ele havia explicado, eu até podia distinguir mais ou menos uma imagem da flor vista por cima, em meio à confusão das flores sobrepostas. Só não entendi por que o humano a pintou assim. A flor não ficaria mais bonita se ele a fizesse única, vista de um ângulo só?

— Que ideia curiosa — disse a Humana Esperta. — Mas o resultado me parece um pouco... desconcertante, talvez?

— Sim — concordou o Dr. Beaton, com um sorriso misterioso. — Pode ser bastante desconcertante enxergar o mundo sob pontos de vista diferentes ao mesmo tempo. É muito mais cômodo manter uma única visão das coisas, embora eu me pergunte se, na verdade, não estamos perdendo a chance de expandir o nosso próprio mundo.

Eu não sabia se havia entendido muito bem o que ele quis dizer, mas não tive a oportunidade de perguntar, pois o humano esfregou as mãos e mudou de assunto logo em seguida.

— Srta. McAulay, irei separar as sementes que me pediu. Posso deixar o Kelpie por sua conta?

— Claro. Obrigada.

Ele saiu pelos fundos, deixando-nos sozinhos.

— Já parou de sangrar — ela disse. — Só vou dar uma limpada agora.

— Obrigado, Humana.

— Não foi nada — ela disse, limpando o corte com um chumaço úmido. Então, acrescentou em voz baixa: — Pode me chamar de Aileen. É estranho ser chamada de "Humana".

— Tudo bem. Aileen.

Ela parecia ter terminado. Jogou os chumaços sujos fora e se sentou um pouco mais afastada de mim.

— Agora que penso nisso, eu te chamo de Kelpie, mas você deve ter um nome também.

Assenti.

— Se importa em me dizer qual é? — disse ela.

— Ele está em um idioma dos espíritos da água. Acho que não pode ser pronunciado por uma voz humana.

— Eu posso tentar.

Contive um sorriso.

— Repita comigo, então. Eute...

— Eute...

— Lib...

— Lib...

— Erodo...

— Erodo...

— Contrat...

— Você achou mesmo que eu iria cair nessa? — ela perguntou, erguendo uma sobrancelha para mim. Estava contendo um sorriso.

— Não custava nada tentar. — Dei de ombros. — Mas eu estava falando sério quanto ao meu nome ser impronunciável para você. Meu nome *faery* é...

Então, eu o disse.

Os lábios da Humana Esperta — da humana Aileen — se abriram em uma expressão surpresa.

— Isso foi... — Ela parecia tentar encontrar a palavra certa. — Foi incrível. Para mim, foi como se um som pudesse descrever um cavalo negro como a noite, e havia também um rio, e uma sensação de poder e liberdade que... Meu Deus, não consigo colocar em palavras!

— É mesmo difícil traduzir para um idioma humano. O mais próximo que vocês chegam de passar a sensação certa é através da música.

— É um nome lindo — ela disse suavemente.

Desviei os olhos. Não sei por que, mas seu elogio me deixou meio sem graça.

— É uma pena que eu não consiga pronunciar — ela continuou. — Não tem um nome humano pelo qual eu possa te chamar?

— Chame do que quiser.

Sinceramente, eu não me incomodava em ser chamado de Kelpie. Mais sinceramente ainda, eu preferiria não ser chamado de nada, e estar bem longe dali. A humana Aileen, entretanto, parecia estar pensando seriamente no assunto.

— O que acha de Kelvin?

— Não é ruim. O que significa?

Ela apontou para um mapa da Escócia que enfeitava a parede.

— É o nome de um rio — ela disse.

— Sinto que algo se perdeu na tradução.

A humana riu.

— Não vai querer que eu escreva uma canção que traduza o seu nome e a cante toda vez que eu te chamar, não é?

— Eu não acharia tão ruim. Gosto da sua voz.

Ela sorriu.

— Está tentando me bajular?

— Depende. O que significa bajular?

Alguém pigarreou próximo à porta, e nós nos sobressaltamos.

— Significa tentar agradar alguém em favor de interesses próprios — disse o rapaz de cabelos castanhos que olhava para nós com uma expressão reprovadora. — Como alguns *faeries* fazem para atrair pessoas desavisadas.

— Ah, oi — disse a humana. — Não ouvi você entrar. Tudo bem?

— Só vim avisar que meu pai está te chamando. Tem a ver com as sementes.

— Obrigada. Já estou indo.

Ela se levantou e saiu da sala. Sem saber se eu deveria ir junto, fiz menção de segui-la, mas o jovem humano barrou minha passagem na porta.

— Tenho algo a falar com você.

Não gostei do seu tom, e o encarei de perto com uma ligeira satisfação por eu ser mais alto.

— Quem é você mesmo? — perguntei, não para provocá-lo, mas porque eu não conseguia me lembrar de verdade.

— Como assim, quem sou eu? Nós nos conhecemos há algumas semanas, na estrada que leva à casa do Sr. McNeil. — Continuei na mesma. Será que eu deveria dizer a ele que não estava me dando ao trabalho de lembrar o nome de verdade da maioria dos humanos? — Conversei com a Aileen sobre a fazenda e sobre você — ele acrescentou. — Ferris Beaton — disse, agora com cara de ofendido.

— Ah! — Enfim lembrei. — Você é o filho do casal Beaton. O que quer comigo?

Ele ergueu o queixo. Eu ainda era mais alto. Há.

— A Aileen é a minha melhor amiga — disse ele. — Sei que ela não irá cair na sua ladainha, mas quero que saiba que estou de olho em você. Sei o que está tentando fazer. Não vou deixar um monstro do rio seduzi-la com seus encantos de *faery*.

Por um instante, apenas olhei para ele. Será que eu havia entendido direito?

— Você acha que eu estou fazendo *o quê*? — perguntei, rindo. — Eu posso usar a minha forma humana para enganar e seduzir mulheres humanas, sim, mas a Aileen já sabe que eu sou um *kelpie*. É óbvio que não tem mais como eu fazê-la gostar de mim.

Enquanto eu ria, o humano parecia um pouco confuso.

— Não me venha com essa — disse, apontando para mim, mas havia hesitação em sua voz. — Não tente me enganar. Se você fizer algum mal à Aileen, eu te caçarei até o inferno.

— Entre na fila — eu lhe respondi antes de dar a volta nele e me encaminhar aos fundos, dando por encerrada aquela conversa sem sentido.

Que humano engraçado. Fazer com que uma humana goste de um *kelpie* sem máscaras? Há, há! De onde ele havia tirado aquela ideia absurda?

Capítulo XI

— Kelvin, você está se sentindo bem? — a humana Aileen me perguntou.

O sol já estava prestes a tocar o horizonte alaranjado, e nós caminhávamos em direção ao rio ao final de mais um dia de trabalho. Nas últimas semanas, frequentemente, a humana Aileen estivera me levando para um banho ao cair da noite. Segundo ela, isso me deixava menos rabugento no trabalho, especialmente em relação às tarefas fedidas, embora eu continuasse a reclamar durante todo o caminho até o rio.

Em minha defesa, digo que apenas dou minha opinião sincera sobre o cheiro do esterco podre não ficar melhor da segunda vez, ou sobre eu não ser um grande apreciador de pedras.

Se eu estava me sentindo bem?

— Não — eu lhe respondi. — Toda vez que fecho os olhos, eu vejo pedras.

Além de manter os campos livres de ervas daninhas, os humanos estavam terminando de construir o muro em volta do campo novo das batatas. Enquanto eles encaixavam as pedras umas sobre as outras sem nenhum tipo de massa que as mantivesse juntas — um trabalho admirável, eu tinha que admitir —, cabia a mim transportar montes e mais montes de pedras vindas do outro lado da propriedade.

Àquela altura da minha estadia no mundo dos humanos, meu condicionamento físico havia melhorado, e eu já estava habituado ao trabalho na fazenda. Entretanto, isso não tornava a tarefa de carregar pedras mais divertida.

— Nunca mais quero ver uma pedra — eu disse. — Oh, tem uma ali. E mais outra.

— Pedra é o que não falta por aqui — disse a humana Aileen,

olhando para as montanhas já envolvidas por um céu de cores quentes. — A Sra. Beaton me disse que esta ilha é formada por algumas das rochas mais antigas do mundo.

— Podemos não falar sobre pedras?

— Tudo bem. Quer falar sobre o quê?

— Por que não há mais pessoas ou cavalos para ajudar a carregar as pedras?

Em outra fazenda, ao longe, eu via meia dúzia de trabalhadores terminando o seu serviço nos campos. Por mais que eu pudesse fazer o trabalho de mais de um cavalo — embora dez já fosse um exagero —, o volume de trabalho parecia grande demais para apenas três humanos.

— Pelo mesmo motivo que você está aqui agora: não temos dinheiro. — Ela fez uma careta. — Mas, um dia, quando a situação da fazenda melhorar, vou contratar funcionários, assim como o meu pai fazia no passado. Pode parecer difícil de acreditar agora, mas ele foi um dos pioneiros a trazerem novas técnicas para a ilha. Sabia que não tinha batatas aqui antes? Agora, são nosso principal cultivo. E eu planejo aumentar ainda mais a nossa variedade de sementes, se ao menos aqueles nobres ingleses não relutassem tanto em responder as cartas de uma fazendeira de um povoado minúsculo...

Não pude deixar de sorrir. Criaturas estranhas, esses humanos. São fracos, mas têm um poder diferente do nosso. Olhei para a humana Aileen, que tinha seus olhos no futuro, e não tive dúvidas de que ela era capaz de construí-lo com suas próprias mãos.

— Kelvin, tem alguém vindo.

Eu também havia percebido, e mudei para a forma de cavalo antes de um humano aparecer na curva da estrada. Estávamos à meia-luz do crepúsculo, e a humana Aileen acendeu a lâmpada a óleo que ela carregava. Cutuquei-a com o focinho, e ela se lembrou de segurar as minhas rédeas.

Pensei que nós fôssemos simplesmente passar pelo humano que vinha em nossa direção, mas ele ergueu a mão e acenou quando do chegou mais perto.

— Aileen, aonde vai a esta hora? — perguntou ele.

A luz da lâmpada revelou a cicatriz horrenda em seu rosto, e assim o reconheci como sendo o Desagradável.

Eu realmente não queria ficar ali olhando para ele.

— Buscar alguns sacos de sementes na casa dos Beaton — respondeu a humana.

— Ah. Não sei como o seu pai permite que uma filha tão bonita saia de casa desacompanhada.

Se a humana Aileen e o Velho Carrancudo tinham alguma semelhança física devido ao parentesco, era o olhar mortal que ela lançou ao Desagradável naquele momento.

— Acho que ele confia que os homens do vilarejo sejam civilizados o suficiente para... Para onde você está olhando?

O Desagradável lhe lançou um olhar inocente, mas era mais do que óbvio que seus olhos tinham estado traçando curvas.

— Eu só estava pensando que você é muito bonita — disse ele —, e isso me preocupa. Você soube que a mulher de um pescador sumiu há pouco tempo, não?

Percebi a humana Aileen me lançar um breve olhar de esguelha. Eu? Por que eu? Só porque uma humana havia desaparecido, Aileen iria suspeitar do *kelpie* mais próximo? Isso era injusto. Isso era preconceito. Isso era...

Isso era verdade. É claro que eles só podiam estar falando da Selkie. E, de alguma forma, eu havia sido mesmo o responsável pelo desaparecimento dela. Que ironia.

— Já descobriram o que aconteceu com ela? — a humana perguntou.

— Alguns dizem que os *trowes* a levaram. Outros dizem que se afogou no mar. Ela desapareceu do nada.

— Bom, se isso foi obra de *trowes*, não tem por que você se preocupar comigo. Esses *faeries* têm preferência por raptar noivas e bebês.

O Desagradável abriu a boca e sorriu como se estivesse com muita vontade de dizer algo, mas decidiu guardar a informação para si mesmo, ao menos por enquanto.

— Seja uma boa garota e confie em mim: nunca é demais tomar cuidado. Quer que eu a acompanhe até a casa dos Beaton?

— Não! Quero dizer, obrigada, mas não precisa se incomodar. É melhor eu ser cuidadosa como você disse e andar logo, não é? Boa noite.

Ela já estava caminhando mais rápido do que seria educado quando ele lhe respondeu o boa noite. Pudemos, então, prosseguir em direção ao rio. Durante o resto daquela noite, entretanto, a humana Aileen se manteve séria e distante, e nós mal trocamos algumas palavras.

Embora eu não tivesse conseguido descobrir o que era, fiquei com a nítida impressão de que algo naquela conversa com o Desagradável a havia deixado preocupada. Isso era certeza.

Espiei pela janela do celeiro. Fazia um tempo que amanhecera, e os humanos ainda não tinham vindo me buscar para o trabalho. Andei até os fundos, voltei, olhei pela janela de novo. O que teria acontecido? Eles nunca demoravam tanto assim. Continuei a dar voltas lá dentro até ver a humana Aileen vindo em direção ao celeiro. Estranhei que ela viesse sozinha.

— Bom dia — eu disse, assim que a humana abriu a porta.

Ela respondeu com um resmungo, sem olhar para mim. Parecendo quase tão receptiva a uma conversa quanto o Velho Carrancudo, ela se dirigiu ao depósito a passos rápidos. Procurou pelas estantes até pegar uma caixa, olhou-a brevemente e a devolveu ao lugar. Afastou-se da estante com determinação, apenas para mudar de ideia e virar-se novamente para ela. Então, começou a mudar as ferramentas de lugar.

— Ela está se esforçando bastante para bagunçar tudo — gemeu o Brownie, que havia aparecido ao meu lado.

Eu tive a impressão de que ela não estava tentando fazer nada em particular. Seus movimentos eram tensos e falseavam o tempo todo, como se ela não tivesse um objetivo definido além de continuar a se movimentar.

— O que está acontecendo? — sussurrei para o Brownie.

— Eu diria que ela está tendo um chilique — ele sussurrou de volta. — E eu logo terei um também. Acho que ela acabou de quebrar a tampa daquela caixa.

— O que eu quero saber é por que ela está tão nervosa.

— Você também estaria nervoso se, neste exato momento, o Donnchadh estivesse na sua casa pedindo a sua mão em casamento.

Abri e fechei a boca, incrédulo. Aquele humano Desagradável?

— Ele o quê?

Uma sombra se projetou da porta aberta, e o pai da humana Aileen entrou. Ele parou a alguns metros da filha, que parou de mexer na estante e ficou de frente para ele. Pude sentir a tensão percorrendo o ar entre os dois e afastei-me até um canto, sentindo-me desconfortável por estar preso ali naquele momento.

Foi o pai dela quem quebrou o silêncio.

— Aileen...

— Não.

Houve uma curta pausa, e o humano não pareceu se abalar com a resposta. Talvez ele já a esperasse.

— Aileen, minha filha, pense melhor.

— O que o senhor respondeu a ele?

— Eu disse que não a forçaria a nada. Ele está esperando pela sua resposta.

— A resposta é não.

— Aileen, se a... — Ele apontou para o lado do rosto, referindo--se à cicatriz horrenda do Desagradável. — Se é o motivo, você está sendo muito injusta com o rapaz. Considerando a nossa situação, o Donnchadh não é um mau partido.

— Mau partido?! Pai, não tem nada a ver com a aparência. Ele me olha como se eu fosse um pedaço de carne! Ele é tão... tão...

— Desagradável — eu disse, baixinho, quase sem perceber.

Desejei ter ficado quieto, pois os dois se viraram para mim, como se, por um instante, estivessem se perguntando o que eu estava fazendo ali. Eu me perguntava o mesmo.

— Eu não vou me casar com o Donnchadh — disse a humana, voltando a ignorar a minha presença. Fiquei grato por isso. — Nem que ele fosse a última pessoa da ilha.

— Seja sensata, ele é praticamente a última opção. Conte nos dedos os rapazes da vila que têm a sua idade. Subtraia os pedidos que você já recusou.

— Não preciso deles. Sou capaz de administrar esta fazenda sozinha, melhor do que qualquer um deles, e o senhor sabe disso.

— É claro que eu sei! — O humano ergueu a voz, sobressaltando a sua filha. — E você deveria saber que, por mais que seja verdade, o Sr. McNeil jamais assinaria um contrato com uma menina solteira! Você precisa pensar no seu futuro! Deveria ao menos considerar a proposta do Donnchadh. Ele tem os seus defeitos, mas é um rapaz trabalhador e honesto, e está disposto a se casar contigo apesar do modo como você o trata.

A humana fechou os punhos.

— Fala como se ele estivesse me fazendo um grande favor.

— Você já deve muito a ele.

— Eu sei muito bem o que eu devo a ele — ela respondeu, agora com lágrimas nos olhos. — Eu me lembrarei do que devo a ele todos os dias de minha vida. Mas isso não lhe dá direitos sobre mim.

As mãos da humana Aileen tremiam ao lado do corpo. Ela as manteve fechadas e andou em linha reta em direção à porta.

— A resposta é não — disse, e saiu correndo.

O seu pai a observou partir, e continuou parado ali mesmo depois de, certamente, não poder mais vê-la. Passou a mão pelo rosto e, com um suspiro pesado, saiu do celeiro também. Somente eu e o Brownie, testemunhas acidentais da discussão, ficamos para trás no silêncio esmagador que se seguiu à saída dos humanos. Até o ar parecia mais denso e imóvel lá dentro, em contraste com o vento que uivava do lado de fora.

Senti alguém cutucar a minha perna.

— Quer me ajudar a arrumar a estante?

Diante do meu silêncio, o pequeno *faery* deu de ombros com as palmas das mãos voltadas para cima.

— Tudo bem, eu arrumo sozinho. — Ele andou até a estante e começou a avaliar a bagunça, retirando um pedaço de pano do bolso.

— Depois dessa discussão, é com a estante que você se importa?

O Brownie passou o pano de uma mão para a outra. Pela primeira vez, não parecia muito animado com a faxina.

— É claro que eu me importo com essa família, mas o que posso fazer? — disse ele. — Sabe, Kelpie, não é a primeira vez que eu escuto essa discussão. Recusar o Donnchadh, tudo bem, porque ele é tão adorável quanto um furúnculo, mas alguns dos rapazes anteriores até que eram bastante decentes. A maioria foi sensata o bastante para respeitar as dicas de que ela não estava interessada, e nem chegaram a pedir.

Agora que eu pensava no assunto, parecia normal que a humana Aileen tivesse vários pretendentes. Afinal, ela era muito bonita.

— Mas ela parece ser bem próxima do tal de Ferris — eu disse. — É com ele que ela quer casar?

— Ferris Beaton? Há, há! — O Brownie balançou a cabeça diante da minha ignorância. — Ele é filho do Dr. Beaton! Vai ser mandado para o exterior para estudar medicina. Talvez viaje pelo mundo, pode até se tornar um acadêmico e ir discutir um monte de coisas complicadas com outros acadêmicos... Tem um futuro muito diferente. Não se casaria com a filha de um fazendeiro.

Nossa, os humanos eram complicados. Acho que o Dr. Beaton havia mencionado uma tal de "estrutura social" uma vez, mas eu não tinha entendido direito o que significava.

Entretanto, havia outro ponto da discussão dos humanos que havia chamado a minha atenção. Era a minha oportunidade de perguntar.

— Brownie, esta foi a segunda vez eu ouvi dizerem que a humana Aileen tem uma dívida com aquele pretendente desagradável dela. Sabe que dívida é essa?

Era raro eu conseguir uma resposta direta do pequeno *faery*. Desta vez, entretanto, ele me respondeu seriamente, sem rodeios, sem piadas, em um tom sério que não era nada típico dele.

— A vida, Kelpie. Ela lhe deve a vida. Como você acha que ele conseguiu aquela cicatriz?

***

Agora eu entendia para que os muros serviam. Encostado a eles, estiquei o meu pescoço ao máximo, mas não consegui alcançar os trevos do campo vizinho, onde as vacas pastavam. É claro que, se fosse escolher entre os trevos e as vacas, eu escolheria a carne, mas havia descoberto – em um momento de desespero, pois, no dia anterior, por causa da discussão sobre o pedido de casamento, ninguém se lembrou de levar o meu almoço – que aquelas folhas macias eram incrivelmente saborosas também. Só que estavam fora do meu alcance.

Talvez eu pudesse mudar para a minha forma humana para pular o muro e, depois, voltar à de cavalo para saborear aquele petisco delicioso. Estava realmente considerando essa ideia.

— Kelpie, venha cá — disse o pai da humana Aileen.

Foi muito a contragosto que eu me afastei do campo de trevos para levar a carroça carregada com pedras para mais perto dos humanos. Deixa pra lá. Se eu comesse aquilo, iria demorar o dia inteiro para digerir.

Já não faltava muito para os humanos terminarem o muro do campo novo das batatas. O Velho Carrancudo estava encaixando uma pedra na parte inacabada, enquanto o pai da humana descarregava algumas pedras da carroça atrás de mim. Limpando o suor da testa, ele ergueu os olhos em direção à entrada da fazenda.

Era possível enxergar a humana Aileen carregar dois recipientes de metal que os humanos usavam para transportar leite. Ela deixou os objetos no chão quando o filho do Dr. Beaton se aproximou, e os dois pareciam conversar. Daquela distância, era impossível saber sobre o que falavam, mas a humana balançava a cabeça e gesticulava de um jeito bastante indignado. Talvez falassem sobre o pedido de casamento do Desagradável. O clima da fazenda estivera meio pesado desde aquilo.

O filho do Dr. Beaton deu um empurrão de leve na humana Aileen e disse algo que a fez relaxar a postura. Depois, cada um pegou um dos recipientes com leite, e caminharam para fora da fazenda.

Escutei o pai da humana suspirar pesadamente ao meu lado, de um jeito que ele estivera fazendo com bastante frequência.

— Ela não vai aceitar, não é?

Eu diria que isso era bastante óbvio, dado que era o motivo de toda aquela discussão, mas sabia que o humano não estava perguntando para mim.

— Quando ela decide, ela decide — disse o Velho Carrancudo, sem parar o que estava fazendo.

— Eu só penso... Se a Morag estivesse aqui, ela saberia o que fazer. — Ele balançou a cabeça. — E as pessoas já começaram a falar. Que é cruel da parte da Aileen recusar o rapaz que salvou a sua vida por um preço daqueles.

O Velho Carrancudo se afastou do muro e olhou para seu irmão.

— Deixe as pessoas falarem o que quiserem. Ela vai encontrar o seu caminho, mais cedo ou mais tarde.

— Só quero que ela seja feliz. Para mim, ela é... — O humano fez um gesto amplo com os braços.

— Para mim também.

Então, todos voltaram ao trabalho.

No final do dia, a humana Aileen veio me buscar para irmos ao rio. Ainda faltava algum tempo até anoitecer, mas o dia já estava ficando escuro, e ventava frio.

— Vem chuva aí — eu quebrei o silêncio, olhando para as nuvens escuras que navegavam pesadamente no céu, lançando suas sombras sobre os campos.

— Hm. — Foi a resposta distraída que obtive da humana.

Pensei que, talvez, o céu tivesse decidido refletir o humor que se instaurara naquela fazenda. Desta vez, para variar, eu não tinha nada a ver com o motivo da discórdia. Portanto, nada disso deveria me afetar.

E a verdade é que estava me afetando. O humor da humana estava me incomodando bastante, e, sem perceber, eu havia começado a mimetizar sua cara de poucos amigos ao segui-la pela estrada.

Isso deveria ser um bom sinal, no final das contas. Se eu tinha tempo para me incomodar com algo que não me dizia respeito, talvez a ameaça à minha vida não fosse tão iminente assim.

Ultimamente, o Velho Carrancudo estivera me vigiando de perto e, às vezes, balançava seu facão de leve, com um ar quase sonhador. Sempre me causava arrepios, mas, pelo jeito, ele parecia conformado com a promessa de poder pôr um fim em minha existência dali a pouco mais de três meses.

Sua espera paciente significava que eu havia ganhado tempo, e deveria estar usando-o para razões mais produtivas do que me incomodar com o estado de espírito da humana. Eu poderia tentar negociar com ela, pois tenho certeza de que aceitaria uma proposta que lhe fosse vantajosa o suficiente. Mas como eu poderia descobrir um jeito de barganhar com a humana se ela nem ao menos prestava atenção nos meus comentários brilhantes sobre o tempo?

Uma gota gelada caiu nas minhas costas.

— Droga. Começou a chover — disse a humana Aileen, e contive o impulso de dizer que eu havia avisado. — Vamos voltar.

Foi com um humor um pouco cinzento que dei meia volta. Eu não teria achado ruim tomar chuva, mas tive que seguir a humana de volta ao celeiro abafado.

Quando entramos nele, já havia começado a chover de verdade, e deixamos pegadas lamacentas no chão.

Pensei em apostar com ela que o Brownie surtaria por causa daquilo, mas a pergunta morreu quando vi o rosto tenso da humana. Ela estava perdida em pensamentos sobre problemas humanos que eu nem entendia direito, e, sem saber por que, isso tudo começou a me deixar terrivelmente frustrado.

— Por que você não aceitou nenhum pedido? — perguntei, e me surpreendi por perguntar.

A humana Aileen parou de espanar a água das roupas e ergueu os olhos verdes para mim, piscando como se notasse a minha presença pela primeira vez naquele dia.

— Perdão?

— Ouvi dizer que você já recebeu muitos pedidos antes desse. Por que não aceitou nenhum?

Ela abriu a boca como se fosse responder, mas se virou em direção à porta.

— Isso... Isso não lhe diz respeito.

— Faz sentido que não queira se casar com um humano desagradável ou com um monstro do rio, mas qual o problema com o resto? Certamente a humana mais bela da ilha deve ter muitas opções, e...

— É claro que não entende — ela me interrompeu, de costas para mim. Então, virou-se para me olhar nos olhos. — Você é idêntico a eles. Só quer uma garota bonita para exibir como troféu. Acha que eu devo ficar lisonjeada por me acharem bonita? Por só quererem se casar comigo por me acharem a menina mais bonita da vila? A intensidade de suas perguntas me pegou desprevenido. Abri e fechei a boca uma vez antes de conseguir fazer alguma palavra sair.

— Não só por isso... mas... — Não era bem aquilo que eu queria responder, mas comecei a me atrapalhar com as palavras diante daqueles olhos inquisidores. — Tem outras coisas, mas... É ruim achar você bonita? Não é... hum, um elogio?

Ela soltou o ar e desviou os olhos em um gesto que me pareceu uma mistura de raiva e decepção. Obviamente, eu havia dado a resposta errada.

Pelo silêncio da humana, percebi que a conversa estava encerrada. Tive a ligeira impressão de ver um brilho molhado nos olhos dela, mas foi só por um segundo, pois ela virou o rosto e começou a caminhar em direção à porta.

Soltei o ar também. Voltei o olhar para baixo, mas, pela visão periférica, percebi a humana Aileen parar de repente, na porta. Ela mantinha as mãos cerradas e seus ombros se ergueram e abaixaram ao ritmo de sua respiração.

Então, ela começou a desabotoar a blusa furiosamente.

Capítulo XII

— O que você...? — comecei a dizer, confuso.

Meu primeiro impulso foi pedir que ela parasse e desse uma explicação, mas essa intenção desapareceu assim que ela, ainda de costas, puxou os cabelos para frente, expondo seu pescoço nu. Não consegui desviar os olhos quando ela começou a deslizar a blusa para baixo dos ombros, expondo sua pele macia e...

E completamente coberta por marcas grotescas, iguais às que o Desagradável possuía no rosto.

Por um ínfimo instante, senti uma pontada de repulsa, do mesmo jeito que havia sentido pelas cicatrizes do Desagradável. Foi um sentimento instintivo, inconsciente, e, em meu íntimo, senti vergonha de mim mesmo por tê-lo sentido. Mas não podia negar que senti.

— Na frente é pior — disse a humana, em um tom estranhamente calmo.

Eu só conseguia olhar.

— Aconteceu quando eu tinha 12 anos — ela continuou, ainda de costas. — Eu e o Donnchadh estávamos brincando em um celeiro quando ele pegou fogo. Lembro-me apenas de ouvir o estrondo de um trovão, e, antes que eu me desse conta, havia chamas por todos os lados. — Ela estremeceu. — Foi o Donnchadh quem voltou para me salvar. Ele me carregou para fora do celeiro e ficou comigo até o Dr. Beaton e a Sra. Beaton chegarem. Foi um milagre eu ter sobrevivido.

Senti a garganta apertada. Não consegui dizer nada, nem sabia o que dizer.

— Diga, Kelvin, você teria me escolhido como esposa se tivesse visto isto antes?

Fitei o chão enlameado do celeiro. Meu rosto estava quente.

Diante daquela pontada de repulsa de antes, eu não podia mentir nem para mim mesmo. E me odiei por isso.

— Nós dois sabemos que não — a humana disse, puxando a blusa para cima dos ombros novamente. — Assim como o resto dos rapazes que me pediram. Nenhum teria feito isso se soubesse. O que eles desejam é a garota mais bela da vila, e eu não sou ela.

O som da chuva caindo lá fora preencheu o silêncio enquanto a humana Aileen voltava a abotoar sua blusa. Zonzo por tudo o que eu tinha ouvido, comecei a sentir algo diferente brotar dentro de mim. Fechei os punhos com força.

— Então, você nem ao menos lhes deu uma chance — eu disse, em um tom mais áspero do que gostaria.

Já com a roupa arrumada, a humana se virou para mim.

— Como disse?

— Não achei que você fosse covarde desse jeito — eu continuei, sem conseguir conter a raiva que sentia. Não era raiva dela, não era. Mas não consegui parar. — Você nem lhes deu uma chance, não é? Você não deixa ninguém se aproximar porque tem medo que eles te vejam do jeito que você vê a si mesma.

— É claro que tenho medo! — ela ergueu a voz, o rosto vermelho.

— Medo de o meu noivo me olhar com nojo na noite de núpcias!

— Sabe o que dá nojo de verdade? Autopiedade.

— Você é um idiota.

— E você é muito mais do que só bonita. Se ao menos tentasse, talvez... Talvez eles vissem como você é, e...

— E o quê? E o quê, Kelpie? Tudo é tão fácil para você, não é? Você acha que é uma questão de tentar, ou apenas da minha autoestima? Olhe nos meus olhos e me diga o que teria feito comigo se tivesse conseguido me levar como esposa naquele dia. Teria me afogado no rio quando descobrisse que eu não sou a "humana mais bela que já viu"?

— Isso... — Balancei a cabeça, tentando não pensar em uma resposta à sua pergunta. — Isso não é justo.

— Não. A vida não é justa.

O clarão de um raio iluminou as lágrimas da humana Aileen, e seu corpo tremeu diante do som do trovão. Trinquei os dentes, e meu peito se apertou de uma maneira que deixava difícil respirar. Agora eu entendia.

Tudo o que eu pude fazer foi fitar o chão, sentindo-me estupidamente inútil. Enquanto isso, por mais vulnerável que estivesse parecendo, a humana mantinha uma postura desafiadora, um olhar do qual eu não podia escapar. Então, ela se virou e saiu para a chuva, que começou a encharcá-la da cabeça aos pés, colando seus cabelos ao rosto.

Ela parou a alguns metros da porta e se virou parcialmente para me dizer, com uma voz mais controlada do que eu teria sido capaz de usar:

— Lembra-se da vez em que conversamos aqui, e você comparou os *kelpies* à chuva? Você estava certo em um ponto. Eu não gosto da chuva.

Então, ela correu debaixo do céu que desabava.

***

Chutei o balde com força, fazendo-o voar para longe até bater contra a parede de pedra. Ele se quebrou.

— Droga!

Sentei-me no chão do celeiro com as mãos sobre a cabeça.

Droga. O que eu estava fazendo?

A verdade é que eu não queria fazê-la chorar. Eu queria que ela não parecesse frágil ao ouvir o som de um trovão, e que não ficasse tão triste quando alguém dizia que a achava bonita. Queria ser capaz de fazê-la se sentir melhor.

Meu peito doía. Eu não estava acostumado àquela enxurrada de sentimentos e não conseguia pensar direito. Respirei fundo, sentindo o cheiro da chuva que caía furiosamente lá fora. Tentei me concentrar em ouvir apenas o seu som, o som da água, porque a água eu entendia, a água fazia sentido para mim, enquanto os humanos eu não entendia muito bem, talvez nunca entendesse, eles eram muito complicados, faziam com que eu tivesse sentimentos estranhos, pensamentos que não faziam sentido.

Fazê-la se sentir melhor?

Eu era um *kelpie*. Para ter que lembrar isso a mim mesmo, a situação devia estar bem feia na minha cabeça, e até repeti mais uma vez para ter certeza de que eu não esqueceria: eu era um *kelpie*. Tudo o que eu sabia era como fazer os humanos pararem de sentir qualquer coisa, para sempre. Não sabia como fazer alguém se sentir melhor.

No entanto, era um desejo sincero. E, por isso, era frustrante, e confuso, e devia ter algo de muito errado comigo.

O que estava acontecendo?

O chão estava um tanto enlameado na manhã seguinte, sujando as minhas patas enquanto eu puxava a carroça em direção ao litoral. Minha companhia de viagem eram o Velho Carrancudo e a humana Aileen, e nenhum dos dois falou muito durante o percurso. Aliás, a humana mal olhou para mim.

Ao chegarmos à vila dos pescadores, o Velho Carrancudo entrou em uma das casas para negociar a compra de peixe, e a humana Aileen permaneceu comigo e com a carroça em um canto entre a praia e o terreno com grama alta que ladeava a areia. Lancei alguns olhares de esguelha à humana, que fitava o horizonte nublado e continuava sem falar comigo. Não era de se espantar que não tivesse iniciado uma conversa, é claro, pois as pessoas achariam estranho vê-la em um monólogo com um cavalo. Mas eu desconfiava que a discussão da noite anterior a havia deixado tão desconfortável quanto eu.

Será que eu conseguiria consertar o que havia lhe dito e revelar o que eu realmente queria dizer, mesmo sem saber direito o que era?

Como isso parecia um tanto além da minha capacidade de me expressar, talvez fosse melhor fingir que nada havia acontecido. Seria bem mais confortável ignorar o problema do que tentar resolvê-lo.

Ouvi gritos agudos de alegria próximos a nós. Um garoto e uma garota humana corriam por entre a grama molhada alta, perseguindo um ao outro. Entre uma rodada da brincadeira e outra, eles colhiam algumas das pequenas flores amarelas que haviam começado a florescer.

Ouvi um riso breve ao meu lado, e percebi que a humana Aileen sorria, observando a mesma cena que eu. De alguma forma, isso fez com que meu coração ficasse mais leve. Fazia um tempo que eu não a via feliz, e percebi que gostava de seu sorriso.

— Olha, um cavalo preto!

Virei o alvo da atenção dos filhotes de humanos. Eles correram em minha direção e, por alguns minutos, se engajaram em uma brincadeira nova, na qual me tocavam e depois se afastavam rapidamente, rindo. Ao perceberem que eu não as morderia – estava proibido, afinal –, se esticaram na ponta dos pés em uma tentativa de afagar a minha crina.

— Ela é bonita! — disse a garota.

Era uma pena ela ter errado o meu gênero, mas eu estava satisfeito por, pelo menos, alguém gostar de mim. A garota humana esticou as mãos em direção ao meu rosto, tentando alcançá-lo.

O que foi, pequena amiga? Quer tirar as minhas rédeas, quer? Se me libertar do contrato, prometo que deixo você errar o meu gênero para sempre, sem reclamar.

Abaixei a cabeça para ficar na altura dela, e suas mãos realmente tocaram as minhas rédeas. Para prender um punhado de flores nelas.

Oh.

Agora eu podia ouvir claramente que a humana Aileen abafava um riso. Tudo bem. Eu não estava livre das rédeas, mas, pelo menos, havia ficado mais enfeitado.

Satisfeita pelo seu trabalho, a garota humana correu para a praia, seguida pelo garoto. Pétalas amarelas voavam e pousavam na areia conforme os dois pulavam e deixavam pegadas desordenadas pelo chão.

— Aileen, pode vir aqui rapidinho? — disse uma mulher, acenando, ao lado de uma das casas.

A humana Aileen foi conversar com ela e me deixou sozinho, sem ter o que fazer. Minhas pálpebras estavam pesadas por eu não ter dormido direito.

Aproveitando aquele momento de paz, resolvi fechar os olhos e ficar apenas ouvindo o som das ondas do mar e as risadas distantes dos filhotes de humanos, tentando não deixar a brisa salgada me lembrar da Selkie, tentando não pensar na humana, tentando não pensar em nada.

Funcionou melhor do que eu esperava. Logo comecei a cochilar. Só acordei quando, não sei quanto tempo depois, a humana Aileen voltou e me perguntou:

— Para onde foi a garota?

Pisquei, tentando me localizar no tempo e espaço. Que garota?

Ventos frios haviam começado a soprar, anunciando uma tempestade a caminho. Percebi que os gritos e risadas haviam parado. A maioria das pessoas estava entrando nas casas, carregando o que elas não queriam que voasse para longe. Segui o olhar de Aileen e vi que o garoto estava chorando perto da linha d'água, olhando para algum ponto no mar.

A humana Aileen correu em sua direção.

— Cadê a sua irmã? — ela perguntou no meio do caminho.

— O vento levou as minhas flores, e...

Apertei um pouco mais os olhos. Então, eu vi. Já longe da praia, uma pequena cabeça era engolida pelas ondas.

— Aguente! — gritou a humana Aileen, erguendo a saia para entrar nas águas revoltas. O que ela pensava que estava fazendo?

Ao rugir do primeiro trovão da tempestade, mudei para minha forma humana e corri a toda velocidade em sua direção, com o coração retumbando em minhas orelhas. Nuvens negras moviam-se ameaçadoramente no céu, e, quando alcancei a humana Aileen, as ondas já quebravam com violência e quase nos derrubaram, apesar de ainda estarem na altura de nossos quadris.

— Ficou maluca? — perguntei, agarrando o seu pulso. — Ela já está longe demais!

— Me solta!

Ela tentou se desvencilhar de mim, mas eu não soltei. Segurei o seu pulso com ainda mais firmeza.

— Você vai ser levada pela correnteza também!

— Ela precisa de ajuda!

Olhei para o mar. A menina ainda lutava para nadar, mas Aileen nunca conseguiria chegar até ela, não poderia vencer aquele mar cada vez mais violento.

— Me solta, Kelvin! É uma ordem! — ela gritou. — É uma ordem!

Não, não! Não podia deixar. Se eu a soltasse...

Senti meus dedos começarem a fraquejar diante da ordem.

— Eu vou! — gritei.

Ela parou de puxar. O vento bagunçava os seus cabelos, e os afastaram dos seus olhos, arregalados, fixos em mim.

— Eu vou — repeti. — Vá chamar ajuda.

Capítulo XIII

Eu estava nadando o mais rápido que conseguia, mas as ondas atrasavam o meu progresso.

A garota humana continuava a ser arrastada cada vez mais para dentro do mar. Interrompi minhas braçadas e olhei para trás, com minha visão balançando ao ritmo das ondas. Na praia, Aileen esperava na beira da água. Acima de mim, o céu se tornava cada vez mais escuro, e o vento soprava forte em minhas orelhas. Era melhor eu me apressar.

Quando virei para frente de novo, dei de cara com uma onda enorme que me pegou desprevenido. Ela me atingiu com força e me fez girar debaixo d'água. Oh, que péssima ideia! No rio, eu não precisava lutar contra a água, pois eu era parte dela, e ela era parte de mim. O mar, entretanto, me jogava para todos os lados, como se estivesse em dúvida se me engolia para suas profundezas ou se me cuspia para fora. Eu estava à sua mercê, girando sem controle algum.

Quando parei de girar, havia perdido a noção de cima e baixo. E agora? Para que lado deveria nadar à procura de ar? Abri os olhos para tentar me localizar, mas a areia e o sal machucaram os meus olhos, e não enxerguei nada além da escuridão. Ah, não, isso não. Um *kelpie* morrer afogado? Seria muito constrangedor.

Vamos, Kelpie, não entre em pânico. Você consegue sair dessa.

Com o coração batendo a toda velocidade, um pouco do sangue chegou ao cérebro. Soltei um pouco do ar que estivera segurando e segui o caminho das bolhas, que me levaram à superfície.

Ar!

Soltei a respiração ruidosamente e enchi os pulmões com ar. Que bom! Eu estava vivo! Agora, era só eu voltar para a praia e...

E quase me esqueci do motivo de eu estar ali.

— Socorro! — eu ouvi, e logo enxerguei a garota.

— Aguente firme — gritei por sobre os rugidos do mar. A garota humana me viu, mas não conseguiu falar, pois engasgou quando abriu a boca. Nadei o mais rápido que pude.

— Segure a minha mão!

Ela ergueu a mão e eu a alcancei, puxando-a para perto de mim. Não tive tempo para me sentir aliviado, pois, ao olhar para cima, vi que nós havíamos sido levados para perto dos rochedos. E uma onda enorme estava prestes a nos atirar contra eles. Já era tarde demais para escapar. Girei meu corpo para que a garota ficasse protegida, e perdi o fôlego quando minhas costas bateram contra as rochas.

A mesma onda nos puxou para longe do rochedo, como se tomasse impulso para a próxima tentativa de nos quebrar contra ele. Era a nossa chance de escapar. Nadei desesperadamente, mas toda a minha força parecia não fazer a mínima diferença. Fomos arremessados contra as pedras mais uma vez, e uma dor aguda tomou conta de todo o meu corpo.

Trinquei os dentes e, ofegante, segurei a garota firmemente, concentrando o resto de minhas forças em nadar com um braço só. Sentia que estava perdendo. Meus braços estavam pesados. Os rochedos se aproximavam, e eu não conseguia nadar mais.

Havia chegado ao meu limite.

Parei de nadar para abraçar a garota humana, preparando-me para o próximo impacto. Porém, algo mordeu meu braço e começou a nos puxar. Instintivamente, tentei me soltar. Monstro do mar?

— Fique parado, Kelpie — disse uma voz conhecida.

Surpreso, pisquei para me livrar da água e me deparei com olhos cinzentos que eu reconheceria em qualquer lugar.

— Sel...? — tentei dizer, mas só consegui tossir água salgada.

Ela fez algum tipo de sinal, e duas outras *selkies* nadaram ao meu lado e abaixo de mim, ajudando a nos empurrar, livrando-nos da correnteza. Escapamos daquela onda assassina, que quebrou violentamente contra os rochedos.

Aliviado por estar deixando os rochedos para trás, olhei ao meu redor. Estávamos sendo escoltados por sete *selkies* que deslizavam pelas águas turbulentas com graça e rapidez. Seus olhos brilhantes surgiam por entre as ondas de vez em quando, olhando-nos com curiosidade.

Eu não podia acreditar no que estava acontecendo, e teria vontade de rir se não estivesse tão exausto. Apenas me deixei levar.

Em algum momento, havia começado a chover.

As *faeries* do mar nos levaram em direção à praia fazendo o melhor uso da correnteza. Assim que chegamos a um lugar mais raso, elas deram cambalhotas debaixo d'água e, graciosamente, nos deixaram e nadaram de volta para o oceano. A Selkie dos olhos cinzentos foi a última a me soltar.

Meus pés já tocavam o fundo. Consegui ficar de pé e me arrastei para longe do mar, tossindo e cuspindo aquela água detestável. Eu sentia uma dor aguda por todo o corpo, e meus pulmões pareciam queimar. Entretanto, era bom estar vivo.

Olhei para trás e vi uma cabeça de foca acima da água.

— Obrigado — sussurrei, rouco, mesmo sabendo que ela não podia me ouvir.

A *faery* do mar me lançou um olhar longo, com olhos cinzentos que carregavam sentimentos indecifráveis. Então, piscou e assentiu levemente antes de se virar e voltar para as profundezas de seu lar.

Voltei-me para a garota humana em meus braços. Ela não estava se mexendo. Puxei-a para longe d'água, deitando-a na areia com cuidado. Afastei os cabelos molhados de seu rosto, e vi que estava muito pálida. A chuva caía sobre seu rosto sem cor.

— Ei — chamei.

Engoli em seco. Eu sabia, por experiência própria, o quanto a vida humana era frágil contra as águas, mas nunca havia sentido isso tão claramente, com tanta intensidade. Aquele peso, tão leve, de uma vida em minhas mãos.

— Ei! Acorde! Vamos!

Virei-a com o rosto para baixo e bati em suas costas.

Leve demais. Frágil demais.

— Vamos!

Seu corpo se contorceu e ela cuspiu água, abrindo os olhos.

Expirei, aliviado. A água não havia levado a sua vida, afinal.

Ouvi passos na areia molhada. Ao erguer os olhos, fui atingido no rosto por um pedaço de madeira e caí de costas no chão.

— Seu maldito! — Em meio à dor desconcertante, reconheci vagamente a voz do Velho Carrancudo. — O que você estava fazendo com ela?

— Morrendo afogado? — respondi atordoado.

Ao piscar, vi que Aileen e outra mulher humana corriam até nós na chuva.

— Um *kelpie* se afogando? — debochou o Velho Carrancudo, não sem um pouco de razão. — Conte-me outra! — Ele cuspiu. — Vou matá-lo eu mesmo!

Sangue quente escorria de um corte longo que passava pela minha sobrancelha. Se eu fosse humano, aquele golpe poderia mesmo ter me matado.

— Espere! Eu não fiz mal nenhum a essa humana!

— Cale a boca, seu mentiroso!

— Pare, tio John!

Outra paulada, desta vez diretamente no meu estômago, fez com que eu perdesse todo o ar que pretendia usar para me defender.

— Tio John, ele está dizendo a verdade! — Aileen disse, abaixando-se ao meu lado enquanto eu tossia e lutava para respirar.

— Não o defenda, Aileen. Saia da frente.

— Eu não fiz mal a ela — repeti, com dificuldade para ser ouvido sobre o som da chuva e do mar revolto. — Só a tirei da água.

— É verdade, tio John. Ele a salvou.

O Velho Carrancudo estreitou os olhos com raiva para mim e para Aileen. O humano não acreditava em uma só palavra que eu dizia. Ele estava prestes a retrucar, mas a mulher humana que amparava a garota interveio.

— John, oh, meu Deus, ela está muito gelada! Precisamos chamar o médico! Depressa!

Muito a contragosto, o Velho Carrancudo abaixou sua arma de madeira – em meio à dor, senti-me um pouco sortudo por não ter sido o facão.

Eu era o único cavalo no litoral, e o humano precisava tomar uma decisão. Minha vida ainda era necessária.

— Vocês duas, levem a garota para dentro e a aqueçam — ordenou ele. — Você vem comigo — disse-me, e senti que ele me odiava mais do que nunca.

Todos os meus músculos protestaram quando Aileen me ajudou a ficar de pé.

— Você está bem? — ela sussurrou com os lábios próximos ao meu ouvido.

Assenti, com os dentes trincados.

Aileen pareceu hesitar por um instante, mordendo o lábio inferior. Então, apertou de leve a minha mão e foi ajudar a outra mulher a carregar a garota.

— Espere na carroça! — rosnou o Velho Carrancudo.

Enquanto ele corria para uma das casas, arrastei-me até a

carroça, sentindo pontadas de dor a cada passo na areia molhada. O Velho Carrancudo logo se juntou a mim trazendo uma sela rústica, e eu mudei para a forma de cavalo.

Com mãos experientes, ele prendeu a sela em poucos segundos e subiu, segurando as rédeas com firmeza.

— Corra, seu bastardo!

Apesar de meu estado de exaustão, aquelas eram ordens que eu não poderia ignorar. Tomei impulso e, tentando não escorregar na estrada lamacenta, segui em direção à vila o mais rápido que pude. A chuva dificultava a minha visão, mas o Velho Carrancudo me guiava com eficiência pelas rédeas, com seus brados me incitando a seguir em frente sem parar, sem pensar.

Adentrei a vila dos camponeses a galope. Só parei com um puxão forte nas rédeas, e quase escorreguei em frente à casa dos Beaton. O Velho Carrancudo desceu em um pulo.

— Doutor! Doutor! — chamou, esmurrando a porta da frente.

Em poucos segundos, a Sra. Beaton abriu a porta com um ar assustado.

— O que está havendo, John? — perguntou ela.

— Uma garota quase se afogou. Vocês precisam vê-la agora mesmo.

Atrás da Sra. Beaton, o seu marido já vestia um casaco por cima das roupas.

— Já estou indo — disse o Dr. Beaton, e parou de lutar contra os botões ao me ver. — Céus! O que você fez com ele?

Pela sua expressão, minha aparência deveria estar mesmo lamentável. Eu arfava, com a cabeça pendendo baixa, quase tocando o chão. Meus pulmões ardiam, e sentia minhas pernas tremerem, ameaçando não sustentar o peso do corpo.

— Espero que você não tenha estourado os pulmões e o coração dele — a Sra. Beaton o repreendeu.

— Ele não é o seu paciente.

A Sra. Beaton ignorou o Velho Carrancudo e tomou meu focinho em suas mãos quentes, em um pequeno gesto solidário.

Então, com uma maleta em mãos, o Dr. Beaton entregou um xale a sua esposa e fechou a porta da casa.

— A menos que você queira nos matar quando este *kelpie* cair morto, não podemos fazê-lo correr mais — disse a Sra. Beaton, colocando o xale sobre os ombros.

— Usaremos o nosso cavalo — disse o Dr. Beaton, concordando.

— Você também parece cansado, velho amigo. Vá para casa com o Kelpie e descanse, está bem?

O Velho Carrancudo assentiu.

Enquanto os Beaton rumavam para o litoral, eu era arrastado de volta para a fazenda. Havia parado de chover. O caminho nunca me parecera tão longo. Previ que levaríamos horas para chegar naquele passo lento e arrastado, com o Velho Carrancudo me puxando pelas rédeas e resmungando de vez em quando, apesar de andar devagar também. Eu concentrei o resto de minhas forças, que eu não sabia que tinha, apenas em colocar um pé na frente do outro, um de cada vez, sem sequer olhar para frente.

Em algum momento do começo da noite, atravessamos a entrada da fazenda e, um pouco depois, eu me vi cercado pelos cheiros conhecidos do celeiro.

— Amanhã decidiremos o que fazer com você — disse o Velho Carrancudo, ao me deixar sozinho.

Cansado demais para sentir fome ou sede, eu apenas caí sobre o chão da minha baia e deixei que a escuridão me envolvesse.

Capítulo XIV

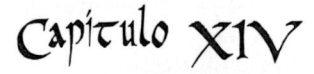

Expirei aliviada quando o Dr. Beaton disse que a garota ficaria bem.

Eu estava trazendo um cobertor extra cedido por um vizinho, e foi difícil atravessar aquele aglomerado de parentes e amigos reunidos na pequena casa.

— Com licença, desculpe.

Alcancei o colchão de palha onde a garotinha estava. Sua mãe chorava de alívio ao seu lado, e o Dr. Beaton se levantou para expulsar a todos do jeito mais gentil possível, para que a menina pudesse dormir. Coloquei o cobertor extra sobre ela, para garantir que ficasse bem aquecida, e quase espirrei na sua cara.

— Aileen, vá se secar antes que fique doente — disse-me a Sra. Beaton. — Nós cuidaremos dela durante a noite. Pode ir descansar.

Assenti. O que menos precisavam era que eu passasse um resfriado para a coitada. Espiei seu rosto uma última vez, e vi que havia ganhado um pouco de cor.

Do lado de fora, os ventos frios vindos do oceano atravessaram meu vestido úmido, fazendo-me estremecer. O sol já deveria ter-se posto no horizonte, mas as nuvens carregadas não me deixavam ter certeza. Havia voltado a cair uma chuva fina, e as ondas ainda quebravam com violência contra os rochedos. Mordi o lábio. Eu esperava que o Kelvin estivesse bem.

Alguém chamou meu nome. Era Ciara, uma amiga um pouco mais velha que eu. Seus longos cabelos escuros caíam sobre seu rosto por causa do vento quando ela parou ao meu lado e apertou a minha mão.

— Tudo bem contigo?

Assenti e apertei sua mão de volta, grata por aquele calor.

— Vamos — disse ela, com um gesto de cabeça. — Você pode passar a noite lá em casa. Já está tarde.

Eu aceitei, agradecida. Logo estava sentada perto do fogo junto a sua família. Eles haviam me emprestado roupas secas e colocado um copo de leite quente na minha mão. Como resultado de estar confortável e aquecida, eu comecei a sentir o efeito da agitação toda daquele dia. Não consegui acompanhar as conversas paralelas que aconteciam entre os vários membros da família – pais, avós, três irmãos menores e um mais velho –, e meus olhos ameaçavam se fechar.

— ... isso mesmo o que aconteceu?

De repente, percebi que todos estavam olhando para mim.

— Desculpe, qual foi a pergunta?

— Ela foi mais fundo do que deveria e foi puxada pela correnteza — disse o avô. — Aconteceu com um sobrinho meu uma vez. Mas como foi que ela conseguiu nadar de volta?

— Não foi o John que a encontrou? — perguntou o pai.

— A mulher do Iain disse que o John estava brigando com um homem de cabelos negros quando ela e a Aileen chegaram — disse a mãe. — Você sabe quem era?

Engasguei com o leite. Droga, droga, droga. O Kelvin foi visto, e eu não tinha preparado nenhuma explicação sobre ele.

— Ele... — Voltei a tossir para ganhar tempo. Se descobrissem que ele era um *kelpie*, a vila inteira pediria a sua morte. — Ele...

Pensa, pensa, pensa! Ele era... um conhecido, um desconhecido, um amigo, um parente distante, um náufrago, um...?

— Será que era um *faery*?! — uma das crianças soltou.

Meu coração parou por um segundo.

— Meu amigo já viu *selkies* perto da praia! — disse outro irmão.

— Será que foi uma *selkie*?

Quis beijar aqueles dois. Quanto mais próxima da verdade, mais fácil sustentar uma mentira.

— Não o vi muito bem, e estava chovendo bastante — eu disse. — Pode ter sido mesmo uma *selkie*, mas não tenho certeza. — Apertei as têmporas, e não foi fingimento. Estava mesmo com dor de cabeça. — Foi tão confuso.

Ciara se apiedou de mim e tirou o copo vazio da minha mão.

— Amanhã ela nos conta com calma o que aconteceu. Vamos deixá-la descansar.

A família concordou. A fofoca poderia ficar para a manhã seguinte.

Algum tempo depois, eu estava acomodada em um colchão

emprestado. Aos poucos, todos foram se ajeitando para dormir, e os cochichos e risadas diminuíram, até que os únicos sons restantes fossem do crepitar da fogueira e os leves resmungos, roncos e movimentos da família ao meu redor.

Eu continuei acordada muito tempo depois de, pela respiração deles, perceber que todos tinham adormecido. Olhei para a fogueira, e, apesar do fogo já quase ter-se apagado, a casa continuava aquecida pela presença de tantas pessoas. Kelvin devia estar sozinho e machucado no celeiro frio agora. Talvez eu devesse ter voltado, afinal.

Ele não precisava ter feito aquilo. Não tinha nenhuma ordem para ajudar a garota, mas ajudou mesmo assim. Isso não me parecia, exatamente, a atitude que eu esperaria de um *kelpie*.

Suspirei e virei de lado. Deus do céu. O que, exatamente, havia acontecido hoje?

Fechei os olhos. Eu podia ouvir o som do mar agitado, e a mão do Kelvin segurando o meu pulso naquela hora.

— Eu vou — ele dissera, olhando em meus olhos. — Vá buscar ajuda.

Eu assentira, e ele me soltou e mergulhou no mar turbulento.

Fiquei com os olhos presos a ele, que sumia de vez em quando por entre as ondas. Eu não deveria me preocupar tanto. Iria ficar tudo bem. Ele era um espírito da água, afinal. Iria alcançar a garota, e tudo ficaria bem.

Mas, então, uma onda enorme o engoliu. Kelvin não voltou.

Ajuda. Buscar ajuda!

Olhei para a terra. Ao longe, dois pescadores arrastavam seu barco para perto das casas. *Eu precisava de um barco.*

Tentei correr na água, e uma onda violenta bateu contra minhas pernas e me derrubou.

— Idiota — disse para mim mesma, ao me levantar cambaleando.

Comecei a correr até eles, com as roupas encharcadas e pesadas. O vento frio me fazia tremer.

Acenei, e estava prestes a chamá-los, mas paralisei, como se meus pés tivessem grudado no chão. Meu Deus, como eu iria explicar aos pescadores a existência do Kelvin?

Perdi segundos preciosos sem me mover.

Dane-se.

— Ei! — gritei! — Aqui! Por favor, me...!

Vi o clarão de um relâmpago. Fechei os olhos. Eu estava em um lugar aberto, sim, mas não iria cair nada sobre minha cabeça. Seria azar demais, e eu já tinha outra coisa com que me preocupar. Ouvi o estrondo do trovão distante e soltei a respiração.

Voltei a abrir os olhos e me virei para o mar, com meu coração ainda descompassado. Onde eles estavam? Não podia ser tarde demais... Não era. O Kelvin havia retornado à superfície e alcançado a garota. Mas agora o barco de nada adiantaria, pois os dois estavam sendo arrastados para perto dos rochedos. Perto demais.

— As pedras! — gritei, correndo para o mar. — Cuidado! As pedras! Saiam daí!

Começou a chover. Ele não podia me ouvir. Eu sabia que ele nunca conseguiria me ouvir, mas continuei a gritar.

— Kelvin!

Levei as mãos à boca quando os dois foram arremessados contra os rochedos. Ofeguei. Eu os vi aparecer e desaparecer. Não sabia se estavam vivos.

— Por favor...!

Então, com a visão já embaçada, tive a impressão de ver algo mais... Uma foca?

— *Selkies*...! — sussurrei em meio a um soluço.

As *selkies* os estavam ajudando, e os carregavam para longe dos rochedos.

Disparei em direção às casas no mesmo instante. Kelvin e a menina podiam estar — provavelmente estavam — feridos, e eu precisava buscar ajuda. Precisava buscar o tio John.

Alcancei a casa do Iain, onde eu sabia que o meu tio estaria. Bati na porta e a abri sem esperar resposta.

— Aileen, o que houve? — perguntou a mulher do pescador, com os olhos arregalados.

Ofegante e encharcada, olhei para o tio John, que já estava meio levantado.

— Tio, eu preciso... — Parei por um instante. Reformulei o pedido. — Tio John, eu preciso do seu facão emprestado.

— O quê...?

— Rápido!

— Mas para quê?

— POR FAVOR!

Peguei o seu facão enquanto todos me olhavam como se eu fosse louca.

— Uma menina caiu no mar e foi arrastada pela correnteza, e o... "ele" foi ajudar, foi atrás dela, e agora os dois estão na...

— Aileen, devolva o meu facão.

Eu o escondi às minhas costas.

— ... na água, e podem estar feridos, nós precisamos...

— Merda!

O tio John agarrou um pedaço de pau, que foi resto da construção do telhado, e saiu correndo porta afora. Assim que fiz menção de segui-lo, o Iain me perguntou:

— Aileen, a menina tinha mais ou menos esta altura — ele ergueu a mão mostrando —, olhos claros?

— E cabelos escuros, ondulados — complementei.

— Acho que sei quem é — disse ele, trocando um olhar aflito com a esposa. — Vou avisar os pais.

Larguei o facão ali, e a esposa do Iain veio comigo atrás do tio John. Parando para pensar agora, foi uma ótima ideia separá-lo do facão, mas, em primeiro lugar, não sei se foi a melhor das ideias chamá-lo, dado que ele culpou o Kelvin pelo que aconteceu e poderia tê-lo matado se não tivéssemos interferido.

Abri os olhos. A fogueira na casa da Ciara já estava apagada. Eu só via a luz fraca das brasas ainda quentes.

Eu não queria obrigar o Kelvin a fazer esforço depois daquilo, pois ele parecia estar sentindo dor. Mas era a única chance de chamar o Dr. Beaton depressa. E, desde a hora em que o deixei ir, eu estava me sentindo a pior pessoa do mundo. Decidi que, na manhã seguinte, eu iria vê-lo o mais cedo possível para garantir que estivesse bem.

Fechei os olhos e, afinal, o cansaço me venceu, e a pior pessoa do mundo conseguiu pegar no sono.

***

Todos ainda dormiam quando eu cutuquei Ciara para agradecer e avisar que estava voltando para casa.

Quando cheguei em frente ao celeiro, o sol estava nascendo por detrás do céu nublado. Talvez o Kelvin ainda estivesse dormindo. Eu bem que deveria ter passado primeiro em casa, para comer alguma coisa e trocar de roupa, mas não aguentei de ansiedade. Se ele estivesse dormindo, eu apenas daria uma olhada e voltaria para casa. Se estivesse acordado, eu agradeceria apropriadamente por ontem e lhe pediria desculpas.

Respirei fundo e abri a porta.

— Kelvin? — chamei em voz baixa.

Pisei com cuidado, sem querer fazer barulho. Vi a ponta de seus pés para fora da baia e me aproximei para espiar. Assim que ouvi sua respiração difícil, gelei por dentro. Algo estava errado.

— Ah, não — murmurei, abaixando-me ao seu lado. Ele estava caído de lado, e, quando o virei, deixou escapar um gemido de dor. — Não, não, não. — Passei a mão em seu rosto suado e manchado com sangue seco, do longo corte em sua testa. Estava muito quente. Ele ardia em febre. — Espere um pouco. Vai ficar tudo bem — sussurrei. — Você vai ficar bem — Então, mordi o lábio. — É uma ordem.

Eu o deixei e saí voando de volta para minha casa. Abri a porta com tanta força que meu pai e meu tio acordaram em um pulo.

— Filha? O que está...?

Agarrei água e uns panos, e gritei, já do lado de fora:

— Por favor, chamem os Beaton!

Primeiro, tentei deixar o Kelvin em uma posição mais confortável, apoiando sua cabeça em uma toalha dobrada. Porém, além de ele ser pesado, toda vez que eu o movia seu corpo se retesava, com o rosto contorcido de dor.

— Desculpe, desculpe — murmurei.

Eu havia acabado de colocar um pano úmido em sua testa quando meu pai e meu tio entraram no celeiro. Rápido demais para que qualquer um deles pudesse já ter chamado ajuda e voltado.

— Eles estão vindo? — perguntei, sem esconder a desaprovação em minha voz.

O tio John me olhou como se tivesse nascido um chifre na minha testa.

— Isso já passou dos limites! Esse monstro tentou afogar uma menina ontem, e você ainda está defendendo ele?

— Ele não tentou afogar ninguém! Ele a salvou!

— Ele tentou *matá-la*!

— O senhor não está me ouvindo. — Levantei-me. — Ele entrou no mar para salvar a vida dela. Ele. A. Salvou.

— Você é que não está ouvindo a si mesma! — rebateu ele. — *Kelpies* afogam as pessoas, é isso que eles fazem! Eles atacam pessoas indefesas, covardemente!

— Do jeito que o senhor o atacou ontem, quando ele estava caído no chão? — eu disse, com o rosto vermelho.

— Eu não sou o vilão aqui, Aileen.

— Isso foi covardia! Ele não podia nem se defender! E deixá-lo morrer assim, depois de ter feito uma coisa *boa*? Isso é crueldade!

Tio John abriu a boca, mas meu pai colocou uma mão em seu ombro.

— Chega, vocês dois — ordenou ele. Primeiro, olhou para mim, de um jeito que sempre me calava desde que eu era criança. — Aileen, isso não são modos de se falar com alguém mais velho. E John. — Esperou até que olhasse em seus olhos. — Acalme-se também. Assim não vamos chegar a lugar nenhum.

Eu e o meu tio soltamos o ar ao mesmo tempo, sem olhar para ninguém. O meu coração retumbava em meus ouvidos, e tentei controlar minha respiração alterada.

De braços cruzados, meu pai esperou algum tempo e assentiu.

— Melhor assim — disse ele. Então, respirou fundo. — Aileen, conte direito o que aconteceu ontem.

Resumi os acontecimentos. Enquanto isso, tio John bufava, dizendo tudo mesmo sem dizer nada.

— Essa história toda está muito estranha — meu pai disse. — Claro que não acredito que ele tenha tentado ajudar sem segundas intenções, mas, se ele tentou matar a menina, a história também não bate.

Kelvin murmurou algo incompreensível, e sua respiração parecia pior. Estávamos perdendo tempo.

— Minha posição é a seguinte — disse meu pai. — Nada mudou. Ainda quero meu cavalo de tração nos próximos meses.

Ótimo. Por hora, era o suficiente.

***

Eu precisava de alguém com conhecimentos sobre *faeries* e sobre medicina, e a escolha óbvia seria o Dr. Beaton. Entretanto, além de ele ainda estar tomando conta da menina na vila dos pescadores, minha intuição me disse para chamar a Sra. Beaton.

Quando chegamos ao celeiro, ela se ajoelhou ao seu lado e o examinou. Eu a vi abrir a pálpebra dele, fazer-lhe perguntas – ele não parecia estar consciente – e procurar por ferimentos. Fiquei dividida entre a curiosidade e o pudor quando ela abriu a camisa dele, e desviei os olhos depois de vislumbrar grandes marcas roxas e pele esfolada em suas costas.

— Pode ajudá-lo? — perguntei, enquanto ela limpava os ferimentos.

— Posso tentar — disse, e sorriu para me tranquilizar. — Venha, me ajude com isto.

Nós erguemos a cabeça dele e fizemos com que bebesse um remédio para diminuir a febre e a dor. Algum tempo depois, pareceu começar a fazer efeito, pois a respiração do Kelvin ficou mais tranquila. Não perguntei nada sobre a curta canção que a Sra. Beaton sussurrou para ele em uma língua que eu não compreendia. Tinha quase certeza de que havia ouvido a mesma canção há muito tempo, quando eu mesma estava de cama, após o meu acidente com o fogo.

— Por hora, fizemos o que podíamos — disse ela. — Precisamos esperar.

Assenti, sentada no chão. Minhas pernas estavam pesadas e doloridas depois de ir e voltar correndo do litoral, e, mesmo sabendo que deveria acompanhar a Sra. Beaton até a porta, não tive forças para isso.

Funguei.

— Aileen, o que foi?

As lágrimas começaram a escorrer, e não consegui mais contê-las.

— Desculpa, eu sei que é falta de educação, e... — comecei a falar entre os soluços, e não fazia sentido algum. — Eu não queria que isso acontecesse, e eu não sei o que fazer do meu futuro, e acabei de brigar com meu pai e hoje briguei com meu tio também, e PORQUETUDODÁTÃOERRADO?

A Sra. Beaton me abraçou, e não consegui falar mais. Só soluçar.

— Tudo bem — disse ela, afagando meus cabelos. — Pobrezinha. Você deve estar exausta emocionalmente. Não precisa se conter.

Ela deixou que eu chorasse à vontade, sem fazer eu me sentir patética por isso. Aos poucos, meus soluços foram se tornando mais fracos, e as lágrimas pararam de cair.

— Desculpe por isso — eu disse, sentindo-me mais leve por dentro. Não sabia o quanto eu estava precisando desse ombro amigo.

— Não se desculpe. Quer conversar?

Suspirei.

— É só que tem muita coisa acontecendo — eu disse. — A fazenda, o Donnchadh, e agora isso. Às vezes não sei o que fazer. — Sequei o rosto. — E tem o meu futuro também. Meu pai estava certo quando disse que não pensei no meu futuro a longo prazo. Eu me neguei a pensar, e, agora, não tenho certeza do que quero, nem de que o que quero é possível.

Senti uma mão quente tirar uma mecha de cabelo da frente do meu rosto.

— Aileen, você só está desse jeito porque é o tipo de pessoa que deseja escolher seu próprio destino, sem deixar que os outros decidam por você. E isso não é fácil. — Ela sorriu para mim. — Muitas vezes, irá se sentir frustrada, impotente, e nem sempre conseguirá aquilo que quer. — Espiei o rosto da Sra. Beaton. Naquele instante, tive a impressão de que éramos mais parecidas do que eu poderia saber. — Entretanto, isso a impedirá de lutar? Eu acho que não. E este é meu conselho: mantenha a calma, encontre aquilo que deseja para si, e lute com todas as suas forças, para não se arrepender.

Ela colocou sua mão sobre a minha, e, naquele gesto, disse-me algo mais:

"E eu ajudarei no que puder."

***

Eu estava bem mais calma depois de conversar com a Sra. Beaton. Lá no fundo, entretanto, havia ficado um incômodo em meu peito. Eu havia evitado falar sobre Kelvin, e não sabia por quê.

Fui para casa quando começou a anoitecer, pois eu precisava fazer o jantar. Acendi a fogueira, cuja fumaça começou a subir até o teto de palha, já manchado de preto pela fumaça de meses. Seria bom trocá-lo até o fim do verão.

Peguei cenouras e batatas e comecei a cortá-las para fazer um cozido. Quando eu estava colocando os cubinhos na panela com água, e o fogo já havia aquecido a casa, ouvi a porta se abrir. Não me virei. Meu pai e meu tio entraram esfregando as mãos, e o vento frio lá de fora fez o fogo tremeluzir. A casa era um pouco elevada acima do solo, mas a porta chegava ao chão do lado de fora, de maneira que ela se fechava contra o degrau e impedia a entrada de vento por baixo. Ouvi a batida contra o degrau de pedra, e o vento parou.

Os dois não se moveram por alguns instantes, até que meu pai veio sentar em um dos banquinhos ao redor do fogo.

— E então, John, ainda não encontrou seu chapéu?

Meu tio resmungou uma negativa e veio se aquecer também. Eu podia senti-lo me observando, mas escolhi o silêncio em vez de retomar a briga.

— Bom, tem que estar em algum lugar, não é?

Nenhuma resposta. Parece que ele tomou a mesma decisão que eu.

— Aileen — disse meu pai, que de repente estava muito mais conversador do que o usual —, por acaso o Ferris recebeu mais alguma notícia das ilhas do norte?

Lancei-lhe um olhar rápido e voltei a me concentrar na panela.

— Não.

O único som restante foi do cozido borbulhando. Pela visão periférica, vi meu pai olhar para cima e suspirar alto, murmurando algo como "Por que, meu Deus, por quê?".

Espiei seu rosto manchado por décadas de sol e as linhas de preocupação profundas que marcavam a sua testa. Talvez eu fosse a causa de boa parte daquelas marcas. Meu pai estava envelhecendo, e merecia uma vida mais tranquila. Eu queria dar a ele essa vida, mas, pelo jeito, só lhe causava mais e mais motivos para se preocupar.

Respirei fundo. No momento, eu não tinha como resolver a minha vida de um jeito que o deixasse envelhecer em paz. O melhor que eu podia fazer, por ora, era não ficar tão carrancuda durante o jantar.

— Pelo que o Ferris falou antes — eu disse, tentando não soar nem mal-humorada demais, porque a intenção era manter uma conversa, nem amigável demais, pois a verdade é que eu ainda estava aborrecida —, o navio para o Novo Mundo deve estar cruzando o oceano agora.

Meu pai se virou para mim, endireitando-se no banquinho.

— Bom, muito bom — disse ele, não sei se aprovando o desbravamento do novo continente ou o fato de eu ter resolvido ser mais agradável durante o jantar. — Espero que essas famílias encontrem um novo lugar para chamarem de seu. Não é, John?

Tio John ainda parecia bravo comigo, e não deve ter prestado atenção na pergunta, pois assentiu quando deveria discordar. Assim como eu, ele não gostava da ideia abandonar o lugar onde crescera por alguma oportunidade incerta além do horizonte. Nós já tínhamos um lugar para chamar de nosso. Nunca o trocaríamos por vontade própria.

— A janta está pronta — eu disse, e comecei a servir os pratos.

Passei a eles o pão de aveia e sentei com o meu prato em mãos. Na pressa, enchi a boca de batata e queimei um pouco a língua. Com lágrimas nos olhos, passei a assoprar antes de comer. Acabei o mais rápido que pude, pois já havia deixado o Kelvin sozinho por tempo demais.

Deixei meu prato vazio em um canto e fui pegar meu cobertor e uma lâmpada a óleo.

— Depois eu lavo a louça — eu disse, acendendo a lâmpada com o fogo da fogueira. Os olhos de tio John furavam as minhas costas.

— Você vai passar a noite lá? — meu pai perguntou, esfregando o rosto.

— Sim — respondi, e saí antes que pudessem dizer o que eu já sabia que queriam dizer.

***

A febre voltou a piorar durante a noite, como a Sra. Beaton disse que poderia acontecer.

— Kelvin, pode me ouvir? — perguntei, tocando seu rosto. Seus olhos se abriram um pouco. — Preciso que você beba isto. Vai ajudar.

Eu o ajudei a beber mais um pouco do remédio, e água do rio. Água me parecia uma boa ideia. Ele era um espírito da água, então deveria ser bom para ele, certo? Eu sabia, por meio das histórias do Dr. Beaton, que a maioria dos *faeries* do mar não suportava água doce. Talvez o contrário também fosse verdadeiro, e a água salgada tenha contribuído para deixar Kelvin doente.

— Obrigado — murmurou, já de olhos fechados novamente. Depois, fez uns sons estranhos que eu podia jurar que se pareciam com água correndo em um rio, e adormeceu.

Suspirei. Que *faery* estranho. Será que todos os *kelpies* eram assim?

Acho que não consegui falar sobre ele com a Sra. Beaton porque nem eu mesma sabia o que pensar. Ele não precisava ter me impedido nem entrado no mar atrás da garota, mas o fez. E, agora, estava aqui.

Observei seu rosto, vendo-o respirar. Naquele momento, eu quase esquecia que ele não era humano, pois sua aparência doente fazia com que ficasse menos perfeito, menos sobrenatural. Mas ainda era um rosto bonito. Uma bela armadilha *faery* para enganar e matar.

Porém, o que será que ele fazia além de matar humanos? Parecia algo bobo, mas eu nunca havia pensado no que um *kelpie* poderia estar fazendo quando não estava afogando e devorando pessoas, o que era a única parte narrada nas histórias. Será que conversavam com amigos *faeries*? Passeavam no Outro Mundo? Viam o sol nascer?

Não era possível que os *kelpies* passassem todo o tempo só fazendo coisas ruins. E, agora, olhando para aquele rosto adormecido, eu me dei conta de algo. Ele podia ser um monstro, mas eu não conseguia enxergar maldade nele. Nunca, em nenhum momento, eu havia visto maldade. Logo no início, eu supus que ele me odiasse por tê-lo prendido ao contrato, e esperei que ele tentasse se vingar de mim por tudo pelo que o fiz passar. Mas, mesmo assim, ele nunca havia tentado me machucar. Nunca sequer foi agressivo comigo. E, ontem, quando olhou em meus olhos, impedindo-me de ir atrás da garota, e disse que iria em meu lugar, ele acabou salvando a nós duas, pois tinha razão. Eu nunca conseguiria ter nadado até ela e voltado. Afinal, ele mesmo mal conseguiu.

Suspirei. Justo quando eu achava que havia aprendido a lidar com ele, ele me apronta essa.

O que pensar de um *kelpie* que te salva de se afogar?

Capítulo XV

Quando abri os olhos, vi o teto de palha do celeiro. Tentei me levantar, mas uma dor nas costelas me pegou desprevenido, tirando o meu ar.

Inspirei e expirei várias vezes, deitado, quieto. Nada de me mexer. Movi apenas os olhos. Certo, o que significava aquilo?

Lembrei-me, então, do que havia acontecido. O litoral, Aileen, as crianças humanas, a Selkie, o Velho Carrancudo. Parecia uma história que havia acontecido com outra pessoa, não comigo. O que eu tinha na cabeça quando entrei no mar? Se não fosse pela Selkie... Espere aí, a Selkie havia salvado a minha vida?

Que dia estranho. Uma confusão. Era muito para se pensar logo de manhã. Era de manhã?

Ergui-me devagar, sentando-me no chão coberto de palha. Pela luz que entrava pela janela, era de dia, sim. Eu não sabia quanto tempo havia dormido, mas sentia a garganta muito seca. Passei a mão pelo rosto. Um pedaço de pano dobrado caiu no meu colo, e vi que havia um cobertor áspero sobre mim. Estranho.

Percebi um balde com água ao meu lado. Puxei-o para perto e bebi um gole, sentindo a água fresca escorrer pela garganta. Estava uma delícia. De quem será que foi a ideia estúpida de fazer o mar salgado?

Bebi até matar a sede e lavei o rosto com o resto da água. Sentia-me bem melhor agora.

— Finalmente acordou!

Com passos curtos ecoando no chão, o Brownie se aproximou da baia.

— Você nos deu bastante trabalho, sabia?

— O que aconteceu?

— Eu é que pergunto! — respondeu ele, indignado. — Ontem

de manhã, quando chegamos, eu e a Aileen o encontramos todo esfarrapado e com um corte horrível na testa. — Toquei minha sobrancelha, onde o ferimento causado pelo Velho Carrancudo cicatrizava. — Só sei que você ardeu em febre por um dia inteiro, e ela ficou cuidando de você.

O pequeno *faery* fez um gesto com o queixo.

Sentindo o meu corpo rígido e dolorido, apoiei-me no cercado de madeira da baia para me levantar e olhar o que o Brownie apontava.

Só então percebi a jovem humana dormindo em um monte de feno ao lado da minha baia. Agora, o pano em minha testa e o cobertor faziam sentido. Eu tinha uma vaga lembrança de ouvir a voz da Aileen enquanto transitava entre a consciência e a inconsciência, mas não me lembrava de nada do dia anterior.

— Por ter ficado cuidando de você, ela negligenciou as tarefas domésticas, e é claro que sobrou para mim!

Mal ouvi o que ele disse. Eu só conseguia olhar para Aileen, que adormecera no chão, com os cabelos espalhados e o vestido amarrotado.

— Um grande aborrecimento, sabia? Agora, quer fazer o favor de acordá-la antes que ela pegue um resfriado?

Ela tinha o rosto tão sereno, parecia tão em paz, que hesitei em quebrar aquele momento. Aproximei-me devagar e, delicadamente, toquei o ombro dela.

— Aileen — chamei baixinho.

Seu corpo se moveu em uma longa inspiração antes de seus olhos se abrirem.

— Kelvin? — perguntou, levantando-se rapidamente. — Você está bem? Já pode ficar de pé? Ainda está com febre?

Ela ficou na ponta dos pés e colocou a mão em minha testa, inspecionando o corte em minha sobrancelha logo em seguida.

— Acho que estou bem — eu disse, sentindo-me um pouco embaraçado diante de sua preocupação. — Meio dolorido, mas estou bem.

A expressão dela suavizou, fazendo surgir um sorriso cansado, mas aliviado, em seus lábios.

— Que bom... — disse, desviando os olhos de mim. — Tive medo que fosse algum ferimento interno e não tivesse nada que pudéssemos fazer.

Quanto a isso, eu tinha certeza de que algumas das minhas costelas gritavam comigo toda vez que eu me mexia, mas me esforcei para não deixar transparecer.

Sem pensar muito, tirei um pedaço de palha do cabelo dela.

— Ah! — Aileen exclamou, com o rosto corando. — Eu devo estar horrível.

Olhando-a pentear os cabelos com os dedos e tentar desamarrotar o vestido, só pude sorrir. Francamente? Ela estava linda. Ficou em silêncio por alguns instantes, alisando o vestido como se não soubesse bem o que fazer a seguir.

— Estou morrendo de fome — ela disse. — Vou preparar alguma coisa. Consegue andar?

Assenti. Agora que ela havia mencionado comida, meu estômago grunhiu em concordância e me faria andar para qualquer lugar.

Segui-a devagar, concentrando-me em colocar um pé na frente do outro e em manter a expressão neutra a cada protesto do meu corpo. O Brownie nos seguiu, rindo de como eu estava andando. Apenas o ignorei. Será que ele não tinha nada melhor para fazer?

Senti com prazer o ar fresco lá de fora. A sensação era revigorante. Percebi que Aileen me conduzia à casa dela, da qual eu nunca havia me aproximado tanto. Era uma construção retangular de pedra como tantas outras, com a porta em um dos lados mais compridos. A entrada era protegida dos ventos vindos do oeste por uma projeção da parede daquele lado da porta.

Hesitei diante do caminho de pedras achatadas que levavam à entrada.

— O que foi? — Aileen me perguntou ao perceber que eu não a seguia para dentro.

— Tem certeza de que não tem problema eu entrar? — perguntei, tendo a exata certeza de que não seria boa ideia invadir o território do Velho Carrancudo de maneira tão leviana.

— Não se preocupe. Meu pai e meu tio estarão nos campos o dia inteiro. Dá tempo de almoçarmos e termos uma conversa decente em torno do fogo. — Ela acenou, convidando-me para dentro. — Venha.

Subi o pequeno degrau de pedra contra o qual a porta fechava. Assim que meus olhos se acostumaram à baixa claridade, percebi o quanto as paredes eram grossas para proteger os moradores contra o frio do inverno.

Bem em frente a mim, do lado oposto à entrada, estava um dos poucos móveis da casa. Era um tipo de estante de madeira, na qual estavam dispostos os pratos, tigelas e outros objetos de cozinha da família. À minha direita, havia colchões de palha recostados a um canto, e uma parede que delimitava um pequeno cômodo para maior privacidade.

À minha esquerda, parecia estar todo o espaço para convívio social dos humanos.

— Pode se sentar aqui — disse Aileen, apontando para os bancos de madeira e almofadas estofadas com palha que rodeavam o fogo, o qual ela alimentou com a turfa seca armazenada em um canto. — Desculpe pela bagunça.

Sentei-me perto do fogo e continuei a olhar para todos os lados, para todos os detalhes. Uma lâmpada a óleo pendurada no teto, uma roda de fiar em um canto, uma mesa de pedra recostada à parede. Então, este era o lugar onde aquela família humana morava. Bem diferente do fundo do rio.

— Ela te convidou para entrar e ainda vai preparar uma refeição quente — resmungou o Brownie, sentando-se em uma almofada ao meu lado. — Você poderia, ao menos, se oferecer para ajudar.

— Mas em que eu poderia ajudá-la? — perguntei a ele.

— Não precisa — disse Aileen, em um tom surpreso. — Você é um convidado, e, além disso, precisa descansar.

— Agradeço, mas não estou morrendo. Desde que não me peça para carregar esterco, não me incomodo por ajudar.

Aileen sorriu com o canto da boca.

— Tudo bem. Pode pegar uma panela no armário, então? — disse, prendendo os cabelos e amarrando o avental. — Vamos fazer um mingau de aveia.

Colocamos a panela no fogo e acrescentamos leite e aveia. Dado que minha dieta natural era composta por alimentos crus, esta era a primeira vez que eu cozinhava, e não estava achando ruim. Havia algo de aconchegante em estar naquela pequena casa com Aileen, em volta de uma panela no fogo. O crepitar das chamas era um som relaxante.

— Kelvin... — disse Aileen, fitando as próprias mãos que descansavam sobre o colo enquanto eu mexia o mingau. — Sinto muito pelo tio John. Ele não deveria ter feito aquilo. Foi injusto. Você salvou a vida daquela menina, sabe?

— Eu... Que bom — disse, sem saber o que deveria dizer. — Eu bem que gostaria de ficar com os créditos, mas estaria morto se as *selkies* não tivessem salvado a minha pele.

A Aileen abriu um pouco mais os olhos.

— Eram mesmo *selkies*? Quer dizer que *faeries* da água se dão bem?

— É uma longa história, e eu também não entendi direito. A *selkie* que me salvou não gostava nem um pouco de mim. Não sei por que me ajudou.

— Talvez ela tenha achado que você não era de todo ruim. Estava tentando salvar aquela menina, afinal.

— Na verdade, quando resolvi entrar no mar, eu não estava pensando tanto na garota humana. Só não queria que você...

Calei-me, sentindo o rosto quente. Aileen abriu levemente os lábios e desviou o olhar.

Para preencher o silêncio constrangedor, somente a risadinha aguda do Brownie.

— Hihihi! Essa é boa...

— Você não tem umas teias de aranha para limpar? — perguntei, irritado.

— O quê? — disse Aileen.

— Ah, não foi com você...

— Sei quando não me querem — disse o Brownie, correndo até a porta. — Fui!

— Vai logo!

Ele continuou rindo alto.

— Kelvin, o que está havendo?

— Desculpe. Às vezes esse Brownie me deixa louco.

A Aileen sorriu para mim e assentiu lentamente.

— Claro. O *brownie*. — Seu sorriso era um tanto estranho. — De qualquer forma, é melhor irmos ver o Dr. Beaton mais tarde. Só por curiosidade, você bateu a cabeça com muita força nos rochedos?

Estranhei a pergunta.

— Levei um golpe e tanto, mas eu não... Ah. — Enfim, o entendimento. — Ah, não. Você não enxerga ele? Não sabe que tem um *brownie* morando na sua casa?

— Adultos não enxergam *brownies*, seu cabeçudo! — gritou o Brownie, lá de fora. Aparentemente, ele tinha seus próprios truques para entrar e sair.

— *Brownies* são histórias de crianças — disse Aileen, que, de fato, não deu o menor indício de tê-lo escutado.

Balancei a cabeça.

— Ele é marrom, tem mais ou menos esta altura — medi com as mãos, diminuindo um pouco seu tamanho —, é obcecado por limpeza e arrumação, e é incrivelmente intrometido. Não sou criativo o suficiente para imaginar uma criatura tão irritante, isso eu lhe garanto.

Ela riu.

— Tudo bem. Vou tentar manter a mente aberta. Se as lendas sobre os *kelpies* estavam certas, acho que as dos *brownies* também podem estar. — Então, ela murmurou: — Se bem que as dos *kelpies* não diziam tudo.

— Perdão?

— Nada. Só estava pensando em voz alta. Cuidado que está quente — disse, colocando o mingau em minha tigela.

Experimentei uma colherada, e devo admitir que estava longe de ser o meu prato preferido. Porém, tinha um gosto bom, diferente, que nada tinha a ver com o sabor.

Quando terminamos de comer, Aileen começou a arrumar a louça usada. Na última conversa que tivemos, antes da confusão toda no litoral, o clima entre nós havia ficado bem desconfortável. Não sabia como iniciar o assunto, então apenas falei o que queria falar.

— Sinto muito pelo que eu disse naquela noite no celeiro.

Ela, que estava guardando o saco de aveia, se virou, com seus olhos demonstrando surpresa.

— Tudo bem, acho. Eu também acabei descontando a raiva em você, e, bem, sinto muito por isso.

— Mas eu não deveria ter falado o que falei. Fui rude e idiota.

— Foi sim. Mas... Odeio admitir, mas você estava um pouco certo — ela disse, encolhendo os ombros. — Não posso negar que tenho medo, e que fico sabotando a mim mesma. — Fiz menção de rebater, mas ela fez um gesto para que eu não a interrompesse. — Mas eu decidi enfrentar isso. Um dia. Posso não estar pronta agora, mas, um dia, quando estiver mais bem resolvida com tudo isso, vou tentar dar uma chance verdadeira para alguém e para mim mesma.

Eu sorri, e não pude resistir a comentar:

— Mas não ao Donnchadh.

— Não, que horror!

Ela riu, e seu riso divertido, límpido como uma gota de orvalho, foi contagiante. Às vezes, nada une mais duas pessoas do que falar mal de uma terceira, um passatempo humano que aprendi ser mesquinho, mas bastante divertido.

Aquela foi a minha primeira vez aprendendo a fazer as pazes depois de uma briga.

Algumas horas mais tarde, eu voltei ao celeiro com recomendações para descansar, pois ainda levaria um tempo para me recuperar completamente. Estava me sentindo lento e satisfeito por causa da refeição, mas também cansado, como se tivesse carregado pedras até o outro lado da ilha.

Juntei um belo monte de feno e me deitei com a intenção de fazer meu corpo parar de me xingar. Eu pretendia dormir um pouco, mas minha mente tinha outros planos, voando por aí sem permissão.

Lembrei-me do momento em que decidi entrar no mar. Eu sabia que Aileen não teria a menor chance, e acabei agindo sem pensar. Era a primeira vez, em muito tempo, que eu me lembrava de ter me preocupado com alguém além de mim mesmo. Foi pela Aileen que eu pulei no mar, não pela garota humana.

Porém, por que eu continuei a segurá-la firme, nadando com um braço só, quando eu teria mais chances se a soltasse? Agora que eu pensava nisso, não fazia sentido para mim. Eu nunca faria aquilo. Ué? Mas eu fiz!

Soltei o ar, exasperado. Não foi uma boa ideia, pois minhas costelas gritaram e cegaram meus pensamentos por alguns minutos.

Respirei lentamente.

Em meu íntimo, eu sabia que algo estranho estivera acontecendo comigo desde que eu passara a viver no mundo dos humanos, algo perigoso, que quebrava regras que nunca deveriam ser quebradas. Porém, eu fiz aquilo em que era perito no que se refere a pensamentos complicados: ignorei-o, assim como estava ignorando outro fato importante.

Os dias estavam se tornando cada vez mais longos, e as noites, cada vez mais curtas. O verão havia chegado.

Capítulo XVI

No dia seguinte, Aileen me levou para uma consulta com o Dr. Beaton. Estávamos em sua saleta, com xícaras fumegantes em nossas mãos.

— A história que eu e a Aileen ajudamos a espalhar por aí — disse-nos a Sra. Beaton, ao equilibrar um prato de biscoitos sobre a bagunça da mesa — é de que foi um *faery* da água quem salvou a menina. Um *selkie* que desapareceu depois de nosso velho amigo John afugentá-lo.

— Afugentar é um eufemismo — riu-se o Dr. Beaton. — O John nos deu foi um bocado de trabalho, a todos nós.

— Não foi legal da parte dele — disse Aileen. Lançou um olhar de esguelha para mim e acrescentou, em um tom mais descontraído: — Bom, o tio John não vai poder reclamar desta vez, porque é culpa dele estarmos com mão-de-obra a menos na fazenda agora.

Retribuí seu pequeno sorriso. Apesar de ter lhe assegurado que eu estava bem o suficiente para vir até a casa dos Beaton, havia começado a mudar de ideia no meio do caminho, conforme a distância me parecia cada vez mais longa e a dor nas costelas me fazia lacrimejar. Não estava em condições de puxar carroças nem que elas fossem feitas de ar.

— Por falar na fazenda, acabei de receber uma cópia do tratado ilustrado do Sr. Small — disse a Sra. Beaton.

— Aquele sobre o arado novo que ele inventou? — Aileen perguntou, com a mesma empolgação que o Dr. Beaton teria ao perguntar sobre *faeries*. — Posso ver?

A Sra. Beaton respondeu com um aceno convidativo para o outro cômodo, e as duas pareceram se esquecer completamente de nós para irem conversar sobre o tal tratado. Isso me deixou a sós com o Dr. Beaton e com o Brownie, que veio de carona, não sei por qual motivo. Ele estava enfiado em uma das estantes, e pude ouvir um espirro agudo vindo dali. Perguntei-me se ele tinha algo para espanar o pó.

— Fomos preteridos por um arado — disse o Dr. Beaton. — É a vida. Melhor assim, que os pacientes são mais sinceros quando não tem ninguém ouvindo. Diga-me francamente: como está se sentindo?

— Horrível — eu disse, sentindo-me à vontade para encurvar os ombros. — Minhas costelas estão me matando. Hoje de manhã, eu tossi e pensei que fosse morrer.

— Doem o tempo todo?

Pensei um pouco.

— Sim. Mas, quando estou com a Aileen, eu me distraio e dói menos.

O humano soltou uma gargalhada tão alta que eu me assustei. Fiquei olhando-o se dobrar de tanto rir.

— Eu disse algo de errado?

— Perdão, meu bom Kelpie — respondeu ele, limpando uma lágrima dos olhos. — É que a sinceridade com que você respondeu... Isso tudo está tomando um rumo interessante. Quando os dois apareceram juntos pela primeira vez, eu não esperava... Brownie, aceita um dedal de cerveja?

A mudança repentina de assunto me deixou desnorteado.

— Eu me sirvo — respondeu o pequeno *faery*. — Achei o dedal.

— Você... — comecei a perguntar, e o Dr. Beaton me pediu para despir a camisa. — Você vê o Brownie?

Assentindo e murmurando consigo mesmo, o Dr. Beaton examinou as minhas costas.

— Eu o vejo perfeitamente — respondeu.

— Meus pêsames.

— Engraçadinho — disse o Brownie, que veio se sentar perto de nós em uma das prateleiras, com seu dedal cheio de cerveja. — Todas as crianças veem *brownies* porque elas acreditam em *faeries*. Quando viram adultas é que deixam de nos ver.

— Mas eu não deixei de acreditar, nem por um só momento — disse o Dr. Beaton. Ele acendeu uma vela e colocou a certa distância de mim. — Assopre. Tente apagar em um fôlego só. — Tomei fôlego e obedeci. — Então, nunca deixei de ver os *brownies*. Sou uma exceção à regra, é claro. — Ele afastou a vela apagada e voltou a guardá-la, parecendo satisfeito. — Bom, seus pulmões parecem estar bem.

— Mas minhas costelas doem quando expiro.

— Há um belo de um inchaço aí, e suspeito de uma costela trincada, mas parece que está se curando mais depressa do que um humano poderia. Você é um *faery* jovem e forte. Vou te passar um remédio para a dor e deixar recomendações de que não faça nenhum trabalho pesado pelas próximas semanas. Você passou por uns maus bocados.

— Os penhascos fizeram a sua parte, mas aquele velho carrancudo é mais forte do que parece — resmunguei, voltando a vestir a camisa com cuidado.

— Velho carrancudo? — Ele riu. — Está falando do velho John?

O Dr. Beaton foi para a bancada, onde começou a amassar algumas sementes em uma tigela. Ele assobiava ao trabalhar.

— Ele me detesta mais do que eu esperava.

— Acho que detesta tanto quanto esperado — disse o Brownie, em um tom estranho. Talvez até triste.

Percebi um olhar cheio de significado entre ele e o humano. O Dr. Beaton parou de assobiar.

— O que foi que eu perdi? — perguntei.

Demorando-se um pouco a responder, o Dr. Beaton coçou a barba e franziu as sobrancelhas, e eu esperava que ele lavasse as mãos antes de tocar no meu remédio de novo.

— Você já viu uma rosa? — perguntou ele, por fim.

Fiz que não.

— É uma flor muito bonita — disse, e veio sentar-se de frente para mim. — Kelpie, o John pega pesado com você, até mais do que deveria. Chega a ser cruel às vezes. A história que eu vou lhe contar não é para justificar os atos dele. Só acho que você tem o direito de entender a situação.

Ele olhou para o Brownie novamente, que assentiu com um movimento mínimo da cabeça.

— Há muitos anos, havia uma garota linda que vivia aqui na vila. Rozen era o nome dela. Significa "rosa". Uma flor de menina.

— Filha de um pescador — o Brownie acrescentou.

— Sim. O John era apaixonado pela Rozen desde que eram crianças. Eles pretendiam se casar. Um dia, entretanto, quando ela foi buscar água no rio, não voltou mais.

Senti um peso desconfortável no estômago.

— Um *kelpie*? — perguntei, sem necessidade. Ele assentiu.

Droga. Poderia ter sido eu? Não, não poderia. Eu nunca estivera nesta vila antes.

Mas havia sido eu, sim. Não com ela, não nesta vila, mas com dezenas de outras pessoas, em outros lugares. Havia sido eu.

Espera, o que eu estava pensando?

— A família e o John ficaram arrasados — continuou o humano. — Principalmente a Violet, irmã gêmea da Rozen. Elas eram inseparáveis. — O Dr. Beaton balançou a cabeça. — Dois anos depois, entretanto, a Rozen voltou para nós. Ela nos contou que havia sido levada por um *kelpie* para ser esposa dele, e que conseguira fugir. Tudo o que ela queria era voltar para aqueles a quem amava.

— Nessa época, o jovem John estava noivando com outra garota, pois acreditava que a Rozen estava morta — disse o Brownie. — Mas a Rozen foi a única que ele amou de verdade. Aposto que teria rompido o noivado e a pedido.

O Dr. Beaton assentiu, talvez tentando imaginar aquele futuro que, segundo eu percebia, nunca aconteceu.

— Acho que teria sim — ele disse, e voltou os olhos para mim. — Mas, na noite em que ela voltou, uma tempestade terrível caiu sobre esta vila. A Rozen estava com o John, e só pôde voltar para a casa dos pais na manhã seguinte, quando tudo já havia se acalmado. Porém, ninguém sabia onde a Violet, sua gêmea, estava. Acharam que pudesse ter sofrido um acidente, e organizaram grupos para procurá-la. Tudo o que encontraram, horas depois, foi o seu fígado.

O Dr. Beaton esfregou os olhos.

— Depois daquilo, a Rozen definhou aos poucos — sussurrou ele. — Acabou se enforcando com uma corda.

— O John definhou junto, mas era mais forte — disse o Brownie, olhando para a cerveja esquecida em suas mãos. — Acho que ele morria um pouco a cada vez que ia visitá-la, mas a Rozen não olhava em seu rosto e nem falava com ele. As únicas palavras que eu ouvi ela dizer foram "Por que você não foi me salvar?". E só. Suas últimas palavras ao John. Depois que ela se foi, ele rompeu o noivado com a outra garota e se mudou para as Terras Baixas assim que juntou algum dinheiro. Eu fui junto, e o vi se casar por lá, ter filhos. Mas acho que ele nunca foi capaz de amá-los de verdade.

Fez-se silêncio. Eu estava completamente sem palavras.

— Aqui vai um palpite, e é só um palpite — disse o Dr. Beaton, erguendo-se com um suspiro. Seu tom foi gentil. — Quem o John realmente odeia não é você, Kelpie.

***

No caminho de volta para a fazenda, Aileen caminhava em silêncio ao meu lado, em um passo reduzido. Ainda bem que, em minha forma de cavalo, não era possível conversar, pois eu só conseguia pensar no que havia ouvido na saleta do Dr. Beaton. Sentimentos estranhos debatiam-se dentro de mim, e eu não sabia nem ao menos nomeá-los.

Enquanto passávamos perto da trilha que levaria ao rio, tentei adivinhar se eu conhecia o *kelpie* da história. Puxei da memória aqueles que viviam por estas bandas. Talvez um dos que me convidaram para ir a Tir nan Og? Ou o *kelpie* mais velho que encontrei certa vez? Não sabia. E não sabia por que me preocupava tanto em saber.

Todos eles me pareciam tão agradáveis quanto qualquer *kelpie* pode ser. Matar por vingança? Isso não estava certo. Será que ele havia confundido a humana com sua gêmea, e, por isso, a matou? Ou sabia que aquela humana não era a sua esposa, e matou-a mesmo assim, só para fazer a Rozen sofrer?

Aquele *kelpie* deveria ter se sentido humilhado quando ela fugiu, e sei que podemos ser violentos quando furiosos. Não pensamos muito, apenas seguimos instintos. Porém, se fosse comigo, teria agido igual? Acho que não teria. Tenho certeza que não. Mas as ações daquele *kelpie* não me surpreendiam, eu o entendia.

O que eu não sabia se era capaz de entender, de verdade, era o desespero pelo qual passara o Velho Carrancudo, que, na época, ainda não era um velho carrancudo. Eu somente era capaz de desconfiar. Desconfiava que parte dele morrera naquele dia, e o culpado havia sido um *kelpie*.

Embora o Brownie tenha dito que o Velho John nunca amara a esposa e os filhos, eu tinha certeza de que a Aileen era importante para ele de alguma forma. E um *kelpie*, o qual havia tentado levá-la como esposa, estava respirando o ar da mesma fazenda que ela.

Como é que ele *ainda* não havia me matado?

Senti um peso no peito, uma dificuldade em respirar que nada tinha a ver com as costelas doloridas. Era um sentimento angustiante, vertiginoso, causado por algo que nunca deveria acontecer a um *kelpie*.

Eu estava começando a ver o mundo por pontos de vista diferentes ao mesmo tempo. Como a flor do Dr. Beaton.

Capítulo XVII

Como eu estava proibido de trabalhar por ordens médicas, não precisei passar muito tempo perto do pai da Aileen e, mais importante, perto do Velho John. Isso era bom, pois ainda não fazia ideia de como lidar com tudo aquilo que o Dr. Beaton e o Brownie haviam me contado.

No dia após a consulta, eu me sentia tão exausto que aceitei de bom grado as recomendações de apenas descansar. O remédio para dor estava sendo eficaz, e eu estava me recuperando rapidamente com o repouso. Como resultado, em pouco tempo comecei a me sentir entediado a níveis alarmantes. No dia em que fiquei feliz pelo Brownie ter aparecido para conversar, bati com a cabeça contra a parede – apenas em minha imaginação, pois não estava com saudades de sentir dor – e implorei à Aileen que me arranjasse alguma coisa – qualquer coisa! – para fazer.

Assim, ela havia começado a me ensinar a fazer queijo. Não que observar o leite sendo cozinhado fosse o programa mais divertido do mundo, mas eu gostava de ver a Aileen trabalhar com suas mãos ágeis e confiantes. E os olhos dela! Brilhavam ao me explicar que a alimentação alterava a quantidade e qualidade do leite das vacas, e que ela queria testar uma ou outra ideia nova.

Algumas vezes, também, a conversa seguia por outros rumos. Num dia em que ela me pareceu especialmente calada, fez-me a seguinte pergunta enquanto mexia a panela:

— Você tem família?

— Hum? Por que a pergunta?

— Só estive pensando. Você disse que todos os *kelpies* da ilha tinham ido para Tir nan Og. Seus pais foram também?

Inclinei a cabeça, perguntando-me o mesmo.

— Não sei. Provavelmente.

Vi confusão no rosto dela.

— As relações entre os *kelpies* são diferentes — expliquei. — Sinceras, mas efêmeras. Não é como você e seu pai, que sempre pensarão um no outro, ou como o seu tio, que se preocupa com a segurança de vocês — disse, desconfortável pelo quanto eu compreendia o que acabara de dizer.

Então, reparei que um elo estava faltando.

— E a sua mãe, onde está? — perguntei.

Aileen pareceu surpresa com a minha pergunta tão simples e direta. Começou a mexer a panela mais devagar. Talvez eu tivesse dito algo errado.

— Ela faleceu no parto do meu irmão — respondeu devagar.

— Você tem um irmão? — indaguei surpreso.

Ela parou de mexer a panela e me olhou como se não soubesse o que responder. Agora era certeza de que eu havia dito algo errado.

— Ah. — *Kelpie* burro! — Sinto muito. Pelos dois. E pela minha burrice.

— Tudo bem — disse ela, com um pequeno sorriso.

— Como ela era?

Aileen abriu a boca, mas mudou de ideia. Balançou a cabeça e riu.

— Se perguntar para qualquer um, dirão o mesmo que dizem sobre qualquer pessoa que já se foi. Que era maravilhosa, um anjo. A verdade? Ela tinha uma personalidade terrível. — Aileen sorriu. — Não era fácil lidar com seu temperamento genioso, seu mau humor explosivo, e, Deus do céu, ela teria me forçado a me casar com o primeiro cara que me pedisse e que tivesse uma fazenda maior do que a nossa. Mas, sabe? Ela era assim. Amava muito a mim e ao meu pai. E amava esta fazenda. E quando cantava... Realmente parecia a voz de um anjo.

Havia saudades no sorriso dela, isso eu podia ver. Mas não havia arrependimentos, nem raiva. Diferentemente do Velho John, ela podia se lembrar, com um sorriso no rosto, de alguém que partiu. E isso fazia toda a diferença.

Ofereci-me para substitui-la junto ao fogo. Cuidei da panela enquanto ela ia buscar um pano limpo.

— E os seus pais, como eram? — ela me perguntou.

Fazia tempo que eu não pensava neles.

— Eu lembro que meu pai era o *kelpie* mais impressionante que eu já vi, e que gostava de mim. A minha mãe continuou comigo por mais tempo que ele, até eu me tornar independente.

Pensei em contar sobre como me separei dela, mas eu não lembrava. Foi um processo natural seguirmos por caminhos diferentes.

— Minha mãe era muito carinhosa e uma caçadora incrível. A primeira vez em que ela me levou para caçar... — Não pude evitar um sorriso ao me lembrar da empolgação que sentira naquele dia.

— Ela tinha um jeito elegante de se posicionar nas estradas, misturando-se à escuridão da noite, e aparecer para os viajantes com todo o seu encanto. Eles ficavam tão fascinados que subiam para um passeio sem se darem conta da armadilha, até que ela mergulhasse no rio e...

Calei a boca.

— Desculpe, eu não... — Até que ponto iria a minha estupidez?

— Desculpe.

Aileen balançou a cabeça.

— Não, não se desculpe — disse ela, com um vinco pensativo entre suas sobrancelhas. — Não deve se desculpar. É a sua lembrança.

— Seu tom era suave. — Parece uma boa lembrança com a sua mãe.

Continuei a perscrutar o rosto da Aileen, mas sua expressão era apenas pensativa. Não parecia aborrecida pelo que eu disse.

— Vem — disse ela, tirando a panela do fogo. Havia uma massa branca e densa dentro. — Vamos torcer no pano até tirar todo o soro.

E continuamos a trabalhar sem tocar mais no assunto. Daquele momento em diante, entretanto, a Aileen começou a demonstrar mais interesse pelo mundo dos *faeries*. De vez em quando, pedia que eu lhe contasse histórias, e, uma vez, cheguei a contar uma que ela conhecia, mas de um jeito diferente – na minha versão, a sereia era a protagonista; na versão que ela conhecia, o humano o era.

Porém, talvez eu estivesse sendo um pouco desonesto. Afinal, evitei as histórias de encontros entre *faeries* e humanos que, em sua maioria, não tinham finais felizes.

***

— Nem morto — foi o meu veredicto final.

Os dias passavam, e eu já estava quase completamente recuperado. Além da fabricação do queijo, passei a ajudar a Aileen a cuidar da horta que eles cultivavam para consumo próprio e a bater a nata do leite para fazer manteiga, mantendo-me o mais útil possível para que ninguém pudesse dizer que eu era uma despesa.

O trabalho não me incomodava, mas, naquele final de tarde, eu havia me deparado com uma tarefa que estava além dos meus limites.

Aileen estava sentada em um banquinho com um balde aos seus pés, e uma vaca ruminava quieta à sua frente. Olhei para as tetas da vaca, moles e penduradas. *Nem morto.*

— Eu não vou pegar nisso.

— Deixa disso, não é difícil — disse Aileen, erguendo os olhos para mim. — Elas são mansas, e ficam tão incomodadas com o leite acumulado que vêm por conta própria na hora da ordenha. E eu não poderia me importar menos.

— É só segurar assim — ela instruiu, fechando o indicador e o polegar na base da teta, e apertando os dedos restantes em seguida. Um esguicho de leite atingiu o fundo do balde. — E pronto. Quer parar de fazer careta?

— Não vou fazer isso — repeti.

— Vamos, larga mão de ser fresco — disse, levantando-se e me apontando o banquinho.

Cruzei os braços.

— Senta aí e segura as tetas dela de uma vez!

Sentei-me e obedeci antes que me desse conta do que estava fazendo.

— Arrg!

Aileen levou uma mão à boca.

— Sinto muito! O contrato...

— Não vou te perdoar por isso.

Ela riu tanto que demorou a conseguir anular a ordem acidental. Algum tempo depois, quando a maioria das vacas já tinha sido ordenhada e eu ainda não a havia perdoado, ela ainda exibia um sorriso divertido no rosto.

— Você fez de propósito.

— Não fiz!

Ouvi o trote de um cavalo. Tentei enxergar a entrada da fazenda, para saber se eu deveria voltar para a minha forma de cavalo. Quem vinha, entretanto, era o filho dos Beaton.

— Oi, Ferris — Aileen cumprimentou, sem parar o seu trabalho.

Ele apeou do cavalo e estreitou os olhos para mim. Acho que não ia muito com a minha cara, e o fato de eu ter rido da dele na última vez em que nos vimos não ajudava muito.

— O que ele faz aqui?

— Ajudando a ordenhar as vacas — ela respondeu, com um sorriso provocativo para mim. — Ou quase isso. E você, veio visitar?

Ele se aprumou.

— Tive uma ideia para o seu problema da falta de mão-de-obra.

Eu estava a par do problema, pois ele vinha preocupando a Aileen nos últimos dias. Para aumentar a produção da fazenda, eles haviam aberto um campo novo de batatas. Puderam preparar a terra graças a um certo *kelpie* e sua suposta força de dez cavalos, e mais tarde o usariam para preparar um campo para plantar nabo. O problema agora era ter mão-de-obra humana para cuidar das batatas durante a estação de crescimento e, mais tarde, para fazer a colheita. Precisavam contratar funcionários para dar conta do serviço, mas poucos aceitariam o baixo valor que a família da Aileen poderia pagar, e havia outras fazendas contratando funcionários temporários.

— Se você tem uma ideia, eu gostaria muito de ouvir — disse Aileen, ansiosa por uma opção que lhe possibilitasse dispensar o Desagradável, uma das poucas pessoas dispostas a trabalhar ali.

— Se importa se eu contar diretamente para o seu pai? Vai depender de ele aceitar ou não.

— Está me deixando curiosa. — Ela ergueu uma sobrancelha. — Vamos lá, então.

Carregando os baldes cheios de leite, fui atrás deles em direção aos campos onde o pai e o tio da Aileen estavam trabalhando. O sol estava prestes a se pôr no horizonte, e, quando chegamos, os homens já estavam se preparando para dar o dia como encerrado.

Evitei olhar em direção ao Velho Carrancudo, e, para não me intrometer na conversa, fiquei um pouco afastado. Não demorou muito para o filho dos Beaton revelar a sua grande ideia.

— Empreguem-me como trabalhador temporário — disse ele.

Os olhos do pai da Aileen se arregalaram, e ele pareceu tão chocado quanto no dia em que a Aileen propôs que um *faery* da água trabalhasse na fazenda.

— Que conversa é essa, Ferris? — perguntou Aileen, com um sorriso hesitante. — É algum tipo de brincadeira?

O jovem humano pareceu bastante satisfeito consigo mesmo.

— Meu pai vive dizendo que eu preciso expandir o meu mundo, estar aberto a novas experiências. Trabalhar a terra enobrece a alma, certo? Pensei que seria uma experiência interessante, antes que eu vá para o exterior.

Ele estava falando sério, isso nós podíamos ver. Mas os humanos, assim como eu, deveriam estar com dificuldades em imaginar o garoto Beaton com terra debaixo das unhas. Assim que assimilaram melhor a ideia, concordaram em lhe dar o emprego, embora ainda um pouco aturdidos. Ferris garantiu que não era caridade, e fazia questão de receber o pagamento padrão. Um *penny* por semana.

Então, uma ideia me ocorreu. Ergui a mão, e demorou alguns segundos para que reparassem em mim.

— Sim? — perguntou o pai da Aileen, com o cenho franzido.

— Se ele pode, eu também quero o emprego.

Não é que eu estivesse competindo com o Ferris, mas eu o teria vencido em uma competição de olhos se esbugalhando e queixos caindo.

— Vo... Você o quê? — balbuciou o pai da Aileen.

— Quero o emprego. Não precisam do trabalho de um cavalo agora, certo? Trabalharei como humano.

Ainda estavam me encarando. Pareciam em dúvida de que haviam ouvido direito.

— O que você sabe sobre cuidar de lavouras? — indagou Ferris, gesticulando em direção aos campos.

— O que *você* sabe? — devolvi.

Ele resmungou.

— E é claro que eu vou querer o meu *penny* por semana de trabalho também — acrescentei.

— Isso é um absurdo! — disse o Velho John, sem conseguir se conter mais. — Para fazê-lo trabalhar, nós só precisaríamos... E o que você pretende fazer com o dinheiro, criatura maldita?

Sorri.

— Pretendo juntar para comprar um dos queijos da Aileen, é claro. — Meu olhar encontrou o dela. — Todo mundo vive dizendo que são os melhores, mas eu só acredito depois de provar.

Ela sorriu e inclinou a cabeça para o seu pai. O Velho John soltou umas maldições.

Com um suspiro, o pai da Aileen ergueu as mãos, como se desistisse de querer que o mundo fizesse sentido.

— Estejam aqui bem cedo amanhã de manhã. E, se o rei da França aparecer pedindo trabalho também, digam que estou aceitando todo mundo.

***

— Até amanhã, Kelvin.

Aileen saiu do celeiro com o rosto iluminado pelo sol poente. Devolvi o seu sorriso, não mais aborrecido pelo incidente da ordenha. Como eu poderia me aborrecer, quando ela sorria daquele jeito?

Espreguicei-me, decidido a ter uma boa noite de descanso antes do meu primeiro dia de trabalho remunerado. Era uma ideia maluca, mas eu sabia o quanto a fazenda era importante para a Aileen. Faríamos aquela colheita dar certo.

Ao tentar me acomodar na cama de palha, senti um calombo cutucando as minhas costas. Tateei até encontrar um chapéu.

— Você estragou o meu esconderijo! — ouvi o Brownie dizer.

Ergui os olhos para o alto do cercado, de onde o pequeno *faery* balançava suas pernas. Deveria ser segunda-feira.

— Ah, não, de jeito nenhum. Esconda em outro lugar — eu disse.

O Brownie cruzou os braços e resmungou algo sobre já ter usado todos os esconderijos possíveis. Mas já estava olhando à nossa volta, procurando ideias.

— Se quiser, eu te ajudo — ofereci.

Agora sabia que o Brownie não tinha ninguém mais para aborrecer naquela fazenda, e que esconder o chapéu do Velho John era sua única forma de interação com os humanos.

Ele franziu as sobrancelhas.

— Eu, heim? Que boa vontade toda é essa? — Então, ele deu um de seus sorrisos tortos. — Já sei. Está de bom humor porque você e a Aileen estão bem amiguinhos ultimamente.

— Sinto que você tem algo a dizer sobre isso.

— Reparei que ela anda te chamando de Kelvin. Que diabos quer dizer isso?

Dei de ombros. Já estava achando o nome natural.

— Ela não consegue pronunciar meu nome *faery*, então escolheu um nome humano. E você? Já foi chamado por algum nome humano?

O Brownie demorou a responder. Ficou picando um pedaço de palha em tiras finas, e as deixou cair uma por uma, muito concentrado em sua tarefa.

— Bowie — disse baixinho. Então, ergueu a voz. — Um menino humano me chamava de Bowie. Acho que não conseguia falar *"brownie"*. — Ele soltou um riso curto. — Era um moleque arteiro, e nos metíamos em boas confusões juntos. A mãe dele revirava os olhos quando o menino reservava um lugar para mim perto do fogo e me deixava um pedacinho de pão ou queijo. — O Brownie sorriu para aquelas lembranças, como se sorrisse para uma flor morta ao se lembrar, com carinho, de sua beleza passada. — Mas todos viram adultos um dia. Ou quase todos.

— Como ele pôde deixar de te ver, se eram amigos?

O pequeno *faery* deixou o último pedaço de palha flutuar até o chão.

— Basta que duvidem por um momento. Se, lá no fundo, duvidarem, se pensarem que eu sou apenas um conto de fadas, eu serei apenas um conto de fadas para eles. Eles me esquecem.

Seguiu-se um curto silêncio.

— Você está morrendo de vontade de me abraçar agora, não está?

Não pude resistir a rir. Aquele *brownie* não conseguia falar a sério por muito tempo.

— Venha cá abraçar o seu *brownie* preferido!

— Fique longe de mim.

— É uma oferta única!

A porta se abriu, e Aileen entrou.

— Vocês parecem estar se divertindo, não liguem para mim — disse ela. — Pensei que você e o *faery* invisível não fossem amigos.

Virei-me para o Brownie, que abria os braços para mim com a expressão mais irônica do mundo. Bati o cotovelo no cercado de madeira, fazendo-o perder o equilíbrio e aterrissar sobre o feno com um gritinho indignado.

— Precisa de ajuda? — perguntei a ela, aproximando-me.

— Não, eu só queria mostrar umas ferramentas para o Ferris. Elas devem estar...

Com visível esforço, ela puxava uma grande caixa de madeira para fora da prateleira mais alta. A caixa escorregou com o próprio peso, e só tive tempo de puxar a Aileen para perto de mim antes que tudo viesse abaixo com um barulho estrondoso.

Voltei a abrir os olhos quando a bagunça assentou, e as ferramentas se espalhavam aos nossos pés.

— O Brownie vai nos matar — sussurrei, brincando.

Aileen, porém, apenas virou seu rosto parcialmente para trás, com uma expressão desconfortável. Percebi, então, que eu ainda a segurava próxima a mim. Tão próxima que eu podia ver o meu reflexo em suas pupilas, as sardas de seu rosto, os detalhes de seus lábios.

— Desculpe — eu disse, soltando-a imediatamente, enquanto meus pensamentos se atrapalhavam, trombavam uns nos outros.

Uma lembrança do Velho John ecoou em meio à bagunça: "Se você tocar nela, eu o matarei no mesmo instante".

— Aquela ameaça sobre encostar em você não era tão literal, certo? — perguntei, com um riso embaraçado.

Uma sombra assassina se projetou da direção da porta, respondendo à minha pergunta.

— Me faz um favor? — pedi. — Explique a ele enquanto eu corro pela minha vida.

***

— Eu já disse, tio John. Foi um acidente.

Assenti enfaticamente. Estive encurralado contra a parede, com as mãos para cima, enquanto a Aileen explicava que não, eu não a atacara com a caixa de ferramentas. Céus!

— Pode nos deixar a sós, Aileen? — disse ele, sem tirar os olhos de mim. Assim que ela começou a protestar, o Velho John acrescentou, como se aquelas palavras deixassem um gosto ruim em sua boca: — Prometo que não vou matá-lo.

Ela hesitou, olhando para mim. Assenti, dizendo-lhe que estava tudo bem. Não que eu acreditasse na palavra dele, mas já havia recuperado as minhas forças o suficiente para desarmá-lo caso fosse necessário.

— Só quero conversar com ele.

Que péssima frase. Só o tornava mais suspeito. Porém, Aileen pareceu suficientemente convencida. Ela concordou e nos deixou sozinhos, olhando para trás somente uma vez antes de sair pela porta.

Já fazia algum tempo desde a última vez em que estivemos a sós, e não era uma lembrança das mais agradáveis. O Velho Carrancudo ainda era o mesmo, com seu facão apertado com força e o usual olhar de ódio. Porém, algo estava diferente. Será que ele sempre tivera aquelas olheiras, sombras de noites mal dormidas? Em seu velho rosto, as marcas profundas sempre foram de expressões de amargura? E, por debaixo da pesada camada de ódio, mascarado por ele, sempre houve um quase imperceptível cheiro de medo?

Era o medo de perder a Aileen. Aquele homem me odiava, pois tinha medo de que eu a tirasse deles do mesmo modo que outro *kelpie* lhe tirou a garota que ele amava. Agora, eu podia ver isso.

— O que está olhando? — rosnou ele.

Trinquei os dentes, mas não desviei os olhos. Não havia mais como ignorar o que via.

— Não espero que acredite em mim — eu disse. — Mas não tenho a intenção de machucar a Aileen, nem a ninguém desta fazenda.

Tinha esperanças de que a minha sinceridade tivesse algum valor. A reação do Velho John, entretanto, foi um riso curto e rouco.

— Você é um maldito cara-de-pau. Esta conversa é para lhe dizer, justamente, para parar de fingir ser o que não é.

— Não estou entendendo.

— Não finja inocência. Não combina com a sua espécie. — Ele cuspiu no chão. Ah, que nojo! Será que o Brownie estaria aborrecido demais para limpar aquilo para mim? Mas eu não podia me distrair com aquilo, pois o Velho John, bem na minha frente, estava ficando com o rosto cada vez mais vermelho. Uma veia latejava em sua testa. — Nós dois sabemos que você não pode machucá-la, pois isso é parte do contrato. Mas não pense, não pense que por um único momento, que por um mísero segundo, eu irei acreditar que você *impediria* que ela se machucasse.

Eu estava confuso, de verdade. Ele estava falando da caixa?

— O normal não é impedir alguém de se machucar? Acha que eu deveria ficar olhando a caixa...

— Já mandei parar! — rugiu ele, e golpeou a cerca com seu facão. A lâmina permaneceu fincada na madeira, com o cabo balançando com a força do impacto, enquanto o Velho John me encarava com os dentes trincados, a respiração alterada. — Nós dois sabemos — disse ele, como se precisasse de seu máximo autocontrole para isso — que a única forma de você se livrar do contrato é a Aileen morrer.

***

As palavras do Velho John ecoavam em minha mente depois de ele ter partido, mas eu ainda não havia assimilado completamente o seu significado.

Balancei a cabeça. Tentei afastar aquele pensamento, mas ele tomou forma, inflou-se até ocupar a minha mente e me fez encará-lo em toda a sua simplicidade aterrorizante.

Se Aileen morresse, eu estaria livre do contrato.

Simples. Óbvio. Horrível.

E isso nunca havia passado pela minha cabeça.

— Isso nunca lhe passou pela cabeçorra, não é? — indagou o Brownie, lendo o meu rosto.

Sentei-me e afundei a cabeça nas mãos. Então, era isso. Se algo acontecesse com a Aileen, desde que não fosse, diretamente, pelas minhas mãos, eu estaria livre do contrato. Por isso o Velho John tinha tanta certeza de que eu desejava mal a ela.

— Agora que ele lhe deu a dica sem querer, pretende fazer algo a respeito?

— Não! — respondi, horrorizado. — É a Aileen — expliquei, mas não me parecia a mais eloquente das explicações. — É a Aileen — repeti, e era o máximo que eu conseguia dizer.

Era a Aileen, afinal. Eu não podia desejar a sua morte, e esse fato era natural, óbvio. Mas, se eu fosse mais racional, não faria muito sentido.

Em outras circunstâncias, eu não teria hesitado em matar um humano para salvar a minha própria pele – aliás, minha vida não precisava nem ao menos estar em jogo. Já havia enganado e afogado tantos humanos que havia perdido a conta. Era a minha natureza.

Por que, então, a ideia de machucar a Aileen fazia o meu peito doer de maneira tão insuportável?

Balancei a cabeça. Eu não faria isso. Não poderia. Não entendia o porquê, mas não poderia.

Se eu tivesse descoberto essa maneira de quebrar o contrato algumas luas antes, logo depois de chegar à fazenda, isso seria diferente. Percebi, com horror, que poderia ter assistido à Aileen se machucar, sem fazer nada para impedir. Ou, pior, teria tentado induzir um acidente para agilizar o processo. Eu tentaria, sim, matar Aileen para me livrar do contrato.

O roçar das rédeas de couro se tornou insuportável. Puxei-as com as mãos, mas elas pareciam se fechar sobre minha garganta, tirando-me o ar, lembrando-me que eu estivera fingindo que elas não existiam, fingindo que o fim do verão nunca viria. E, agora, eu era incapaz de quebrar o contrato, mesmo conhecendo uma maneira. Não se essa maneira significasse machucar a Aileen.

— Droga — gemi, puxando as rédeas inutilmente. — Droga!

O pequeno *faery* se aproximou.

— Você gosta dela?

Assenti, sem precisar pensar muito. Sim, eu gostava. Mas eu também gostava da primavera, e de chuva, e das estrelas; e escolheria a mim mesmo sem pensar duas vezes, sem me entristecer por haver uma estrela a menos no céu à noite.

— É mais do que isso — sussurrei.

O que eu sentia pela Aileen não se equiparava a nada daquilo, não se equiparava a nada que eu já tivesse sentido na vida. Era como se aquele sentimento estivesse me engolindo para as profundezas desconhecidas de um mar contra o qual eu não podia, e talvez não quisesse, lutar.

Com os olhos esbugalhados e uma risada, o Brownie soltou um palavrão que eu desconhecia. Anotei-o mentalmente, pois tinha certeza de que precisaria dele mais tarde.

— Eu não pensei que fosse tão grave assim! — disse ele. — Você está apaixonado.

Então, eu repeti o palavrão recém-aprendido.

***

A caminho do campo, senti a brisa fresca da manhã em meu rosto. Inspirei o cheiro de terra e de vida.

Meu coração disparou quando vi a Aileen, ao longe, no campo de trevos. Ela caminhava com um balde e um banquinho nas mãos, e estava prestes a iniciar a ordenha da manhã. De alguma forma, percebeu o meu olhar e me lançou um sorriso e um aceno.

Não consegui sorrir de volta. Eu, apaixonado. Essa descoberta me fazia vibrar por dentro, com meu coração saltitando como um potrinho em sua primeira primavera. Por outro lado, estava completamente aterrorizado.

Apaixonado? *Eu*?

Já ouvira falar sobre o amor várias vezes, em histórias e canções tão belas que ultrapassavam o tempo. Porém, nenhuma delas havia me preparado para o sentimento real, nem me alertado para o fato de que *kelpies* eram capazes de sentir aquilo. E aqui estava eu, perdidamente apaixonado por uma garota humana.

Essa era, definitivamente, a minha ruína.

— Ande logo — disse o pai da Aileen.

Na esperança de tornar o dia mais produtivo, o Velho John iria trabalhar com o Ferris nos campos antigos, enquanto o pai da Aileen me instruiria no campo novo. Uma estratégia óbvia para evitar que certos colegas de trabalho tentassem matar uns aos outros durante o expediente.

Fazendo o possível para parar de pensar na Aileen – o meu coração ainda não havia desacelerado –, esforcei-me em prestar atenção no que o pai dela me dizia.

Não foi fácil, pois seu tom monótono não era chamativo o suficiente para abafar a cacofonia de meus sentimentos e minha razão gritando uns com os outros.

"Amor, sua porcaria maluca! Como veio parar aqui?"

"Esgueirei-me aos pouquinhos, sem ninguém perceber, oras!"

"Saia já daqui! Ninguém te convidou!"

"Não saio. Não veem como sou lindo? Como nosso bom amigo Kelpie está feliz? O sol parece mais brilhante, o mundo é uma melodia..."

"E vamos todos morrer!"

Esfreguei os olhos, começando a sentir dor de cabeça.

— Entendeu? — o pai da Aileen perguntou, passando-me uma enxada.

Eu não entendia mais nada neste mundo, mas havia pescado os pontos principais do que ele estava explicando. Precisávamos cobrir a base das plantas em crescimento com terra, tanto para sustentar a planta quanto para evitar que o sol queimasse as batatas.

O pai da Aileen se abaixou perto de uma das hastes verdes que brotava do solo, e fez sinal para que eu me aproximasse. Quando me abaixei ao seu lado, ele começou a cavar delicadamente a terra em torno da planta. Foi revelada, então, a batata nova que se desenvolvia escondida de nossos olhos.

— Está crescendo! — eu disse.

Com um pequeno sorriso, o humano voltou a cobrir a batata, como se colocasse uma criança para dormir.

— Ajude-nos a cuidar para que elas continuem crescendo, filho.

Senti um aperto na garganta. Por um momento, ele havia me tratado como se eu fizesse parte daquele mundo, um mundo de trabalho duro e amor. Desviei os olhos para os vastos campos verdes tocados pelo sol, cheios de promessas de vida. Era uma visão bela, e fazia o meu peito doer.

Queria que o verão durasse para sempre.

Capítulo XVIII

Enquanto Kelvin e o meu pai estavam trabalhando nos campos, eu levava um pouco de queijo para vender na vila. O preço estivera subindo, e talvez eu pudesse comprar alguns ovos com o dinheiro. Daria para cozinhar algum agrado para agradecer ao Ferris e ao Kelvin pela ajuda.

Sorri, balançando a cesta enquanto caminhava. Aqueles dois ficariam felizes.

Assim que me aproximei da vila, entretanto, ouvi uma comoção. As pessoas sussurravam assustadas e começavam a se aglomerar em frente à casa do ferreiro. Aproximei-me para descobrir o que estava acontecendo.

Lá de dentro, vinha um choro estranho, estridente, que não parecia humano. Abafado por ele e pelo burburinho das pessoas reunidas ali, havia também o choro de uma mulher.

— O que está acontecendo? — perguntei às pessoas em frente à porta aberta.

— Não sabemos bem — disse a mulher ao meu lado. Tive a impressão de ouvir a voz do Dr. Beaton lá dentro, mas eu não conseguia enxergar dali. — Estão dizendo que os *faeries* fizeram alguma coisa com o bebê dela.

Faeries.

Só havia uma pessoa que eu conhecia que entendia do assunto melhor do que o Dr. Beaton.

Dei meia volta e voltei correndo para a fazenda, desistindo da venda dos queijos e do agrado para os rapazes, que teria que ficar para outro dia. Quando me aproximei dos campos, vi que meu pai e o Kelvin estavam fazendo uma pausa.

— Pai, alguma coisa aconteceu na vila. Preciso do Kelvin emprestado.

— Quem? — perguntou meu pai, confuso, até que olhou para ele.

Eu não costumava usar esse nome na frente deles, pois me ensinaram a nunca dar nome para algo que iremos matar. — Hã, tudo bem.

— Vamos. Rápido.

Eu já estava andando, e Kelvin logo me alcançou, transformado no cavalo negro. Senti o seu olhar indagativo.

Quando chegamos à vila, as pessoas estavam ainda mais agitadas do que antes. Por todo lado, eu ouvia sussurros e preces. Levei o Kelvin até a porta da casa do ferreiro, onde o aglomerado de pessoas havia aumentado.

— Aconteceu alguma coisa com o bebê dela — sussurrei. — Estão dizendo que foram *faeries*.

Enxerguei o Dr. Beaton lá dentro, conversando com a dona da casa, que limpava os olhos com um lenço já encharcado. Era dela o choro de mulher que eu tinha ouvido mais cedo, mas o outro choro ainda era um mistério. Acenei, e o Dr. Beaton nos percebeu por entre as cabeças de preocupados e curiosos.

Quando conseguiu se esquivar das pessoas, todas lhe fazendo perguntas, veio conversar conosco em um local mais afastado.

— O que aconteceu com o bebê, Dr. Beaton? — perguntei.

Ele deixou escapar um suspiro pesado.

— É um *Changeling*, minha querida. Uma Criança Trocada.

Kelvin, em sua forma de cavalo, fungou ao meu lado, chamando a nossa atenção.

— Uma Criança Trocada — o Dr. Beaton explicou — é quando um bebê é trocado por um *faery*. Os *trowes*, às vezes, roubam crianças humanas bonitas e saudáveis e deixam um de seus próprios filhos no lugar. Umas pobres criaturinhas feias e tristes.

Apertei minhas mãos. Aquela pobre mulher devia estar desesperada. Quando uma criança era levada por *faeries*, nunca mais era vista novamente. Mas, com um *faery* do nosso lado, talvez houvesse esperança.

Virei-me para Kelvin.

— Tem alguma ideia de para onde os *trowes* podem ter levado o bebê? — perguntei.

Até onde eu me lembrava, as histórias mencionavam que eles gostavam de lugares úmidos e escuros, como debaixo de pontes. Porém, imaginei que Kelvin soubesse um pouco mais.

Ele inclinou a cabeça, parecendo incerto.

— A troca ocorreu há poucas horas — disse o Dr. Beaton. — Talvez ainda haja esperança.

Kelvin abriu um pouco mais os olhos e virou as orelhas para frente. Aquilo pareceu interessá-lo. Começou a caminhar em direção à casa da Criança Trocada e ergueu a cabeça, como se farejasse o ar.

Fungou do mesmo jeito que faz quando sente cheiro de esterco. Então, começou a circundar a casa. Algumas pessoas percebiam o estranho comportamento do cavalo negro que eu e o Dr. Beaton seguíamos, mas estavam focados demais no caso da Criança Trocada para dar importância a isso.

Atrás da casa, Kelvin relinchou. Nós nos aproximamos do local que ele indicava no chão de terra.

— Pegadas de *trowe* — disse o Dr. Beaton, ao examinar as marcas. — Parecem seguir para oeste.

Naquela direção ficava a estrada para o litoral.

Kelvin se agitou. Entretanto, não podia falar conosco em sua forma de cavalo, e estávamos próximos demais de outras pessoas.

Com a ponta do casco, ele fez um desenho ondulado na terra.

— O mar?

Então, ele empurrou uma pedra para perto do desenho.

— Os rochedos?

Ele assentiu.

— Há *trowes* perto dos rochedos? — eu disse. — Vamos dizer às pessoas para organizarem um grupo de busca agora mesmo!

Achei que fosse uma boa ideia, mas Kelvin negou na hora. Apagou o desenho e fez outro. Uma linha. Apontou para mim e para o Dr. Beaton com a cabeça. Um lado da linha. Indicou a si mesmo. O outro lado da linha.

Não entendi.

— O Outro Mundo — disse o Dr. Beaton, e o Kelvin confirmou. — *Trowes* não costumam andar na superfície à luz do dia. Podem ter pegado um atalho pelo Outro Mundo para chegar à sua toca nos rochedos. Só os *faeries* sabem como chegar lá.

Kelvin já estava indicando que estava pronto para ir.

— Eu vou junto — eu e o Dr. Beaton dissemos em uníssono.

Nós nos entreolhamos.

— É melhor eu ir, isso pode ser perigoso — disse o Dr. Beaton, mas seu sorriso enorme denunciava seus interesses pessoais.

— As pessoas precisam do senhor aqui agora — eu disse, fazendo sinal em direção a casa. — Ela precisa.

O Dr. Beaton olhou para a casa da pobre mulher que chorava a perda do filho.

— Acho que não tem jeito — disse ele, com um suspiro. — Tudo bem. Tomem cuidado, vocês dois.

Kelvin liderou o caminho, mas, conforme o seguia, logo reparei que não estávamos indo para o litoral.

— Os rochedos ficam pra lá — eu sussurrei, indicando a direção oposta à que estávamos indo. — Aonde você vai?

Ele olhou para mim e acenou com a cabeça. Sabia para onde estava indo.

Chegamos ao rio, e foi lá que ele parou. Olhou ao redor, para ter certeza de que estávamos sozinhos, e passou para sua forma humana.

— Não sei que entrada os *trowes* usaram, mas posso chegar ao Outro Mundo pelo rio — disse ele. — Espere por mim aqui.

— O quê? Não! Eu vou junto.

Não queria ficar apenas esperando sem ajudar em nada, mas, embora eu não fosse admitir, também tinha meus motivos egoístas. Apesar de ser perigoso, parte de mim estava doida pela oportunidade de conhecer o Outro Mundo, o mundo dos *faeries*. O mundo do Kelvin.

— Você percebe que está prestes a seguir um *kelpie* para dentro do rio? — perguntou ele, parecendo desconfortável.

Meu coração batia acelerado. Sim, eu havia percebido isso. Não importa como eu visse, nunca soaria como uma boa ideia. Havia uma solução fácil: eu só precisaria dar uma ordem para garantir a minha segurança.

Porém, a verdade é que eu não queria dar essa ordem, porque eu nunca saberia quando ele estaria apenas obedecendo ao contrato ou agindo por vontade própria.

— Sim, percebi — respondi, tentando soar indiferente. — Assim como percebi que estamos perdendo tempo. Algo mais?

Ele negou com a cabeça, sem olhar para mim, mas eu o vi secar as mãos nas calças discretamente. Nunca o vi tão inquieto. Tinha mais algum motivo para não querer que eu fosse.

— Segure-se firme e prenda a respiração — disse ele, antes de se transformar em um cavalo negro.

Ele se abaixou para que eu pudesse subir. Agarrei-me ao seu pescoço para não cair, e comecei a sentir o coração bater mais depressa. Eu estava muito consciente de todos os pontos em que nossas peles se tocavam. A dele, mais fria que a minha.

— Estou pronta — eu disse, embora tenha ouvido nervosismo em minha própria voz. Limpei a garganta. — Vamos?

Prendi a respiração e senti um frio no estômago no momento em que, nas costas de um *kelpie*, mergulhei com ele em seus domínios.

***

Fechei os olhos pouco antes de a água fria tocar o meu rosto. Mantive os braços ao redor do pescoço do Kelvin, e senti que descíamos rapidamente, com as bolhas passando por nós e jogando meus cabelos para trás. De repente, ultrapassamos algum tipo de barreira, e Kelvin reduziu a velocidade. A água à nossa volta me parecia diferente, talvez menos densa, pois eu não flutuava tanto quanto deveria. Também era menos fria.

— Pode respirar agora — disse ele.

Hesitei por um momento, mas, então, abri os olhos.

— Oh — deixei escapar, sem nem ter tempo de me surpreender por conseguir respirar normalmente.

A beleza quase me cegou. Estávamos pairando sobre um enorme salão azul. O piso era feito de pedras azuis acinzentadas, onde dançavam luzes e sombras da água em movimento. As paredes eram de uma pedra mais clara, que se ondulava, com plantas aquáticas de diversos tons de verde, azul e lilás brotando das suas reentrâncias. A luz que iluminava o lugar vinha da passagem circular acima de nós, por onde havíamos entrado.

— É lindo — eu disse, tentando absorver todos os detalhes enquanto continuávamos a descer em direção ao chão. Por um momento, pensei ter visto a cauda de uma sereia passar por nós, mas era apenas uma formação rochosa que imitava perfeitamente escamas iridescentes. A luz e as cores pareciam mesmo brincar com os meus sentidos naquele mundo, criando pequenas ilusões, exatamente como nas histórias que a minha mãe e o Dr. Beaton contavam quando eu era criança.

— Sim, é bonito — Kelvin respondeu, e havia desconforto em sua voz.

— Você está falando em sua forma de cavalo!

Ele ficou em silêncio. Tirei os olhos do belo salão por um instante. Daquela posição, eu só enxergava a parte de trás da cabeça dele. E havia algo muito errado.

— Por favor, não se assuste — disse ele, e é óbvio que eu comecei a me assustar. — Você sabe... Sabe que nós, *kelpies*, adquirimos aparência de humanos e de cavalos para atrair nossas presas, não é?

— Kelvin, o que está acontecendo?

— E que ambos são apenas um disfarce que usamos em terra, não é?

— Kelvin...?

— Então, bem, você já parou para pensar em como é a nossa aparência verdadeira, a que assumimos no Outro Mundo?

Já estávamos próximos ao chão agora, e eu pulei das costas dele para olhar.

— Espere — pediu, mas era tarde.

Levei a mão à boca.

Ele ainda era negro, mas as semelhanças terminavam aí. A criatura à minha frente parecia um cavalo saído de um pesadelo, com os ossos aparentes por sob a pele. Os olhos tinham pupilas em fenda, e a falta de lábios deixava à mostra a mandíbula de um predador, com enormes presas afiadas que quase estouravam as frágeis rédeas de couro do contrato. Havia nadadeiras esfarrapadas em cada perna, e, em seu pescoço, guelras se abriam e fechavam ao ritmo de sua respiração.

A beleza dele era sombria. Mortal.

— Aileen? — disse ele, baixinho. Soava inseguro.

Nenhum de nós havia se movido.

Eu consegui gaguejar alguma sílaba sem sentido.

— Sinto muito por isso — disse ele, desviando o olhar. — Eu não desgosto da minha aparência verdadeira, mas sei que parece assustadora para os humanos.

Era a voz dele. Ainda era a mesma voz que eu conhecia bem.

Coloquei a mão sobre meu coração enlouquecido e respirei fundo, de olhos fechados. *Mantenha a calma.*

Ergui o olhar. O *kelpie* à minha frente se balançava um pouco de uma perna para outra. Já vi o Kelvin em sua aparência humana fazer isso uma vez. Eu tinha a impressão de que ele desviava o olhar de mim quando queria que eu parasse de olhar para ele.

Os seus olhos... Por detrás daquelas pupilas em fenda ameaçadoras, lá no fundo, eu conseguia ver os olhos castanhos que sempre achei estranhamente doces. Os mesmos olhos curiosos que nunca me olhavam com condescendência quando eu falava sobre minhas ideias para a fazenda, que me levavam a sério, que não faziam eu me sentir julgada quanto à minha capacidade mental.

Eram os olhos do Kelvin, um *faery* estranho que me respeitava de um jeito que nem todo mundo fazia.

— Desculpe — eu disse, e ele ergueu a cabeça. — Eu não esperava por isso. Já estou bem. Podemos continuar?

Kelvin piscou para mim e inclinou um pouco a cabeça. Contive um sorriso. Ainda se parecia com ele.

— Tem certeza? Quero dizer... Tudo bem?

— Ainda é você, certo? Acho que eu me acostumo.

— Então... Vamos por ali, por aquele túnel.

O Kelvin ficou lançando olhares de esguelha para mim enquanto caminhávamos pelo salão. Era meio cômico, e o deixava bem menos ameaçador. Talvez eu realmente me acostumasse com ele assim. A verdade é que sua aparência humana sempre foi a que me deixou mais nervosa.

— Quer dizer que é aqui que você mora? — perguntei, admirando o salão uma última vez antes de entrar em um túnel também azul. O leve brilho das próprias paredes de pedra iluminava o caminho. — É muito bonito.

Sorri comigo mesma ao me movimentar no fundo do rio do Outro Mundo. Eu ainda conseguia andar no chão, mas meu corpo estava bem mais leve, e meu cabelo podia flutuar na minha cara dependendo das mínimas correntes de água.

De vez em quando, Kelvin erguia as orelhas e parava como se estivesse escutando alguma coisa, mas eu só ouvia o som suave das águas.

— A próxima câmara já deve ser perto do litoral — disse ele, e eu podia ver o fim do túnel logo à frente.

— Mas já?

— O tempo e o espaço funcionam de um jeito diferente no Outro Mundo. Cuidado para não se perder de mim.

Tentei não pensar nas inúmeras histórias assustadoras de pessoas que se perderam no Outro Mundo. Algumas eram enganadas pelos *faeries* e ficavam presas para sempre. Outras encontravam uma saída depois de algumas semanas, mas, ao chegar à superfície, descobriam que já haviam se passado centenas de anos.

Andei um pouco mais próxima a Kelvin, e um reflexo de luz chamou a minha atenção para o chão.

— O que é isso? — perguntei ao me abaixar para ver melhor.

Encontrei um pequeno objeto retangular, e, ao limpar o limo, vi que se tratava de um espelho.

— Ou algum *faery* o roubou do mundo de cima — disse Kelvin —, ou um humano o trouxe. Mas não sei quando outro humano além de você poderia ter estado aqui e...

Ele se calou. Apesar do seu novo rosto, suas emoções continuavam transparentes como sempre. Havia pensado no mesmo que eu: na amada do John, que fora sequestrada por um *kelpie* vários anos atrás.

Sei que não deveria escutar a conversa dos outros, mas, naquela casa pequena, aconteceu. Queria que alguém tivesse me contado antes, especialmente o meu tio, mas ele nunca foi de se abrir muito. Suspirei pela pobre garota e continuei a polir o espelho enquanto andava. Teria sido mesmo dela? Ela teria caminhado por aquele enorme salão azul? Era um lugar bonito, mas, ao mesmo tempo, frio, solitário. Eu não gostaria de ficar presa ali para sempre. Se, meses atrás, eu não tivesse prendido Kelvin a um contrato, será que teria o mesmo destino que ela? Precisaria morar no fundo de um rio e me deitar todas as noites com alguém que eu não...

Olhei para o Kelvin, em sua forma assustadora de *faery* da água, e percebi que aquela parte não deveria ser anatomicamente possível no Outro Mundo. Balancei a cabeça, corando terrivelmente. Ai, meu Deus. No que eu estava pensando em uma hora dessas?

Ver a verdadeira aparência do Kelvin deveria ter sido um alerta para mim, para que eu não me esquecesse de quem ele era: um monstro do rio.

Então por que, Deus do céu, eu só conseguia ver aquele Kelvin que perdia a pose fácil e que sempre me fazia rir?

— Isso é estranho — disse ele, e por um momento quase surtei ao pensar que estivesse lendo os meus pensamentos.

Havíamos entrado em uma grande câmara que parecia ter sido escavada na pedra pelas próprias águas do rio. Arcos e colunas da mesma pedra brilhante do túnel sustentavam o teto.

O Kelvin cavalgou na água até o alto de uma das paredes. Uma passagem circular estava bloqueada por uma pedra pelo lado de fora.

— Os rios conectam o mundo de cima ao mundo dos *faeries*. Não sei por que esta passagem foi fechada.

— Devemos abri-la? — perguntei.

— Melhor não — disse ele, voltando ao chão. — Você seria sugada pela força das águas. Mas isso é mesmo estranho, ninguém costuma interferir no curso dos rios.

Deixamos a passagem para trás e continuamos andando. Kelvin parou para ouvir mais uma vez e me guiou até uma cortina de algas.

— As águas não estão cantando nenhuma história sobre um *trowe* ter entrado no rio. Vamos tentar em outro lugar.

Ele atravessou a cortina antes que eu pudesse perguntar o que aquilo queria dizer.

Ao passar para o outro lado, perdi o equilíbrio e caí. Não estava esperando a mudança repentina da água para o ar.

— Estou bem — eu disse, tentando firmar os pés naquele solo estranho e macio, forrado por folhas úmidas.

Olhei ao redor. O novo ambiente era escuro e estreito. Plantas roçavam meus braços e meu cabelo molhados, e o ar era abafado.

— Ouviu isso? — Kelvin perguntou, movendo as orelhas. Prestei atenção. Parecia o choro de um bebê ecoando ao longe. — Por aqui.

Ele abria passagem entre as plantas, e eu o seguia de perto. Não gostei daquele novo lugar. Havia túneis surgindo de lugares inesperados, um labirinto escuro com um leve cheiro de plantas apodrecendo. Eu me encolhia para longe das gavinhas, que pareciam estar esperando para se prenderem em mim. Juro que as vi se mexer.

Apressamos o passo. Estávamos nos aproximando do som. Se o bebê estava em um lugar desses, e com *trowes*, era de se esperar que estivesse se esgoelando apavorado.

Chegamos a uma espécie de clareira. O teto de plantas formava um túnel vertical, abrindo-se lá em cima, de onde chegava um círculo de raios de sol. Outra passagem para o meu mundo.

— É melhor você esperar aqui — Kelvin sussurrou. — Eu pego os *trowes*.

Fiz menção de protestar. Não queria ficar ali sozinha, mas, pensando bem, eu não saberia o que fazer caso fosse com ele confrontar os *trowes*. Assenti a contragosto.

Kelvin desapareceu em um dos túneis. Seus passos eram silenciosos, então eu só ouvia o choro do bebê. Estava demorando. Comecei a torcer as mãos. Se ele não voltasse, como eu alcançaria a saída?

Ergui os olhos para o buraco lá em cima, de onde vinha a luz. Era uma longa escalada.

Porém ela não seria necessária, pois eu não tinha dúvidas de que o Kelvin voltaria. Afinal, por mais estranho que fosse, e por mais que eu dissesse a mim mesma que estava ficando louca... A cada dia, era mais óbvio que ele gostava de mim.

Loucura, não?

— Maldição! — uma voz que não era do Kelvin gritou.

— Volte aqui! — esse era Kelvin.

Ouvi uma perseguição, e o choro do bebê se tornou mais agudo. O *trowe* com o bebê devia estar tentando despistar o Kelvin pelos túneis. Onde estariam?

Virei de um lado para o outro, tentando definir de que túnel vinha o som. Estava perto.

Então, vi um *trowe* pela primeira vez. Ele surgiu de um dos túneis, com o bebê gritando em seus braços. Era uma criatura deformada, mais baixa do que eu, mas visivelmente mais forte também. Olhou-me por um segundo e decidiu que poderia passar por mim. Com um sorriso de dentes podres, correu em minha direção.

Não, não, não!

Ele estava vindo. Eu deveria... Barrar sua passagem, sair do caminho, gritar por socorro, sair correndo...?

Peguei o espelho em minhas mãos e refleti a luz do sol direto em seus olhos.

— Não! — gritou o *trowe*, cobrindo o rosto.

Ele bateu contra a parede e soltou um silvo horrível.

— Peguei você — disse Kelvin, surgido de um dos túneis.

O *trowe* largou o bebê, que rolou pelo chão úmido de folhas. Peguei-o em meus braços e o afastei do *faery* o mais rápido possível.

— Pronto, pronto — eu disse, embalando o pequenino, que tinha o rosto vermelho e chorava alto. Fiquei bem atrás de Kelvin, pois o *trowe* parecia ter medo dele, por mínimo que fosse. — Vai ficar tudo bem agora.

Preso debaixo dos cascos do Kelvin, o *faery* blasfemava e ainda esfregava os próprios olhos. Pelo jeito, era verdade que *trowes* detestavam a luz do sol.

— Vá pegar o seu bebê *trowe* de volta, criatura desnaturada — disse Kelvin.

Encarei o *faery* no chão. Era fêmea? Eu não sabia dizer.

— Não posso — gemeu a *trowe*. — Ele não está seguro. Não com *ele* por perto, ah, não. Disse que nos deixaria em paz se fôssemos obedientes, mas estava de olho no meu bebê, isso estava, estava sim.

— O que você quer dizer com "ele"? — perguntei.

— Humanos não interessam a *ele*, achei melhor trocar — continuou a *trowe*, ignorando-me totalmente. — *Ele* vai ficar furioso por eu ter trocado, porque estava de olho nele. Não era para terem me encontrado!

Lancei um olhar para Kelvin, pois eu não estava entendendo nada.

— Que tal você explicar direito o que...

Antes que ele terminasse a pergunta, a *trowe* o mordeu.

— Ai!

Rápida demais, ela se jogou entre as plantas e desapareceu nos túneis. Kelvin exalava uma aura assassina, ainda mais tenebrosa em sua aparência *faery*.

— Deixa ela pra lá — eu disse. — O importante é que recuperamos o bebê. Ele parece estar bem, apesar de assustado, tadinho.

Kelvin assentiu. Porém, continuou olhando para a direção onde a *trowe* sumiu, e suas orelhas permaneciam alertas.

— O que foi?

— Escute — sussurrou ele.

Assim que o bebê se acalmou, não havia mais som nenhum. Apenas um silêncio opressor naquele labirinto escuro do Outro Mundo.

— Não há conversas, nem zumbidos de asas, nem músicas. Não vimos um único *faery* desde que chegamos ao Outro Mundo. — Ele ergueu os olhos para a passagem acima de nós. — Algo está errado.

Meu coração começou a bater ainda mais depressa.

— Vamos embora? — pedi.

— Coloque a mão em mim e feche os olhos.

Pus a mão em uma de suas pernas dianteiras, acima da barbatana esfarrapada. Assim que fechei os olhos, senti como se caísse de repente.

— O quê...?

Abri os olhos. E vi o mar.

Estávamos em uma colina que ladeava o litoral. A grama alta estava coberta por pequenas flores amarelas e roxas, que balançavam com o vento, formando ondas coloridas e levemente perfumadas. Sempre adorei aquelas filhas do sol que, depois de congelarem no frio cruel do inverno, retornavam em todo o seu esplendor nos meses de verão.

— Voltamos — eu disse, e olhei para o lado.

Estava com a mão sobre o braço do Kelvin, agora em sua aparência humana. Tirei a mão mais do que depressa, corando.

— Voltamos — ele disse, mas sua mente parecia estar em outro lugar.

— Está tudo bem?

Senti cheiro de alga queimada. Podíamos ver, lá embaixo, na praia, as pessoas estirando algas *kelp* sob o sol. Havia fornos rudimentares usados para a sua preparação, e o resultado final, exportado como adubo, tinha um preço bom.

— Está — disse o Kelvin. Então, voltou seu olhar para mim. — Parece que deu tudo certo. Vamos?

Apesar do pequeno sorriso encorajador, ele me pareceu estar guardando seus pensamentos para si.

Havia dito que algo de errado estava acontecendo no Outro Mundo. Pouco antes de fechar os olhos e voltar para a superfície, eu tinha tido a impressão de ver um brilho no chão. Foi por apenas um momento, e minha mente poderia estar apenas me pregando peças. Forcei-me a deixar pra lá e a comemorar o sucesso da nossa pequena aventura, focando-me em devolver o bebê para sua mãe.

Mas aquele brilho havia me parecido, por um momento, uma delicada asa de fada rasgada em pedaços.

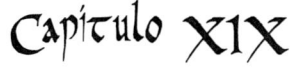

Capítulo XIX

Em minha forma humana, eu estava trabalhando nos campos junto aos humanos, incluindo o Ferris e o Velho John desta vez.

— Espero que você seja inteligente — eu disse ao passar pelo Ferris.

Ele estava recostado ao muro em construção e tentava recuperar o fôlego.

— Por quê? — perguntou ofegante.

— Porque você não nasceu para trabalho braçal.

O suor lhe escorria pelo rosto e encharcava a sua camisa. Parecia até que tinha vindo a nado de Tir nan Og.

Talvez concordando comigo, ou cansado demais para gastar o fôlego com uma resposta brilhante, o humano fez apenas um gesto me mandando deixá-lo em paz.

Fazia poucos dias desde que eu e a Aileen havíamos voltado do Outro Mundo. Ela inventou alguma história que não revelava a minha existência, e a mãe do bebê estava tão aliviada que nem a questionou.

Já o bebê *trowe* tornou-se um problema, pois a mãe verdadeira não veio buscá-lo. Antes que alguém sugerisse se livrarem dele, o Dr. Beaton decidiu levá-lo para casa. A Sra. Beaton não ficou exatamente encantada com a ideia, mas acolheu o pequeno bebê *faery*.

Assim, tudo se acalmou na vila depois que os pais utilizaram todos os métodos de proteção contra *faeries* de que se lembravam – um prego de ferro na porta das casas, colares de flores ou ervas ao redor do pescoço de bebês, trevos de quatro folhas... Alguns deles nem eu sabia se funcionavam ou não.

Porém minha intuição me dizia que nada daquilo serviria contra o que estava acontecendo no Outro Mundo, seja lá o que fosse.

— Como os dois estão se saindo? — gritou Aileen, que estava passando por perto. Ferris se endireitou ao ouvir a sua voz.

— Estão sendo uma grande ajuda — respondeu o pai dela.

Atrás de nós, o Velho John não disse nada, mas seu olhar de desaprovação dizia que não estava satisfeito com nenhum de nós dois. Sua opinião a meu respeito não era novidade, mas eu me perguntava que tipo de besteira o Ferris poderia ter feito para merecer aquele olhar aborrecido.

A Aileen veio até nós e apoiou as mãos na parte já acabada do muro. Perto demais de onde eu estava trabalhando. Ainda bem que eu era razoavelmente bom em esconder minhas emoções, se não ela perceberia que eu ficava inquieto na presença dela.

— E como vão as coisas na sua casa? — perguntou a Ferris. Forcei-me a olhar para a pedra que eu encaixava no muro, conforme me fora ensinado, mas minha atenção estava na voz da Aileen.

— Está sendo difícil me acostumar com a ideia de ter um *trowe* sob nossos cuidados, mas, se alguém sabe o que fazer com ele, é o meu pai. Desconfio que esteja até se divertindo.

— Aposto que sim. — Ela riu.

— Foi corajoso de sua parte ir ao Outro Mundo para recuperar o bebê — disse Ferris, e eu percebi que, ao menos para ele, a Aileen havia contado a verdade. — Mas foi imprudente também.

— Estava tudo bem. Ele estava comigo.

Ergui os olhos, e ela me lançava um sorriso cúmplice. Não pude evitar sorrir de volta.

— Exatamente! Você estava sozinha com...

Pela minha visão periférica, vi que o olhar do Ferris passou da Aileen para mim, e de mim para Aileen.

O tom de voz dele ficou mais sério.

— Será que nós podemos conversar a sós?

Ela hesitou por um instante.

— Claro.

Não pude escutar o que ele tinha a dizer, pois se afastaram em direção a casa. Eles eram bem próximos, até mesmo melhores amigos, segundo ele. Deviam contar de tudo um ao outro.

Comecei a ficar emburrado sem entender o motivo.

— Kelpie — chamou o pai dela, com os olhos na entrada da fazenda.

Eu estava tão distraído que não havia percebido o humano que cavalgava até nós. Passei para a forma de cavalo do lado de fora do campo para não pisotear a plantação, e o pai da Aileen amarrou uma sacola às minhas costas.

— Bom dia, senhores! — disse o visitante, assim que chegou mais perto, e eu o reconheci como sendo o Proprietário. Ele apeou do cavalo e inspecionou o nosso trabalho. — Parece que o corcel negro está sendo de grande ajuda por aqui, heim? — Com um grande sorriso, ele me deu um tapinha amigável no traseiro, sem fazer ideia do quanto aquilo era inadequado.

Com os olhos um pouco arregalados, o pai da Aileen tentou afastá-lo de mim.

— Sim, Sr. McNeil, está sim — disse, colocando-se entre nós. — A que devemos a sua visita?

— Alguns de meus fazendeiros vieram me procurar hoje de manhã. Disseram que seus animais adoeceram de repente, todos eles.

— Como? — perguntou o Velho John, juntando-se à conversa.

O Proprietário balançou o indicador no ar.

— Aí é que está o problema, senhores. Ninguém faz a menor ideia. Tudo o que sabemos é uma história estranha sobre terem sentido um cheiro horrível por sobre os campos de manhã. Ademais, tudo parecia normal. — Os homens tinham o cenho franzido. Se a doença se alastrasse, poderia afetar a produção da vila inteira. — Não deixem de me avisar se algo acontecer na fazenda de vocês.

Os dois assentiram rígidos.

— Também há outro assunto que eu gostaria de discutir — continuou o Proprietário. — É sobre o contrato.

Peguei-me prendendo a respiração junto com os dois humanos, até me dar conta de que o Proprietário não estava falando do meu contrato, do qual eu queria me livrar, mas do contrato deles, que eles queriam manter.

— O contrato está prestes a vencer, assim como o de outras de minhas propriedades. Sei que vocês trabalham duro, mas... — O Proprietário passou o olhar pelos campos, franzindo os lábios. — As coisas estão difíceis. Os lucros têm caído, não é culpa de vocês, mas com mais esses problemas, bom. Não sei se vale a pena.

— O que o senhor quer dizer? — perguntou o pai da Aileen, engolindo em seco em seguida.

— Estou pensando em substituir as fazendas por criações de ovelhas. Ainda não está decidido, é claro, mas é bom considerarem a possibilidade e irem pensando no que fazer depois que o contrato expirar.

Eu não podia acreditar nisso. Criação de ovelhas? Depois de todo aquele trabalho? De todo o esforço da Aileen para recuperar a fazenda?

O Proprietário limpou a garganta e se remexeu desconfortável com o clima que ele mesmo provocara.

— Bom, eu sempre imaginei, Sr. McAulay, que eu assinaria um novo contrato com um filho seu um dia. Mas nem tudo saiu como planejado.

— Entendo.

Relinchei indignado. Entende? Como assim, entende? Por que ele não contava sobre Aileen e as ideias dela?

Resignado, o homem apenas prometeu avisar caso algo acontecesse.

— Estou indo conversar com o Dr. Beaton — disse o Proprietário, antes de ir. — Acho muita coincidência que essa doença estranha tenha surgido logo depois do incidente da Criança Trocada. Talvez seja uma maldição *faery*.

Até onde eu sabia, *trowes* não eram capazes de provocar doenças em animais. Porém eu concordava que não deveria ser apenas coincidência. O que quer que estivesse acontecendo lá em baixo havia começado a se alastrar até aqui.

Depois que o Proprietário já havia se afastado, o Velho John murmurou:

— Não duvido que tenha um maldito *faery* metido nisso.

— Por quê?

O Velho John bufou.

— Porque são *faeries*, oras. Só causam problemas.

— Se eu lembro bem, você tinha um amigo imaginário *faery* quando éramos crianças — apontou o outro. — Você vivia perdendo as coisas e colocando a culpa nele. Dizia para nossos pais que foi o *faery* marrom que escondeu.

— Nem sei por que eu acreditava naquela besteira. — O Velho John fez uma careta. — Fui logo inventar um *faery* estúpido imaginário que desapareceu sem nem ao menos... Está louco, Kelpie?! Me solte!

Eu havia retornado à forma humana e o segurava pela gola da camisa.

— Não diga nem mais uma palavra! — rosnei.

— Escute aqui, seu...

— Escute você — eu disse em um tom baixo. O sangue pulsava em meus ouvidos. — Não diga mais nem uma palavra sobre aquele *faery*, entendeu? Você, humano, não sabe de nada. — Ele tentou protestar, mas eu o segurei com mais força e o chacoalhei, forçando-o a olhar em meus olhos. — Ele nunca te abandonou, mesmo que você o tenha esquecido. Ele continuou a olhar por você e por sua família, mesmo quando você foi para as Terras Baixas, e depois, quando voltou para cá.

— Onde ouviu essas coisas, seu desgraçado?

— Foi você quem o abandonou, porque duvidou dele. Mas o Brownie nunca, *nunca* te abandonou. Ele continuou sendo seu amigo.

Os olhos azuis do Velho John me fitavam sem piscar, com a boca aberta, e ele não tentava mais se livrar de mim.

— Kelpie, solte ele e saia daqui — ordenou o pai da Aileen.

Virei as costas e caminhei em direção ao celeiro a passos rápidos, sem pensar direito. Pela primeira vez, havia sentido uma vontade real de acertar um murro na cara do Velho John.

Capítulo XX

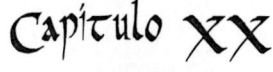

Havia me sentado do lado de fora do celeiro para tentar me acalmar depois de gritar com o Velho John. Eu não deveria ter perdido a cabeça, mas não me arrependia. Ainda bem que o Brownie não estava por perto para ouvir o que ele disse.

Pouco tempo depois, Aileen veio até mim com uma expressão perturbada. Ah, não. Será que já haviam lhe contado as más notícias do Proprietário?

Fiquei de pé.

— Kelvin — disse ela, séria. — Eu tenho uma ordem para te dar.

Uma ordem? Tirando aquela ordem acidental da ordenha, fazia tempo desde a última vez. Não conseguia nem imaginar do que se tratava.

— Sim?

Ela respirou fundo. Ficou torcendo a barra do avental.

— Ordeno que retire qualquer feitiço *faery* que possa ter usado em mim.

Continuamos a olhar um para o outro.

— Desculpe, mas não entendi.

— S-se você usou magia ou algum truque em mim, para me atrair ou fazer eu — a voz dela foi diminuindo até sumir — ... de você, ordeno que pare.

— Tudo bem. Mas ainda não entendi.

Aileen parecia um pouco atordoada.

— Nada aconteceu — murmurou, levando as mãos ao rosto.

— Será que pode me explicar...?

— Droga — disse ela. — Eu sabia.

Então, deu-me as costas e começou a correr.

O que estava acontecendo ali?

Fiz menção de chamá-la, mas nós dois engasgamos ao mesmo

tempo. Um cheiro horrível nos atingiu e quase me fez vomitar. Parecia ovo podre e chulé de *trowe*.

Nós nos entreolhamos e corremos em direção aos campos.

— Não — a Aileen ofegou. — Não pode ser.

Todas aquelas batatas que, havia pouco, cresciam saudáveis, estavam com as folhas murchas e, em alguns pontos, manchadas de amarelo.

O pai e o tio da Aileen se aproximaram, vindo do campo onde as vacas pastavam. Suas expressões eram sombrias.

— Pai, você viu isso? O que está acontecendo?

Ele parou diante de nós e trocou um olhar com o Velho John, como se não soubesse por onde começar. Encarou Aileen com um rosto tão inexpressivo quanto uma máscara, mas diversos sentimentos se debatiam em seus olhos.

— Filha — disse ele, limpando o suor da testa. — Escute. O Sr. McNeil passou aqui mais cedo...

Então, ele contou.

— Não... Não pode ser! — Ela balançava a cabeça. — Diga a ele que nós vamos pensar em algo. Nós vamos descobrir a causa da doença, só precisamos de mais tempo.

Ela buscou apoio em seu pai e seu tio, mas não encontrou. Os dois mantinham um olhar duro sobre a colheita arruinada. Aquelas plantas já diziam tudo.

— Vamos dar um jeito — disse Aileen, mas sua voz falhou. — É a nossa fazenda.

***

Já havia começado a anoitecer. Os homens tinham ido embora, sem mais nada a dizer. Só a Aileen permaneceu ali, olhando para os campos, até que ficasse escuro demais para se distinguir as plantas doentes das saudáveis.

Eu nunca havia reparado, mas os olhos da Aileen tinham a exata cor dos campos verdes tocados pela luz do sol. E os seus cabelos, quando molhados, como no dia em que estivemos no Outro Mundo, tinham a mesma cor da terra que ela tanto amava. Aileen pertencia àquele lugar. Ela nunca poderia ter sido feliz se eu a tivesse levado para Tir nan Og, para longe de seu pai, de seu tio e dos seus amigos. E, mesmo que ela pudesse ser feliz lá, eu não tinha o direito de tomar essa decisão por ela só por eu ser um *kelpie* e ela uma humana.

A Aileen não queria um paraíso. Queria a sua fazenda, pela qual tanto lutava e que estava prestes a perder. Agora eu entendia. Ela pertencia àquela terra, assim como a Selkie pertencia ao mar. Eu fui para o seu lado e, inconscientemente, estiquei a minha mão em direção à sua. Queria tocá-la. Queria tocar o seu rosto, os seus cabelos, dizer-lhe algo que devolvesse o sorriso ao seu rosto. Eu queria consertar o mundo que ruía diante de seus olhos.

Recolhi a minha mão, esperando que ela não tivesse notado.

— Hã, Aileen — eu disse, e minha voz pareceu alta demais em meio ao cricrilar dos grilos. — Que tal irmos até o rio?

Talvez um passeio a animasse um pouco. O rio foi a única ideia que me veio à cabeça, já que eu sempre ficava feliz perto dele.

— Não precisa me pedir — disse ela, sem olhar para mim. Achou que eu só quisesse tomar um banho. — Vá aonde quiser.

Não funcionou. Mas não desisti de tentar animá-la.

— Ainda não está totalmente decidido, não é? — eu disse, tentando soar encorajador. — Nós podemos descobrir o que está causando a doença, e convencer o Proprietário a assinar um contrato novo. E ainda vamos preparar o campo dos nabos, certo? Não está tudo acabado. Nós podemos dar um jeito...

— *Nós?* — Aileen enfim se virou para mim. — Isso não é problema seu.

Sua hostilidade me surpreendeu. O que fiz para deixá-la com raiva?

— E pare de ser gentil comigo — disse ela. — Agora, vamos perder a fazenda de qualquer jeito, não importa o que eu faça. — Ela fechou os punhos. Apesar do tom áspero, seus olhos não demonstravam raiva quando me fitaram. Neles, havia tristeza. — Você não é mais necessário, e é uma questão de tempo até meu pai perceber isso. Seus dias estão contados, será que ainda não percebeu?

Então, ela virou as costas e foi embora, deixando-me sozinho ali.

***

Resolvi ir ao rio sozinho, pois queria mesmo tomar um banho.

Já estava escuro, mas eu enxergava bem à noite, mesmo que sob minha forma humana. Não tive problemas para caminhar sob a fraca luz da lua que estava encoberta pelas nuvens. Assim, eu movia as minhas pernas sem prestar muita atenção ao meu redor, tendo minha mente ocupada em organizar a si mesma.

Fiz o possível para suprimir um pequeno sentimento feliz, totalmente inadequado para a situação.

Aileen havia falado como se a minha morte fosse algo ruim. E o modo estranho como ela estava agindo mais cedo... Era exagero, até mesmo absurdo, assumir que ela gostasse de mim. Porém, a esperança já havia chutado para longe qualquer pensamento racional. No mínimo, a Aileen se importava comigo. E no máximo...

Não era o momento certo para eu me concentrar nessa pequena alegria egoísta, então fiz um esforço para focar no problema da fazenda, apesar do sorriso idiota que devia estar na minha cara. Minha ideia era conversar com o Dr. Beaton, pois talvez nossos conhecimentos a respeito de *faeries* pudessem render uma ideia do que estava causando a doença nas plantas e nos animais. Queria que a Aileen fosse junto, mas ela claramente precisava descansar depois das más notícias. Eu esperava que ela se sentisse melhor depois de uma boa noite de sono.

Um som chamou a minha atenção para o mundo exterior.

Era o choro de uma mulher, um lamento tão inconsolável que fazia qualquer um compartilhar de sua tristeza. Eu estava próximo ao rio agora, e podia ver a figura quase indistinta do velho carvalho à beira d'água. Já desconfiado de qual seria a origem daquele choro, aproximei-me do rio.

Às suas margens, uma mulher de cabelos loiros lavava uma camisa manchada de sangue. As lágrimas que escorriam pelo seu rosto pálido como a lua caíam no rio e se misturavam à água vermelha.

Eu parei a alguns passos dela, ciente de que não poderia mais tomar banho agora, e a *faery* percebeu a minha presença.

— Quem está aí? — indagou entre soluços.

— Boa noite, Banshee — eu disse, desejando não estar ali. — Sou o *kelpie* deste rio. Você está bem?

Quase me arrependi por ter perguntado, pois ela começou a soluçar mais ainda.

— Como se esta vila já não tivesse problemas o suficiente, aqui estou eu anunciando mais uma desgraça — disse, esfregando a camisa com força.

Um arrepio percorreu a minha espinha. A noite ficou mais fria.

Meus olhos se fixaram sobre a camisa, hipnotizados pelo sangue que as mãos pálidas da Banshee tentavam esfregar tão desesperadamente.

— Quem vai morrer? — perguntei, sentindo a língua estranha dentro da boca seca.

Embora as *banshees* não anunciem a morte de *kelpies*, eu sempre as evitei, pois não suportava presenciar o sofrimento delas ao anunciarem uma morte. Entretanto, nunca havia pensado muito no motivo de seu sofrimento.

— Quem vai morrer, Banshee? — insisti, e tentei enxergar melhor a camisa encharcada. Parecia pequena, mas seria de mulher? A *faery* fungou.

— Tão jovem — murmurou, encostando a testa na camisa manchada. — Pobrezinho.

"Pobrezinho". Não era uma mulher que iria morrer.

Aliviado, soltei o ar. Porém *alguém* iria morrer, e os desafortunados parentes da vítima seriam os únicos humanos a ouvirem o choro da *faery* conforme a morte se aproximasse.

— Você também deveria tomar cuidado — disse a Banshee.

— E-eu? — O sangue fugiu de meu rosto.

A *faery* suspirou com os ombros encurvados, como se o seu corpo delicado estivesse prestes a tombar sob o peso das mortes que ela estava fadada a anunciar.

— A maioria dos *faeries* que podia fugir já fugiu. Fique perto dos rios e você ficará bem. — Então, um sorriso fraco se formou no rosto triste da *faery*. — Pelo menos uma vez quero dar um aviso que evite uma morte. Se bem que, se tudo continuar como está, terei que lavar mais camisas em breve.

Ouvi o farfalhar de asas acima de mim, e ergui os olhos para a escuridão do céu. As constelações do verão brilhavam fracamente acima de mim.

— Banshee...

Quando baixei os olhos novamente, ela já não estava mais ali. Eu fiquei sozinho com as estrelas, esperando que me sussurrassem algumas respostas, mas elas nada disseram. A companhia que se fazia mais presente, e da qual eu não podia fugir, era o mau presságio que eu recebera de uma *banshee*.

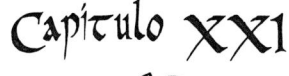

Capítulo XXI

A noite era minha amiga, mas, daquela vez, enquanto eu me esgueirava até a casa dos Beaton, senti que olhos invisíveis e nada amigáveis me espreitavam dos cantos escuros.

Foi um alívio ver a luz escapar pelas frestas da porta da frente, indicando que os Beaton estavam acordados. Dei a volta até os fundos.

Bati à porta, mas o som dos nós dos meus dedos contra a madeira soou tímido perto do choro agudo e descontente que vinha lá de dentro. Tive que bater mais forte.

— Sim? — disse Ferris, ao abrir a porta. Viu quem era e não fez mais esforço em disfarçar os nervos irritados. — Era só o que me faltava. Como se não bastasse esse *trowe* que não cala a boca.

— Quero falar com o Beaton mais agradável da casa, por favor.

Ferris espiou por cima do meu ombro e me virei rapidamente para ter certeza de que não havia nada atrás de mim.

— O que foi? — perguntei.

— Onde está a Aileen?

— Na casa dela, suponho.

Dentro da casa, o bebê *trowe* se esgoelava, fazendo exigências que ninguém entendia. Ferris massageou as próprias têmporas e expirou lentamente.

— Ela te deixou andando sozinho por aí?

— Você acha que eu sou o quê?

— Não vai querer que eu responda.

Eu estava começando a me aborrecer com ele. Abri a boca para dar uma resposta provavelmente genial, mas tive que segurar a voz quando senti uma mão sobre o meu ombro.

— Licença?

Pulei para dentro da casa e trombei com o Ferris de um jeito nada elegante.

— Desculpe. Assustei você?

Era só a Sra. Beaton, que vinha com uma cesta de ervas. Dei um passo para longe do Ferris e tentei recuperar um pouco da minha dignidade com um cumprimento educado. Droga, a Banshee elevou minha paranoia a um novo nível.

De dentro da casa, o Dr. Beaton veio correndo até nós com uma criaturinha feia e barulhenta nos braços.

— Finalmente! Bethia, minha fada, que bom que você voltou! Eu não sei mais o que fazer com ele, e os seus dentinhos estão... Olá, Kelpie! Já, já, falo como você. Mas, como eu dizia... O bebê não parou de chorar desde então, acho que está chorando em uma escala de dó menor, o que é, deveras, fascinante, mas já deixou de ser tão fascinante há algumas horas...

Sem se abalar, a Sra. Beaton tomou o bebê *faery* em seus braços e começou a cantarolar uma canção de ninar. Aos poucos, os gritos estridentes se transformaram em um gemido lamurioso, que era só teimosia de alguém prestes a dormir. O casal levou o pequeno *trowe* ao cômodo principal, deixando a mim e ao Ferris a sós na saleta.

— Finalmente — disse ele, aos sussurros, como se não quisesse estragar aquele silêncio divino.

Começou a seguir os seus pais, mas eu o chamei.

— Ferris?

— O que foi? — disse, virando-se para mim com visível má vontade. — Fique aí. Meu pai já vem falar contigo.

— Tenho um favor para lhe pedir.

Ele franziu as sobrancelhas.

— Um favor? — perguntou devagar. Talvez o choro do *trowe* o tivesse deixado surdo.

— Sim, um favor — repeti, e meu tom foi menos educado do que deveria para quem está pedindo um favor. — Você soube que a fazenda da Aileen foi afetada também, não é?

— Sim — respondeu, talvez tão desconfortável quanto eu.

— Ela está bastante triste. Você é amigo dela. Pensei que poderia fazer uma visita e conversar com ela, fazê-la se sentir melhor.

Não consegui decifrar a expressão no rosto do humano, mas eu preferiria que ele não ficasse me encarando tanto.

— Não preciso que você me diga isso. Falarei com a Aileen amanhã.

Depois de um momento de silêncio desconfortável, o Ferris se virou e saiu bruscamente, sem dizer nada. Tudo bem, eu não precisava que ele fosse educado comigo. Se ele pudesse fazer a Aileen se sentir melhor, eu poderia tentar tolerá-lo.

Sentei-me no banquinho da saleta, onde eu havia estado mais vezes do que gostaria. Era a primeira vez que eu visitava o Dr. Beaton sem apresentar o menor corte sequer. Quanto progresso.

— Perdoe-me por fazê-lo esperar — disse o Dr. Beaton, ajeitando os óculos no nariz. Suas roupas ainda estavam desalinhadas, e o cabelo todo desgrenhado. — O que queria falar comigo?

Contei-lhe sobre o meu encontro com a Banshee mais cedo, e tive a impressão de que ele estava se segurando para manter o foco e não me encher de perguntas a respeito da *faery*. Quando terminei o meu relato, ele inclinou a cabeça para trás e passou a mão pela barba.

— Alguém da vila irá morrer — murmurou ele. — Há algo que possamos fazer quanto a isso?

Balancei a cabeça, negando. Os anúncios das *banshees* não falhavam.

O Dr. Beaton suspirou, e pareceu já estar esperando por aquela resposta.

— O que eu não entendo — disse ele — é o aviso que ela fez a você. Não é um presságio de morte, pois, até onde sei, as *banshees* só preveem a morte de humanos.

— Mas há algo de errado acontecendo no Outro Mundo, não é só a maldição que se espalhou nas fazendas. E a *trowe* que trocou o bebê também deu a entender que algo perigoso e mortal está à solta na ilha.

— Sem querer ofender... O que é mais perigoso e mortal do que um *kelpie*?

Não era uma pergunta descabida. Os *kelpies* eram, de fato, uma das raças mais temidas dentre os *faeries*. Depois de pensar um pouco, respondi:

— Nesta ilha, nada.

O Dr. Beaton entendeu.

— Isso quer dizer que ele veio de fora — disse ele. — Um *faery* de outras terras.

— Então, é esse *faery* que causará a morte prevista pela Banshee? Será que ele planeja atacar as pessoas do vilarejo? Nesse caso, eu deveria ir ao Outro Mundo para descobrir.

— Não tire conclusões precipitadas — disse a Sra. Beaton.

Na porta, ela ninava o bebê *trowe* em seus braços enquanto ouvia a nossa conversa.

— Nem todo *faery* tem como objetivo direto os humanos — disse ela. — E, se há alguém na vila com quem você se preocupa — acrescentou com um sorriso discreto —, acho que o mais sábio é permanecer ao lado dela por enquanto, até sabermos com o que estamos lidando.

O Dr. Beaton assentiu.

— Vamos trabalhar em cima das pistas que temos, mas, por hoje, é melhor descansar. Está ficando tarde demais para pensar com clareza.

— Espero que consigam dormir — eu disse, pois o bebê *trowe* havia começado a gemer de novo. — Falamos para a *trowe* vir buscar seu filho verdadeiro, mas parece que ela não vem.

A Sra. Beaton bufou.

— Bem, era de se esperar. Eles não têm muito apego pelos filhos. — Ela continuava a ninar o bebê, que havia voltado a chorar. — Shh... — sussurrou, levando-o para o cômodo ao lado.

— Não vai ser fácil — disse o Dr. Beaton, esfregando os olhos. — Mas vamos cuidar dele o melhor que pudermos.

Eles deveriam estar bem cansados.

— Já está tarde. Acho que é melhor eu ir.

— Sim, sim — disse o Dr. Beaton, acompanhando-me até a saída. — Qualquer coisa, nossas portas estarão sempre... — O choro ficou ainda mais alto no outro cômodo. — Bethia, precisa de ajuda?

Meu coração começou a acelerar em resposta aos gritos do *trowe*, e quase senti pena dele. Os sons agudos que ele fazia não eram de um idioma *faery*, mas sentimentos puros, expressos de seu lugar mais profundo. E esse lugar gritava a dor da rejeição.

— Shh — dizia a Sra. Beaton. — Querido, eu estarei aqui por você. Se você desejar...

Silêncio no cômodo ao lado. Havia algo estranho no ar.

Então, começou a ventar dentro da casa, com correntes de ar dando voltas, fazendo voar folhas de anotações, levantando a poeira das estantes.

— O que está...? — perguntei.

A ventania parou tão repentinamente quanto havia começado.

— Mãe, você fez de novo?! — disse Ferris no cômodo ao lado.

— Foi sem querer! Foi ele que...

Fiz menção de ir até lá ver o que tinha acontecido, mas o Dr. Beaton bloqueou o meu caminho e me indicou a porta.

— Bom, como você dizia, está tarde — disse ele, com um riso nervoso. Já estava me empurrando pela porta. — Bom descanso.

— Espere, aconteceu alguma coisa, não?

Tentei esticar o pescoço para espiar, mas o Dr. Beaton se colocou na minha frente.

— Minha esposa abriu a porta da frente e acabou entrando vento, só isso. Boa noite.

— Mas...

Ele fechou a porta na minha cara, e eu fiquei sem saber o motivo da comoção que vinha lá de dentro.

***

Em uma concordância silenciosa, todos da vila decidiram que medidas tomariam para combater a maldição que se abatia sobre a região: eles dariam uma festa.

Não era uma festa qualquer, claro, e até eu sabia disso. Era a comemoração do solstício de verão, época em que o mundo dos humanos e o mundo dos *faeries* se aproximavam e a magia se tornava mais forte. Todos os anos, eles aproveitavam essa magia para pedir por uma boa colheita, proteção aos animais e saúde aos seus entes queridos.

— Se essa superstição é a nossa última chance — ouvi o pai da Aileen dizer —, nós vamos nos agarrar a ela.

Desde o nascer do sol, as mulheres da vila se ocuparam em colher flores selvagens e enfeitar todas as casas, além de cuidarem das bebidas e da comida. Fui requisitado em minha forma de cavalo para buscar, com os homens, a turfa que eles saíram para cortar e que eu carregava até a vila para formar uma grande quantidade de fogueiras.

Assim, ao longo do dia, quase não vi Aileen. Quando cheguei à vila com o primeiro carregamento, eu a vi andando de um lado para o outro, ocupada em organizar as garotas mais novas que a estavam ajudando com os preparativos. Ela parecia bastante concentrada em sua tarefa, mas, ao passar por mim, pude ver em seus olhos inchados uma fagulha de esperança.

Era a mesma fagulha que crescia dentro dos demais moradores da vila a cada gota de suor que derramavam ao trabalhar, a cada flor amarela que penduravam nas portas das casas. Eu mesmo podia sentir uma energia diferente agitando-se no ar à minha volta e me contagiando. A batalha não estava perdida.

Ainda estava decidido a descobrir que *faery* misterioso era aquele que havia chegado à nossa ilha, e o que ele planejava. Mas, por ora, garantir aquele festival era o mais importante. Ele tinha um significado muito forte para todos os humanos.

O festival duraria do pôr do sol daquele dia até o do dia seguinte. Lá pelo meio da tarde, a família da Aileen voltou para a fazenda para se aprontar.

— Prontinho — disse ela, ao terminar de pentear a minha crina. Pelo jeito, eu também precisava ficar bonito para a ocasião.

O pai dela estava amarrando algumas sacolas às minhas costas, e, depois de verificar que estavam bem presas, foi buscar os queijos e bolos de aveia que eu levaria para a festa.

— Agora é a minha vez de ir me arrumar — disse Aileen.

Ela apertava a escova em suas mãos. A tensão por tudo o que estava acontecendo e o medo de perder a fazenda ainda estavam lá, tão presentes que eu podia sentir o seu cheiro. Mas havia também a vontade de lutar, mesmo que tudo o que ela pudesse fazer fosse pendurar flores para que o sol contido nelas espantasse a escuridão.

Queria lhe contar sobre o que havia conversado com o Dr. Beaton e sobre a morte prevista pela Banshee. Porém aquilo teria que ficar para outra hora. Eu não iria estragar o seu festival.

Aileen foi para casa, e eu fiquei esperando os humanos do lado de fora. Enquanto esperava, senti meu fardo ficar um pouco mais pesado.

— Para você — disse o Brownie, em minhas costas, ao amarrar um pequeno ramalhete de flores na minha bagagem. Eu não saberia dizer se ele estava sendo legal ou apenas tirando uma com a minha cara.

— Vai conosco? — perguntei.

— Muitos pernudos bêbados em um lugar só. Prefiro comemorar aqui mesmo.

Ele pulou para o chão e saiu cantarolando algo sobre cevada e fermentação, usando uma flor como chapéu. Eu me perguntava o que os humanos pensariam se vissem uma flor dançante mergulhar em uma caneca de cerveja. Será que era assim que surgiam as histórias de *faeries* mais estranhas?

Quando a porta da casa se abriu, esqueci o que estava pensando. Meu queixo caiu, e eu espero não ter babado. A Aileen parecia uma fada da luz, pois quase chegava a machucar os meus olhos. Vestia um corpete preto por cima da camisa branca, e tinha os cabelos trançados e presos, deixando à mostra a curva elegante de seu pescoço.

— Olhe só para você! — exclamou o seu pai. — Parece a sua mãe.

— Espero que ela esteja nos vendo agora, porque faremos deste festival o mais lindo de todos — disse ela, ajeitando as saias.

Seu pai assentiu.

— Todos prontos? John? Por que a demora?

O Velho John saiu da casa, e só respondeu com um resmungo à pergunta sobre o que estava demorando tanto para fazer lá dentro. Com certeza não estava se esforçando para ficar mais bonito.

— Podemos ir? — grunhiu, e saiu na frente.

Seguimos em direção ao litoral, juntando-nos a outras pessoas ao longo do caminho. Perto da praia, grande parte dos moradores da região havia se reunido ao redor de um monte de turfa que eu havia ajudado a carregar para lá mais cedo. Vi a Aileen cumprimentar o ex-marido da Selkie junto ao seu pai e, depois, deixar os homens para ir conversar com algumas garotas.

As conversas animadas se transformaram em sussurros de admiração serena quando o sol tocou o horizonte. Os últimos raios de luz do dia coloriam o rosto da Aileen, mas eu suspeitava que ela emitia uma luz própria.

— É lindo, não é? — sussurrou ela, e talvez não se dirigisse a ninguém em particular.

Senti as rédeas me limitarem, e percebi que estava me inclinando na direção dela sem perceber. Aborrecido, dei-me conta de que o pai dela segurava as minhas rédeas enquanto conversava com umas pessoas. Eu queria poder assistir ao sol se pôr no oceano ao lado da Aileen, e comentar com ela sobre como era bonito, não importando quantas vezes nós víssemos o mesmo sol e o mesmo oceano. Mas só pude assentir de longe, comigo mesmo. Era lindo.

Assim que as águas engoliram o sol, a grande fogueira foi acesa. Canções começaram a ser cantadas enquanto o fogo era repartido entre as pessoas e carregado em uma marcha de volta para a vila.

Mais sacolas foram amarradas às minhas costas, pois, afinal, esse era o motivo de eu estar ali. Assim, seguimos pela estrada com o fogo do verão iluminando o caminho.

Ao chegarmos à vila, as pessoas se espalharam e foram acendendo as fogueiras com o fogo que traziam. Pareceram acender também os espíritos de cada um dos ali presentes, pois as sombras dos seus problemas foram se dissipando de seus rostos e sendo substituídas por sorrisos e pelo prazer do momento presente. Acho que a cerveja também tinha algum mérito nisso, é claro.

— Vó, onde estão os pratos que eu...

— E, como eu dizia, minha galinha havia posto um ovo de ouro puro, quando os *faeries*...

— Crianças, não vão se sujar!

As vozes, os encontros e a movimentação, junto à mistura de cheiros – fumaça, cozidos, bolos, suor, cerveja, flores –, eram estonteantes.

Fui preso a um poste de madeira fora do caminho das pessoas, que levavam comida e bebida de um lado para o outro, abraçavam os amigos, reuniam-se em rodas em torno das fogueiras. Alguns cantavam, e os mais velhos contavam histórias para os mais novos.

Sorte a minha ter vista para o círculo em torno de uma fogueira ao qual a Aileen e sua família haviam se juntado. Perto deles, também estavam os Beaton.

Eu era um observador à parte. Era uma situação engraçada estar bem no meio daquela grande festa, mas, ao mesmo tempo, não fazer parte dela de verdade.

— E seu sobrinho simplesmente deixou ele aqui e foi embora? — ouvi uma mulher perguntar para a Sra. Beaton.

— Sim, parece que eles estão em uma situação complicada — respondeu ela, ninando o bebê em seus braços. — Ele não me deu mais detalhes, mas vamos cuidar do seu filho o melhor que pudermos.

Não era possível que as pessoas fossem acreditar naquilo. Ninguém confundiria um *trowe* com um humano, não importa o quão feio fosse o tal sobrinho da Sra. Beaton.

— Pode contar com a nossa ajuda — disse a mulher, afastando o cobertor que envolvia o bebê para acariciar a sua cabeça.

Engraçado. De onde eu via, ele se parecia muito com um bebê humano. Seria possível que, ontem à noite, um sobrinho da Sra. Beaton tivesse mesmo passado por lá para largar o filho e desaparecer em seguida? E o bebê *trowe*, onde estaria?

Nesse momento, as pessoas incentivaram a Aileen a ir para o centro da roda cantar. Ela se levantou com a cabeça erguida e assumiu uma postura solene.

— Quando minha avó era apenas uma menina — disse Aileen, passando o olhar por cada um dos rostos presentes —, ela conheceu uma velha senhora que vivia sozinha em uma pequena cabana perto do mar. Essa senhora, durante todos os dias de verão, quando o sol brilhava sobre o oceano, mantinha os olhos no horizonte.

E, durante todas as noites de verão, quando as estrelas iluminavam o céu, ela cantava esta canção.

A esta altura, todos haviam silenciado em torno da fogueira. A Aileen colocou as mãos sobre o coração, ergueu o rosto e, então, cantou.

Não chore — você me disse
Naquela noite de verão

Sob o brilho de mil estrelas
A brisa trouxe o seu adeus

Não chore — você me disse —
Não chore, não chore não
Pois este laço que a nós dois une
Nunca deixarei se partir

Em uma noite como esta
Talvez num dia de verão
Seguirei estes teus versos
Que me trarão de volta a ti

Juntos veremos o dourado trigo
E o passar da estação
Por isso cante para que eu possa
Novamente vê-la sorrir

Naquele momento, as chamas da fogueira, as notas na voz da Aileen e os sentimentos daquela canção dançaram sob o céu noturno. Suavemente, a Aileen finalizou a música com os olhos nas estrelas.

Não chore — você me disse
E teceu essa ilusão
Eu beijei teu tão doce sonho
E canto esperando por ti

Hoje as estrelas ainda brilham
E a brisa sussurra um nome

Não demore — eu lhe disse
Naquela noite de verão

O último verso ecoou e desapareceu, deixando apenas o silêncio e os sentimentos contidos naquela canção. Então, todos começaram a aplaudir.

— Foi lindo! Cante mais uma!

— Mais tarde — prometeu ela. — Agora, quero ouvir uma história do Dr. Beaton!

Enquanto o Dr. Beaton era incentivado a ir à frente para contar uma de suas histórias, a Aileen saía da roda, talvez para buscar bebidas. Eu ainda me sentia inebriado pela música, e segui a Aileen com os olhos, sem saber que palavras eu queria dizer a ela naquele momento, mas com a certeza de que queria dizê-las.

No meio do caminho, o Desagradável a puxou pelo braço. Minhas rédeas se esticaram ao máximo. Percebi que sussurrava algo para ela, mas eu não conseguia ouvir o que era, com todas as vozes ao meu redor.

Ele não desistiu quando a Aileen se desvencilhou dele e tentou deixá-lo para trás. Sua próxima fala deve ter sido mais ousada, porque a Aileen ficou vermelha e o encarou de frente. A resposta dela foi aumentando de volume.

— ... não ouse! Só porque você salvou minha vida, não quer dizer que eu seja sua.

— Eu posso te ensinar a ser — disse ele, e voltou a pegar o braço dela. Sua expressão mudou.

— Me solta.

— Vamos lá, pare de bancar a difícil. — Então, ele se aproximou um pouco mais do ouvido dela com um grande sorriso. — Nós dois sabemos — disse, lentamente — que nenhum homem vai te querer com um corpo horroroso desses.

A Aileen arregalou os olhos, por um instante paralisada pelas suas palavras. Mas, em seguida, sua expressão se suavizou. Balançou a cabeça levemente e disse, devagar:

— Donnchadh, seu rosto não é horroroso.

Ele certamente não esperava por isso. O sorriso convencido desapareceu aos poucos.

— O quê?

— O seu rosto não é horroroso. Talvez algumas pessoas não gostem de suas cicatrizes, mas você sabe muito bem que eu não gosto é de *você*. Eu te detesto. Porém isso não significa que outra pessoa não possa gostar. — Ela deu um passo em sua direção, e ele recuou. — Encontre essa garota que veja em você algo que eu não vejo. Encontre essa garota de quem você goste de verdade e trate-a com carinho e respeito. Seja feliz com ela.

O humano recuou novamente, com a boca aberta.

— Faça isso, Don. Porque insistir em mim, apelando para a minha gratidão e para os meus medos, só por causa das suas próprias inseguranças, é uma coisa muito triste.

Ele apenas continuou a encará-la. À nossa volta, havia os risos e conversas do festival. Então, a voz dele ficou um tanto histérica.

— D-do que você está falando? Se acha muito esperta, não é?

— Me solta — disse ela, e seu corpo ficou tenso.

— Eu fui paciente esse tempo todo, e é assim que retribui?

— Já disse para me soltar.

Eu já não podia aguentar mais. Desfiz a mordidas o nó que prendia as minhas rédeas e dei o primeiro passo em direção a eles, mas outra pessoa interveio primeiro.

— Solta ela, Don — disse Ferris. — Agora.

O Desagradável hesitou ao perceber que estava começando a chamar a atenção das pessoas ao redor. Aproveitando o momento, Ferris pegou Aileen pela mão e a afastou de lá.

— Chega disso. Chega.

— Ferris, o que está fazendo?

— Esse babaca não vai mais te importunar.

Eles foram para o centro do círculo onde suas famílias estavam reunidas, e onde o Dr. Beaton havia acabado de contar uma história. Ferris limpou a garganta, pedindo atenção. Ele e a Aileen ainda estavam de mãos dadas.

— Sério, o que está fazendo? — sussurrou ela.

— Senhor McAulay — disse Ferris, postando-se em frente ao pai da Aileen. — Eu gostaria de pedir a mão de sua filha em casamento.

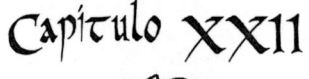

Capítulo XXII

Houve um silêncio atônito. Eu não sabia se havia ouvido direito. Talvez não tivesse.

O pai da Aileen teve a mesma dúvida.

— Você... Você quer casar com a minha filha? — Ele franzia a testa, como se fizesse esforço para entender aquelas palavras. — Tem certeza?

— Sim, senhor.

— Se for assim... Bem. Vocês têm a minha bênção.

Alguém gritou:

— Ferris e Aileen vão se casar! Um brinde aos noivos!

Copos foram erguidos, com muitos gritos de felicitações conforme a notícia ia se espalhando. Mas tudo isso se tornou um zumbido distante para mim. Não parecia real. Eu vi Ferris receber apertos de mão seguidos de gracejos e desejos de felicidade. Vi a Aileen ser rodeada por mulheres que a abraçavam e davam conselhos, e garotas mais jovens que saltitavam e lhe faziam perguntas.

E percebi que eu não queria ficar ali. Minhas pernas se moveram quase que por conta própria, lentamente me afastando do centro das celebrações. Ninguém me impediu quando eu deixei para trás a vila iluminada e penetrei na escuridão dos campos.

Estava sobre duas pernas agora e tinha necessidade de correr, e me percebi, pela primeira vez, sufocado por ter passado tanto tempo na forma de cavalo. Corri e corri, até que comecei a ofegar, e continuei correndo, e, se a lua que me observava me perguntasse do que eu estava fugindo, eu não saberia responder. Só sabia que não estava funcionando.

Quando me dei conta, estava diminuindo a velocidade até parar. Olhei ao meu redor, ouvindo apenas a minha respiração, os batimentos frenéticos do meu coração nos ouvidos e os sussurros distantes do festival.

Eu estava a meio caminho entre o rio e a fazenda. Minha única certeza na vida era que eu não queria voltar para a vila naquele momento, mas não havia lugar algum ao qual eu quisesse ir. Oscilei por algumas batidas de coração e resolvi que precisava tirar satisfações com o Brownie. Finalmente com um objetivo, decidi-me pela fazenda e voltei a correr e a evitar a todo custo pensar, como se não pensar fosse me ajudar a não sentir.

Ao me aproximar da casa, vi uma lâmpada a óleo na frente da porta. O Velho John estava sentado no degrau da entrada, bebendo. Eu não havia percebido que ele não estava no festival na hora em que o Ferris e a Aileen... Não. Celeiro. Eu tinha que falar com o Brownie.

Antes que eu pudesse fazer um desvio para evitar o Velho John, ele percebeu a minha presença.

— Você — disse ele, apontando uma caneca para mim. — Escute aqui.

Eu estava escutando, mas ele começou a encarar as flores da porta como se elas tivessem cometido algum crime, e pareceu perder o fio da meada. Saí de lá de fininho, antes que ele lembrasse que eu existia.

Entrei no celeiro e quase pisei no Brownie, que estava prestes a sair com um dedal de cerveja em uma mão.

— Já de volta? — disse ele, cantarolando. — Aceita uma...

— Você disse que ele nunca a pediria em casamento.

— Eu disse o que de quem?

— Você disse que o Ferris nunca pediria a Aileen em casamento — acusei, decidindo, no Brownie, o culpado por tudo aquilo. — Você. Disse.

— E você está gritando comigo porque...?

— Porque ele acabou de pedir!

Não era normal o Brownie ficar sem palavras, mas ali estava ele, parado de boca aberta, quase entornando o seu dedal de cerveja. Seu silêncio me irritou profundamente, pois eu estava decidido a me irritar com qualquer coisa que ele dissesse, e ele não estava seguindo o plano.

Quando abriu a boca para falar, esperei ansioso pelas palavras das quais eu iria discordar.

— E o que ela respondeu?

Eu não estava preparado para essa pergunta.

— Ela... Eu... — balbuciei. O que ela havia respondido? Ela *havia* respondido? Uma pequena fagulha de esperança se acendeu em mim, junto ao arrependimento por ter saído correndo sem ver o que mais aconteceu. — Eu não sei — murmurei.

— Sente-se aí, Kelpie, e se acalme.

Obedeci. O Brownie coçou a cabeça e suspirou.

— Por essa eu não esperava — disse ele. — De verdade. Estou no mundo dos humanos por tempo o suficiente para saber que, para alguém na posição do Ferris, seus pais não deixariam que fizesse uma loucura dessas. Mas, conhecendo os Beaton, bom. Eles amam a Aileen como se fosse da família.

— Quer dizer que não tem daquelas complicações sociais ou sei-lá-o-quê dos humanos?

O Brownie encolheu os ombros e colocou as palmas das mãos para cima, e eu quis bater nele. Não estava ajudando.

— O Ferris poderia muito bem escolher uma dama de mais classe, mas tanto eu quanto você sabemos que a Aileen é uma garota incrível, não é? — Assenti, sentindo um peso desconfortável no estômago. — Quanto a ela... O Ferris é o melhor amigo dela. É um ótimo rapaz. Se os dois se casarem, o problema das dívidas estará resolvido. Fora que, provavelmente, ela se mudaria com ele para uma cidade grande, onde ele terá uma bela carreira. Não teria mais que se preocupar com dinheiro, e teria uma bela casa, e vestidos, e...

— Já entendi — resmunguei, querendo muito que ele parasse de falar.

Lá no fundo, eu sabia. O Ferris poderia dar uma vida confortável à Aileen, e resolver todos os seus problemas. Era alguém a quem a Aileen poderia dar a tal chance verdadeira, alguém bom, que certamente a aceitaria do jeito que ela era. Já eu...

Eu? Eu não podia nem ao menos ficar ao seu lado durante o festival e assistir com ela ao pôr do sol. Eu não podia lhe oferecer nada. Diabos, eu nem mesmo era humano!

— Eu deveria ter ido a Tir nan Og junto com os outros *kelpies* quando tive a chance. Nada disso estaria acontecendo.

— Difícil competir com a promessa de felicidade e juventude eternas. Mas você preferiria mesmo nunca ter se envolvido com o mundo dos humanos?

— Sim — respondi, e inclinei a cabeça para trás, encostando-a na parede. Fechei os olhos. — Mas não. Não.

— Nossa, o amor é uma droga.

Assenti.

— Só faça-me o favor de sanar uma curiosidade minha. Você a ama o suficiente para deixar que ela se case com o cara perfeito para ela, ou você a ama o bastante para intervir?

— Se tem uma coisa que eu aprendi aqui, Brownie, é que a escolha deve ser dela também. — Eu me endireitei. Havia tomado uma decisão. — Porém não quero que decida sem saber o que eu sinto. Preciso contar a ela.

— Esse é o espírito — disse o pequeno *faery*, erguendo o dedal de cerveja como se fizesse um brinde. — Aceita um gole?

Aceitei. Virei tudo em um gole minúsculo.

— Amargo — eu disse, com uma careta.

— Se não gosta, não deveria beber toda a minha cerveja!

Assenti, distraído. Eu estava me sentindo mais melancólico do que gostaria. Acabou se formando um silêncio entre o Brownie e eu. Ele parecia hesitante, talvez achando que deveria dizer algo para eu me sentir melhor. Ou,, mais provavelmente, só estava querendo o seu dedal de volta.

— Aqui está — eu disse, devolvendo-o. — Obrigado. Você estava de saída quando eu cheguei, não é?

Com um pequeno aceno de cabeça, ele confirmou. Pareceu quase tímido, o que não combinava em nada com ele.

— Pois é, eu... Eu vi o John ali na porta, e pensei em, sei lá, beber com ele. Tudo bem que ele não pode me ver, mas, mesmo assim, bem. — O Brownie, então, ergueu os olhos, e havia um brilho alegre neles. — Hoje, alguém deixou um pedaço de queijo e um pouco de leite perto do fogo. Não sei se foi ele mesmo, depois de todos esses anos, mas... Bom. Gosto de pensar que sim.

Eu também esperava que sim.

— A noite do festival ainda não acabou. Vá lá aproveitar.

— Vou mesmo. — Ele começou a caminhar para a porta. — E, Kelpie?

— O que foi?

— Boa sorte.

— Obrigado.

— Eu quis dizer boa sorte *mesmo*. Se você precisa pedir conselhos amorosos a um *brownie* que passa o festival de verão bebendo com um velho que não o vê, você deve estar muito ferrado mesmo.

— Vá embora de uma vez!

Ele saiu com aquele sorriso torto de sempre, e eu estava muito cansado para me esforçar em não sorrir um pouco também. Agora, eu estava sozinho no silêncio. Aquela seria uma longa noite.

Foi tão ruim quanto eu pensei. Não dormi por um instante sequer, e, ao amanhecer, eu não estava nem um pouco mais próximo de saber o que dizer à Aileen. Eu havia começado a nutrir uma pequena esperança de que, por mais absurdo que fosse, ela gostasse um pouco de mim. Porém, eu tinha mesmo o direito de pedir a ela que abandonasse a chance de um futuro para... Para quê?

Que ideia absurda.

— Eu não posso fazer isso — falei comigo mesmo, andando em círculos. — Não mesmo. De jeito nenhum. Onde eu estava com a cabeça?

Meu coração fugiu do peito quando a porta se abriu, o que foi seguido por uma decepção desconcertante ao perceber que era o pai da Aileen quem me trazia o café da manhã.

— E a Aileen?

— Ela tem coisas para resolver agora — disse ele, com uma nota de orgulho na voz. — Pediu para eu lhe trazer isto.

Aceitei a tigela por reflexo, mas não tinha qualquer vontade de tocar na comida. Diante do meu silêncio, o pai da Aileen pigarreou.

— Quando terminar, venha para fora. Como cavalo, é claro.

Devo ter assentido, não sei. Estava ocupado olhando para o conteúdo da tigela – sobras da noite do festival – como se ele fosse capaz de me dar as respostas pelas quais eu estava faminto, mesmo que não tivesse coragem para fazer as perguntas. Era esperar muito de meros pedaços de pão e alguns ossos, não?

Pensando bem, até que ainda havia carne grudada nos ossos, e eles estavam com cara de saborosos. Acabei decidindo comer, e não me arrependi. Agradeci às sobras pelo único conforto que eram capazes de me oferecer, e saí.

A alegria das festividades ainda estava no ar, e eu podia ver alguns fazendeiros ao longe guiando seus animais pelos campos. Trotei até onde o pai e o tio da Aileen me esperavam, e acabei pegando o final de sua conversa.

— Como os pais dele estarão junto, acho que não tem problema — respondia o Velho John, apertando os olhos diante da claridade do dia e parecendo ter passado por uma noite tão difícil quanto a minha. — Mas, no nosso tempo, não seria bem visto ela visitar o noivo sozinha.

— A Aileen e o Ferris já se encontraram sozinhos muitas vezes, oras — riu-se o outro. — Se conhecem desde a infância.

Mexi as orelhas. A Aileen tinha ido se encontrar com o Ferris tão cedo de manhã? A minha oportunidade de falar com ela começava a me escapar. Só esperava não ser tarde demais.

Os homens me levaram para trabalhar. Dando continuidade ao dia anterior, tive que carregar novas levas de turfa para formar duas grandes fogueiras. Elas seriam compartilhadas por outras famílias, então mais pessoas apareceram para ajudar a montá-las. Eu e o pai da Aileen ficamos encarregados disso enquanto o Velho John foi solicitado para outra tarefa na casa do Proprietário, mas eu não me incomodei com a sua ausência.

Quando as fogueiras estavam para ser acesas, trouxemos as vacas da fazenda. Elas seriam guiadas por entre as duas grandes fogueiras para que o fogo lhes conferisse proteção. Ao nos aproximar com elas, vi que a Sra. Beaton se juntou às pessoas ali presentes, e foi ela a acender uma das fogueiras. Tive a impressão de vê-la conversar com o fogo, que subia em labaredas altas, mas controladas.

O pai da Aileen e os outros fazendeiros guiaram os seus animais por entre o fogo, e eu assisti ao ritual com o pensamento em outro lugar – o lugar onde estava a Aileen, é claro. Por isso, demorei a perceber o que acontecia quando uma das mulheres começou a me puxar pelas rédeas em direção às fogueiras.

— Sr. McAulay, seu cavalo já passou por elas?

Ele olhou para mim com dúvida, e eu tive o mesmo receio. Parte do motivo do fogo era pedir proteção contra *faeries* malignos. Isso significava que o fogo iria me proteger, ou era mais provável que ele me reconhecesse como um *faerie* maligno e pulasse em cima de mim para me queimar vivo?

Não tive que descobrir, pois, nessa hora, a Aileen se aproximava de nós. Meu coração disparou ao vê-la.

— Ah, já de volta? — disse o seu pai, com um sorriso enorme. — Já que está aqui, pode me ajudar? Leve o... — Ele apontou para mim. — Leve ele para a vila com a turfa que sobrou. Devem estar precisando por lá.

Aileen assentiu, mas ficou torcendo a barra do avental.

— Pai, eu... — ela começou a dizer, e parecia evitar olhar para mim. — Podemos conversar?

Uma mulher acenou para a Aileen e a cumprimentou pelo noivado. Outras pessoas cumprimentaram o pai dela. Havia muita gente indo e vindo à nossa volta.

— Sobre o que você quer conversar? — perguntou o pai da Aileen.

— Pode ser mais tarde.

Colocaram a turfa excedente nas minhas costas, e a Aileen me guiou em direção à vila. Esta poderia ser a minha chance de falar com ela.

Pegamos o caminho pela estrada aberta, onde qualquer um poderia nos ver de longe. Desse jeito, não tinha como eu me transformar na minha forma humana para falar com a Aileen. Pensei em sugerir o caminho do rio com o olhar, mas ela não olhava para mim e andava depressa, quase me deixando para trás.

Chegamos à vila e algumas pessoas vieram descarregar a turfa que trazíamos.

— Obrigado — disse um dos homens, colocando um feixe em seu ombro. — Por aqui já temos o suficiente também. Por que não leva o último para a casa de vocês?

Aileen agradeceu, e um feixe permaneceu em minhas costas.

— Aliás, parabéns pelo noivado! — disse o homem antes de se afastar.

Tentei perscrutar o rosto da Aileen, mas, mais uma vez, ela se manteve de costas para mim. Eu já estava considerando me transformar ali mesmo para pedir que ela me olhasse nos olhos e conversasse comigo, me explicasse, me ouvisse, me respondesse!

— Aileen, você viu o Angus?

Virei-me para a mulher que a abordou. Ela parecia aflita.

— Desculpe, não o vi hoje. Por quê?

— Achei que ele fosse passar a noite na casa de um amigo, mas me disseram que ele não esteve lá. Não consigo encontrá-lo.

— Vai ficar tudo bem — disse a Aileen, e segurou as mãos da mãe do menino. — Ele pode ter ido brincar no rio. Vou passar lá, e, se o vir, mando voltar para casa. Tudo bem?

A mulher assentiu em agradecimento e logo se virou para perguntar a outras pessoas.

— Vamos — Aileen disse baixinho para mim.

Fizemos o desvio no caminho para a fazenda, indo até o rio. Lá, o terreno irregular fornecia maior privacidade, com as pequenas colinas nos escondendo dos olhares de quem estivesse na vila.

Começamos a subir o rio, e eu soube que aquela era a minha chance. A Aileen andava à minha frente. Mudei para a minha forma humana e respirei fundo, ajeitando o feixe de turfa no meu ombro. Agora que havia chegado a hora, percebi a boca um pouco seca demais, e as palmas das mãos um pouco molhadas demais. Tomei coragem, sequei as mãos nas minhas roupas, e abri a boca para chamar o seu nome.

Nesse momento, porém, um cheiro saboroso inundou as minhas narinas e encheu a minha boca de saliva. Pego de surpresa, demorei um segundo a mais para reconhecer aquele cheiro e lembrar o que ele significava.

Sangue humano.

A Aileen estava parada poucos passos à minha frente, e corri para alcançá-la.

— Aileen, não! Não olhe — gritei, colocando minha mão sobre os seus olhos.

Tarde demais. A Aileen havia visto.

Ela se dobrou ao meio e vomitou.

Na margem do rio havia sangue. E, de seu dono, tudo o que restava era um pequeno fígado humano e uma escultura de cavalo feita em madeira.

— N-não...

— Aileen, tudo bem — eu disse, abraçando-a quando suas mãos começaram a tremer, mas sabia que era mentira. Não estava nada bem.

Eu não queria que ela tivesse visto aquilo. Forcei-me a olhar para o sangue novamente, na esperança de que fosse algum engano, mas sabia que não podia ser. A previsão de morte da Banshee havia se concretizado.

Pela primeira vez, o sangue que manchava a pequena escultura de cavalo me fez sentir ânsia de vômito também. Trinquei os dentes, com a Aileen em meus braços, e a apertei forte quando ela começou a soluçar.

Pela visão periférica, percebi uma sombra escura se formar no rio, e fiquei alerta. Aquela sombra se aproximou da superfície até revelar longos cabelos negros.

O que saiu daquelas águas foi a criatura mais bela que eu já vi em toda a minha vida. Ela tinha pernas longas, um corpo esguio e postura elegante. Seus olhos eram escuros e misteriosos como as águas mais profundas, e seus cabelos caíam em ondas por seus ombros e costas. Trajava um vestido verde, a cor favorita das *faeries*.

— Bom dia — disse-me ela, com um sorriso aberto. — Bem que eu senti o cheiro de outro *kelpie* por aqui.

Eu não sei se consegui balbuciar alguma resposta.

— Achei que todos os *kelpies* desta ilha já tivessem partido para Tir nan Og — continuou ela. — O rio estava vazio.

— E partiram — eu disse, quando encontrei a minha voz. — Quero dizer, menos eu. Desculpe-me, mas de onde você veio?

— Do norte, é claro — riu-se ela. — Peguei um barco até aqui. Quis verificar o que havia por essas terras antes de ir para Tir nan Og, mas fico feliz por ter encontrado alguém de nossa espécie. — Percebi o seu olhar me medindo de cima a baixo. Pelo menos, ela pareceu aprovar. — Você é forte — disse, em um comentário casual. — Gosto disso.

Minha cabeça girava. Fazia tanto tempo que eu não falava com outros *kelpies*, que já havia me esquecido de como somos mais simples que os humanos.

— Obrigado — respondi, sabendo que não havia nada nas entrelinhas, nenhum sentimento complexo ou segundas intenções. Ela apenas havia gostado de mim e resolvera me dizer, o que lembrava muito o modo como eu havia abordado a Aileen pela primeira vez quando a encontrei à beira do rio. Constrangedor.

— Aliás, quem é ela?

Por instinto, eu havia tentado esconder a Aileen às minhas costas. Suas mãos se agarravam à minha camisa com força. Eu precisava afastá-la da *faery*.

— Peço desculpas. A situação é um pouco complicada.

A Kelpie Fêmea farejou o ar.

— Ela é humana, não é?

— Sim.

— Ela é sua presa? — indagou, confusa. — Por que você está... Oh! — exclamou, enxergando o brilho da minha corrente de prata no pescoço da Aileen. — Um contrato. É por isso. Quer que eu a mate para você?

— Não — rosnei.

A bela *faery* deu um passo para trás, ficando ainda mais confusa. Tentei me acalmar. Eu sabia que ela não tinha culpa, só estava tentando ser gentil.

— Sinto muito se o ofendi de alguma maneira — disse ela, com toda a boa educação de nossa espécie. — Não foi a intenção.

— Tudo bem. Mas, se me permitir um pedido, por favor, não faça mais as suas caçadas perto desta vila. — Então, olhei diretamente em seus olhos, tão parecidos com os meus. — E perdoe-me pela ameaça, mas, se você machucar esta humana, eu nunca a perdoarei, com ou sem contrato.

A Kelpie Fêmea abriu a boca, mas teve sua atenção voltada para alguém que se aproximava. O pai da Aileen, o Velho John e o Ferris haviam nos visto e vinham em nossa direção. Já estavam próximos o bastante para terem enxergado o sangue aos nossos pés.

— Mas o quê...? — Ferris começou a dizer, tampando a boca ao olhar para o sangue e o fígado. Seu rosto ficou pálido.

— Você fez isso, Kelpie?

O Velho John não disse nada, apenas tirou o facão da cintura.

— Ferris, tire a Aileen daqui — implorei. — Por favor.

Ele hesitou um pouco, mas se aproximou e soltou as mãos da Aileen que se seguravam em mim. Colocou um braço sobre seus ombros e começou a afastá-la de nós. Olhou para trás uma vez, e eu assenti com toda a minha gratidão.

Aileen se deixou ser levada e ainda parecia estar em choque. Porém, fosse lá o que acontecesse agora, ela estaria segura.

— Como você pôde? — disse o pai dela. Ele mantinha certa distância e me olhava com nojo. Me olhava como o monstro que eu era. — Depois de todo esse tempo, cheguei até a pensar...

O Velho John chamou sua atenção, indicando a Kelpie Fêmea.

— Ela é uma deles — disse, dando um passo à frente.

Postei-me entre eles.

A *faery* colocou a mão sobre meu ombro.

— Parece que sabem quem nós somos. Juntos, podemos nos livrar deles.

— Não — eu sibilei.

— Ela vai pagar, assim como você, Kelpie — disse o Velho John.

— Deixem-na em paz — eu disse, plantando-me firme entre os humanos e a *kelpie*.

— Você a está defendendo?! — disse o pai da Aileen.

Minha cabeça estava prestes a explodir.

— Por favor — sussurrei à Kelpie Fêmea, às minhas costas, no idioma dos *faeries* da água. — Pule no rio e vá embora. Eu resolvo isso.

— Mas...

— Por favor.

Seus lindos olhos escuros encontraram a seriedade dos meus, e ela assentiu. Rápida, mergulhou no rio antes que os humanos percebessem o que ela ia fazer.

— Ela fugiu!

Vasculharam a água com o olhar, mas, mesmo que mergulhassem atrás dela, não conseguiriam encontrá-la. Agora, só tinham a mim para culpar, e fariam o melhor uso possível desse fato.

— Para o chão, Kelpie! É uma ordem.

Fiquei de joelhos sem oferecer resistência.

— Amarre as mãos dele.

Usaram a corda que prendia o feixe de turfa para amarrar as minhas mãos às costas. Enquanto o pai da Aileen apertava os nós, tentei, desesperadamente, pensar em como contar a verdade de uma maneira convincente.

— Escutem, não tive nada a ver com...

Antes que eu terminasse, o Velho John golpeou o meu queixo com o cabo do facão, quase me derrubando. Senti gosto de sangue.

— Cale essa boca mentirosa! Eu sabia que isso ainda iria acontecer. Você e aquele outro monstro mataram uma criança inocente.

— Não — eu disse, e cuspi o sangue em minha boca. — O Angus sumiu durante a noite. Não posso ter feito isso.

— Você sumiu durante o festival também — disse o pai da Aileen.

— Para voltar à fazenda! Fiquei no celeiro a noite toda. — Então, eu me virei para o Velho John. — Você me viu, sabe que é verdade!

Seu rosto permaneceu quase inalterado, mas seu olhar vacilou por um instante.

— É verdade, John? — indagou o outro, franzindo as sobrancelhas.

— ... não. Eu não o vi.

— Então, não há mais desculpas. Fique parado, Kelpie.

Eles trocaram um aceno, concordando entre si. O Velho John aproximou o facão de meu pescoço.

— Esperem!

Fiquei de pé e me afastei dele. Eu também poderia romper as cordas e libertar minhas mãos se quisesse, mas sabia que isso só pioraria a situação.

— Ajoelhe-se, Kelpie. É uma ordem!

— Eu não sabia sobre a outra *kelpie* — insisti, ainda de pé.

— Por que não está obedecendo?

— A Aileen disse que eu não preciso obedecer a ordens de vocês que coloquem a minha vida em risco — lembrei, grato por aquela ordem salvar o meu pescoço agora.

Os dois homens me encararam com ódio.

— Caminhe em direção ao celeiro — o pai da Aileen disse. — E não tente nada.

Isso eu obedeci, com minha atenção na faca do Velho John que eu sabia estar bem às minhas costas.

Quando chegamos ao celeiro, me empurraram para dentro.

— Não saia daí — rosnou o Velho John, e fechou a porta.

Aproximei-me da porta, conseguindo ouvir um pouco da conversa entre os dois homens.

— Só a Aileen pode ordenar a sua morte — dizia o pai dela.

— Podemos matá-lo sem lhe ordenar nada — replicou o outro.

— É muito arriscado, você viu do que ele é capaz. Vamos ter que falar com a Aileen quando ela estiver se sentindo melhor.

A conversa se afastou do celeiro, e não pude ouvir mais nada. Suspirei, batendo a cabeça contra a porta. E bati de novo, e de novo, com os dentes trincados, e eu soube que estava tudo acabado.

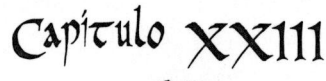

Capítulo XXIII

Soltei as cordas das minhas mãos quando meus braços começaram a doer demais. A noite chegou e passou, e o outro dia também começou a passar, mas minha espera continuava, e ninguém apareceu.

Eu esperava que a Aileen estivesse bem. Sabia que ela tinha carinho por aquele jovem humano e deveria estar sofrendo por ele. Talvez eu não pudesse ter impedido a sua morte, já prevista pela Banshee, mas queria, com todas as minhas forças, ter sido capaz de impedir que a Aileen o tivesse visto daquela maneira. Foi um jeito cruel de descobri-lo.

Além disso, outro pensamento me atormentava: agora, ela havia visto, com seus próprios olhos, do que um *kelpie* era capaz. Ela havia visto do que *eu* era capaz.

Nos últimos meses, desde que havia conhecido a Aileen, eu passara a amá-la de verdade, e gostava de acreditar que ela gostava um pouco de mim também. Porém o que ela pensaria agora, tendo visto a crua realidade? Por mais que tivéssemos nos tornado mais próximos, ela não poderia mais fingir que eu não era quem eu era.

Ou, talvez, fosse eu quem devesse parar de fingir para mim mesmo.

Meu coração saltou quando ouvi um barulho na porta. Quem entrou foi a pessoa que eu menos esperava ver.

— Ferris? — perguntei, levantando-me. — Como a Aileen está?

Ele cruzou os braços e, como sempre, pareceu desconfortável na minha presença.

— Triste e abalada como todos, mas vai ficar bem. Pediu para ficar sozinha hoje.

Relaxei um pouco ao ouvir isso. Era bom ouvir boas notícias. Meu próximo pensamento, entretanto, era uma indagação sobre o motivo de o Ferris estar aqui. Ele parecia ter algo para me dizer.

— Você fez aquilo? — perguntou, olhando-me nos olhos.

— Não.

O Ferris assentiu consigo mesmo.

— Eu não achei que tivesse feito — disse ele, desviando o olhar para as paredes de pedra. — Não acho que faria algo que magoasse a Aileen.

Agora eu estava surpreso. Ele acreditava em mim?

— Você gosta dela, não gosta? — perguntou, pegando-me desprevenido.

— E-eu... Como você...?

Ele bufou.

— Olha, eu vim aqui porque tem uma coisa que achei que você precisava saber. A Aileen recusou o meu pedido.

Apesar de toda a confusão, naquele momento o meu coração flutuou.

— Ela o quê?

O Ferris soltou o ar e massageou a nuca.

— As palavras exatas foram "você ficou maluco?".

Então, ele deu um riso curto.

— Foi um pedido impulsivo, mas, para falar a verdade, para mim estaria bom me casar com a minha melhor amiga. Nós nos damos bem, e acho que daria certo. Para mim é o suficiente. — Ferris olhou para mim. — Para a Aileen, não. Ela se permitiu desejar mais. Agora, ela quer se casar por amor.

Meu coração estava acelerado. Eu ainda não ousava conectar todos os pontos, mas, se a Aileen havia recusado o pedido do Ferris...

— Por isso, você precisa ir falar com ela. A Aileen costuma ir sentar perto do carvalho quando quer pensar sozinha. Vá procurá-la e resolva logo essa situação.

Eu me aproximei da porta e olhei lá para fora, em direção ao rio. O céu acima dos campos estava cheio de nuvens escuras.

— Mas eu não posso sair do celeiro por vontade própria.

Assim que me virei para o Ferris, fui recebido por um soco na cara que me fez tropeçar e cair para fora do celeiro.

— Ai! — protestei, mais por causa do susto do que pelo soco.

— Ai! Ai! Ai! — disse ele, massageando os dedos.

— Desculpe, mas a minha cara machucou a sua mão?

— Cala a boca. Você mereceu essa por roubar a minha noiva. — Ele, então, deu um sorriso leve. — Agora, espero que se responsabilize por isso. Vá lá. Vocês dois precisam conversar.

Assenti, com um novo respeito por ele. Ferris podia não gostar nem um pouco de mim, mas sempre seria o melhor amigo da Aileen.

— Obrigado — eu disse.

Sem hesitar mais, corri em direção ao rio.

***

Quando, já ofegante, avistei o carvalho à beira do rio, diminuí o passo. Aileen estava sentada à sua sombra, quase como no dia em que eu a vi pela primeira vez. Hoje, porém, o céu estava carregado com nuvens pesadas e ameaçadoras, e ela não cantava.

— Aileen.

Ela se virou ao ouvir seu nome, e ficou de pé.

— Kelvin? O que faz aqui? — disse, tocando a corrente de prata em seu pescoço, e deu um passo para trás.

Meu coração doeu.

— Você está com medo de mim?

Ela mordeu o lábio e balançou a cabeça.

— Não — disse baixinho. — Não.

Meus sentimentos estavam entalando na minha garganta.

— Tem uma coisa que eu preciso te contar — eu disse.

Ela se afastou um pouco mais.

— Não precisa dizer nada. Eu sei que você não fez aquilo. Eu sei. — Antes que eu dissesse algo, ela continuou. Ergueu a cabeça, e, em seus olhos verdes, havia dor, mas também a força que eu já conhecia bem. — Por isso, eu vou te libertar do contrato.

— O quê?

— Deveria ter feito isso antes. Eu sei que você é um *kelpie*, sei o que isso significa... Mas não acredito que você mereça morrer. Não quero ordenar sua execução. — Ela respirou fundo. — Há muito tempo, no seu primeiro dia de trabalho na fazenda, você me disse que foi um erro tentar me levar como esposa. Que, se eu o libertasse, você iria embora para sempre e nunca mais voltaria.

— Aileen, não...

— Aceitarei a sua proposta. Vá embora para Tir nan Og, do jeito que tinha planejado...

— Eu preciso te dizer...

— ... e seja feliz lá, entendeu? — Ela parecia conter as lágrimas, e apertava os punhos com força. — Adeus, Kelvin. — Então, forçou um último sorriso. — Isso é uma or...

Ultrapassei o espaço que nos separava e a beijei nos lábios.

As mãos da Aileen tocaram o meu peito como se, por um

instante, tivessem a intenção de me afastar. Eu respondi ao seu toque, afastando-me, mas, então, ela me puxou de volta e retribuiu o beijo. Seu corpo relaxou em meus braços, e suas mãos quentes permaneceram pousadas sobre o meu coração.

— Pronto, falei — eu sussurrei, ao separar meus lábios dos dela.

— Droga, Kelvin — disse ela, escondendo o rosto em meu peito.

— Por que você torna tudo tão difícil? Por que você precisa ser tão... você? De todas as pessoas... Por que eu tive que me apaixonar justo por você?

— Apaixonar? — perguntei, gostando da palavra.

— Chega mais perto — murmurou ela, com o rosto vermelho.

Ela colocou uma mão em meu rosto e me guiou para mais perto, unindo seus lábios quentes e macios aos meus. Eu fechei os olhos, e a Aileen colocou os braços ao redor do meu pescoço. Abracei-a, sentindo o calor de seu corpo em contato com o meu, e nós deixamos que os nossos sentimentos transbordassem, sinceros, pois não havia mais como contê-los. Naquele momento, o resto do mundo pouco importava para nós dois. No final, essa foi a nossa escolha.

— Desisto, não há o que fazer — disse ela, com um sorriso, e pude sentir seu hálito em meu rosto. — Eu estou ferrada.

— Você? — Eu ri. — Que tal nos preocuparmos um pouco mais comigo?

Com uma expressão divertida, a Aileen estava prestes a replicar, mas o céu grunhiu e olhamos para cima. Gotas geladas começaram a cair sobre nós.

— É melhor corrermos.

A chuva caía com força total antes mesmo de alcançarmos o muro da entrada da fazenda. Olhamos um para o outro, encharcados, e começamos a rir. Não havia o que fazer. Caminhamos juntos na chuva, saltando os pequenos córregos que se formavam no chão. Com todos os sons abafados pela água ao nosso redor, era como se estivéssemos em um mundo só nosso, uma mistura de sua fazenda com o meu rio.

Quando alcançamos a casa da Aileen, eu parei antes de entrar. A casa estava vazia, mas, voltando à realidade, lembrei-me de que havia fortes motivos para eu não estar ali.

— Acho que eu deveria ir.

— Está tudo bem — Aileen disse, indicando-me a chuva que caía cada vez mais forte do lado de fora. — Isso vai durar a noite toda.

Meu pai e meu tio devem ficar na vila até amanhã. — Então, ela me encorajou. — Venha, entre.

Concordando com ela, eu fechei a porta. Acendi a fogueira enquanto a Aileen ia pegar umas toalhas. Eu estava alimentando o fogo quando ela jogou uma toalha para mim.

— Eu não me importo com a água, esqueceu?

— Eu sinto frio vendo você todo molhado — respondeu ela, sorrindo enquanto enxugava o rosto.

Enxuguei-me um pouco só para deixá-la feliz.

— Venha para perto do fogo antes que você congele — eu disse.

A Aileen se aproximou e começou a torcer a barra da saia. Coloquei a minha toalha sobre sua cabeça para enxugar os seus cabelos, apertando-os suavemente. Ela ergueu os olhos para mim, e, em seu olhar, havia amor. Acariciei o seu rosto, envolvido por aquele olhar.

Eu havia aproximado o meu rosto do dela, e nossas respirações se tornaram uma. Busquei a sua boca novamente, e nossos beijos se tornaram mais apaixonados, mais urgentes. Minhas mãos encontraram os botões do seu vestido, e ela prendeu a respiração por um instante. Busquei os seus olhos, sem saber se ela queria que eu continuasse. Com o rosto ruborizado, ela me deu um sorriso tímido. Beijou-me novamente, sem hesitação, e encontrou os botões da minha camisa, o que respondeu à minha pergunta.

Todos aqueles sentimentos eram novos demais para que eu soubesse colocá-los em palavras. Mas talvez eu pudesse expressá-los de outro jeito.

Então eu lhe expliquei sem pressa, e nos mais delicados detalhes, o quão intensamente eu a amava.

***

As chamas restantes da fogueira faziam sombras que dançavam no teto de palha da casa, e a chuva caía com força do lado de fora. Aileen, deitada em meus braços, tinha a respiração tranquila. Meus dedos traçavam, distraidamente, as irregularidades da pele das suas costas.

— Aileen — sussurrei.

— Hum? — disse ela, parecendo sonolenta.

— Eu sei que estou atrasado, mas me desculpe por ter tentado te sequestrar no dia em que nos conhecemos.

Ela riu.

— Não peça perdão, porque ainda vou usar isso contra você toda vez que discutirmos — disse ela, e eu podia ouvir um sorriso divertido em sua voz.

— Eu estava errado e quase fiz algo horrível. Sinto muito.

Aileen entrelaçou seus dedos nos meus.

— Não é que eu esteja te perdoando sem pensar. É só que você não é mais o mesmo daquele dia. — Então, ela disse bem baixinho: — Mas talvez não fosse tão ruim se você me sequestrasse agora.

— Você quer dizer fugirmos juntos?

— Uhum.

Considerei a ideia por um momento. Eu e a Aileen em um rio só nosso, no Outro Mundo, ou em uma vida eterna e sem preocupações, em Tir nan Og. Porém, por mais que eu tentasse, e por mais que a sugestão tivesse partido da Aileen, não consegui imaginar essa cena.

— Não. Você não quer isso de verdade, não é?

Ela suspirou suavemente.

— Nós vamos dar um jeito — prometi. — Você não quer abrir mão daquilo que mais ama, não é? A fazenda, sua família, seus amigos...

— E você — ela sussurrou. — Eu quero lutar por você também. Quero lutar por tudo isso.

— Então, irei lutar ao seu lado — eu disse, beijando-a no rosto. — E deveríamos tentar tomar as decisões juntos de agora em diante, e não um pelo outro.

— Combinado — Aileen sussurrou. — Juntos.

Ela se aconchegou um pouco mais em mim, e não falamos mais nada. Paramos de pensar no amanhã para apenas ouvir o som da chuva e sentir o calor um do outro. Fiz uma promessa silenciosa de que a amaria nos dias mais ensolarados do verão e nas noites mais sombrias do inverno. Eu a manteria segura em meus braços nas noites de tempestade, e veria todas as estações ao seu lado daquele dia em diante, pelo resto de nossas vidas.

Naquele momento, a respiração dela estava tão tranquila que imaginei que já estivesse adormecida.

— Aileen — sussurrei. — Você se casaria comigo?

Para minha surpresa, ela respondeu, tão baixinho que eu poderia confundir com o sussurro da chuva.

— Sim.

***

O sol ainda não havia nascido, mas já tinha parado de chover. Alimentei a fogueira e coloquei os cobertores sobre a Aileen para ter certeza de que estaria bem aquecida. Então, beijei-a na testa e saí.

O mundo parecia ter sido lavado pela chuva, e brilhava com as gotas que permaneciam presas às folhas das plantas e que pingavam do telhado da casa da Aileen. Reparei vagamente que um buraco havia sido cavado por debaixo do muro de pedra, e me perguntei o motivo daquilo. Sem ideias, dei de ombros. Hoje, eu havia tomado uma decisão, e tinha um objetivo claro em mente.

Rumei para a vila, que estava envolta pela névoa da manhã. Os moradores ainda dormiam, então pude andar por ali livremente. Fui direto para a casa dos Beaton e, para minha sorte, avistei a Sra. Beaton do lado de fora, manuseando seus vasos de plantas e tomando anotações.

— Bom dia — cumprimentou-me ela, franzindo um pouco as sobrancelhas. — Está cedo ainda. É urgente? Quer que eu chame o meu marido?

— Na verdade, é com a senhora que eu desejo falar.

Ela piscou surpresa, mas logo fez um sinal para que eu a acompanhasse aos fundos. Seguia-a, e ela pousou suas anotações no chão, sem entrar na casa. Supus que sua família ainda estivesse dormindo.

— Em que posso ajudá-lo? — perguntou-me, limpando as mãos no avental.

Eu não sabia como abordar o assunto, então decidi ser direto.

— Peço perdão pela intromissão, mas a senhora pertence ao povo *faery*?

A Sra. Beaton sorriu levemente e deu de ombros.

— Sabia que, em algum momento, você iria desconfiar. Antes de eu lhe responder, entretanto, será que você pode me dizer por que está me perguntando isso agora?

— Hã... É que eu... A Aileen... — Balancei a cabeça. Eu não ia conseguir começar a explicar a partir desse ponto de jeito nenhum. Minhas bochechas estavam ardendo. Procurei outro caminho. — Eu queria saber como é possível. Um *faery* viver como humano, com os humanos.

Pelo sorriso dela, tive a embaraçosa impressão de que ela havia me entendido perfeitamente.

— Já entendi. — Ela olhou para cima, para algum ponto além da névoa da manhã. — Bom, em primeiro lugar, peço que mantenha segredo sobre mim. Talvez, e apenas talvez, eu seja procurada no Outro Mundo por fugir de certas obrigações. E talvez eu tenha feito isso porque, apesar da magia que corre em minhas veias, eu tenha me apaixonado pela ciência dos humanos e, mais tarde, por um humano. Mas não pense que é tão simples. — Ela olhou em meus olhos. — Nem toda espécie de *faery* é capaz de conviver com os humanos. A maioria, como as *selkies*, não suporta reprimir sua verdadeira natureza por muito tempo.

— E não existe maneira desses *faeries* se tornarem humanos? Algo aconteceu naquela noite em que eu vim contar sobre a Banshee. O bebê de quem vocês estão cuidando, e que você diz ser de um sobrinho com problemas, é o mesmo bebê *trowe*, certo? Como você o transformou em humano?

— Calma, respire um pouco — disse ela, e fez uma pausa antes de continuar. — Um sangue *faery* poderoso corre em minhas veias, mas, mesmo assim, eu só consigo trazer para fora mudanças que já ocorreram por dentro. — Eu abri a boca, mas ela fez um gesto para que não a interrompesse. — Filho — disse-me ela, suavemente —, você conhece a magia poderosa de uma vida como *faery*. E, agora, conhece também um pouco da vida humana, não é?

Assenti. No mundo dos humanos, eu havia visto dificuldades que os *faeries* não enfrentavam. Porém, havia o amor de uma filha por seu pai, de um tio por sua sobrinha, de um amigo por sua amiga. Apesar de nem todos serem agradáveis, havia companheirismo entre os moradores da vila, as músicas e histórias que dividiam, a união de suas forças em momentos difíceis. Havia as manhãs de primavera, os brotos saindo da terra, a satisfação de um trabalho bem feito. E havia a Aileen.

— Se você pudesse escolher entre uma vida como *kelpie*, de juventude e felicidade eternas em Tir nan Og — perguntou-me a Sra. Beaton —, ou uma vida humana, de trabalho duro, ao lado da garota que você ama, o que você escolheria?

Olhei em seus olhos e respondi sem hesitar.

— Se eu pudesse escolher, eu seria humano.

A Sra. Beaton segurou as minhas mãos, com um grande sorriso se alargando em seu rosto.

— Se você é capaz de fazer essa escolha, filho, isso significa que você não é mais um *kelpie*.

Uma sensação estranha envolveu o meu corpo, mas eu não tive medo e, pelo contrário, comecei a rir ao sentir as correntes de ar e de magia *faery* agitando-se ao meu redor e dentro de mim. Céus, era tão óbvio!

Assim que a sensação passou, a Sra. Beaton sorriu e soltou as minhas mãos. Olhei para elas, como se as visse pela primeira vez. Para ser franco, eu havia acabado de descobrir que a acuidade visual dos humanos era melhor, pois eu enxergava melhor agora. Tudo era muito mais claro, inclusive em minha mente.

Eu não era mais um *kelpie*. Eu mesmo havia dito à Aileen, uma vez, que um *kelpie* não poderia escolher não caçar humanos, pois isso era contra a sua natureza. Um *kelpie* também não poderia amar uma humana e escolher viver com ela em terra.

Um *kelpie* não poderia fazer essa escolha. Um humano, entretanto, poderia.

Em meu coração, eu tinha deixado de ser um *kelpie* havia muito tempo.

— Obrigado — eu disse a Sra. Beaton, sem palavras para expressar o tamanho da minha gratidão.

— Que tal você ir contar logo a novidade a ela?

***

Em meu novo corpo humano – de verdade, não o disfarce de um predador –, eu era menos forte, e comecei a ofegar no caminho de volta à fazenda. A felicidade, entretanto, movia-me com toda a energia de que eu precisava, e eu quase comecei a cantar e a cumprimentar cada folha e pedra deste novo mundo que era tão bonito.

Ao chegar a casa, parei perto do muro para recuperar o fôlego. O céu começava a clarear agora, então talvez a Aileen já estivesse acordada. Abri a porta devagar.

— Aileen? — chamei, olhando ao redor.

Só o silêncio me saudou. A fogueira estava apagada, a palha espalhada pelo chão, e tigelas haviam sido derrubadas e quebradas. Aileen não estava ali.

Capítulo XXIV

— Aileen? — chamei mais alto.

Uma sensação gelada havia arrepiado a minha pele, e o fundo do meu estômago pesou.

Eu deveria estar enganado. Talvez ela tivesse saído com pressa. Talvez nada de ruim tivesse acontecido com ela no pouco tempo em que a deixei sozinha.

— Aileen! — gritei, saindo da casa.

Olhei ao redor. Onde ela poderia estar?

Então senti um cheiro estranho, e trinquei os dentes ao reconhecê-lo.

De trás da casa, vieram três *trowes* arrastando a Aileen.

— Seus...!

Antes que eu me movesse, um deles forçou a Aileen de joelhos no chão e colocou as mãos ao redor de sua garganta.

— Ordene que ele fique onde está, ou eu quebro o seu lindo pescoço.

— F-fique onde está — disse ela, tentando respirar.

Eu queria matá-los, mas não me aproximei mais. Não tirei os olhos do *trowe* com as mãos em torno do pescoço da Aileen.

— O que vocês querem? — perguntei.

— Você, é claro.

Com um gesto de cabeça, o líder chamou outro *trowe*, que veio choramingando e se arrastando, puxando correntes de ferro atrás de si. Apesar de segurá-las com um retalho de tecido, elas pareciam queimar suas mãos.

— Pare de se lamentar, sua estúpida. É isso que ganha por ter escondido a porcaria do filhote.

Tentei reconhecer a *trowe*, deduzindo que fosse aquela que trocou seu filhote pela criança humana. Porém, para mim, ainda eram todos iguais.

— Agora — disse o líder, ainda com as unhas sujas no pescoço da Aileen —, ordene que ele não resista, ou você já sabe o que faremos com você.

Ela olhou para mim com os olhos muito arregalados, mas apertou os lábios sem dizer nada. Assenti discretamente para ela e tentei lhe lançar um olhar confiante, esperando que ela lesse os meus lábios. "Tudo bem. Diga."

— Faça o que eles disseram — ela disse, em um fio de voz, e fechou os punhos ao lado do corpo.

Deixei que os *trowes* prendessem as minhas mãos com as algemas de ferro, e eles prenderam as correntes ao muro de pedra, passando-as pelo buraco que eu havia visto mais cedo. Minhas mãos estavam em minhas costas, e, com alguns puxões, constatei que as algemas eram bem sólidas. Não tinha como eu soltá-las.

— Você disse para estarmos preparados da próxima vez, Kelpie, e nós estamos. Agora, terá que nos obedecer. Você não sabe a surpresa que temos para você.

Os demais riram, mas eu os ignorei. Não tirava os olhos da Aileen, e queria lhe dizer algo que a acalmasse, e ameaçar arrancar as mãos de quem continuasse encostando nela. Porém, percebi que os *trowes* não haviam me ameaçado com a promessa de machucar a Aileen. Eles estavam ameaçando apenas a ela para fazer uso do contrato.

Nunca lhes passaria pela cabeça que o contrato não era a nossa única ligação. Essa era a nossa vantagem. Eu não podia deixar que descobrissem a verdade.

— Agora, humana, ordene ao Kelpie que ele obedeça as nossas ordens.

Pude ver que ela havia trincado os dentes, e seu olhar era um desafiador "não".

— Ordene! — gritou o *trowe*, e apertou com mais força as mãos ao redor de seu pescoço, puxando-a para perto de seu rosto asqueroso.

Aileen engasgou em busca de ar. Dei um passo para frente, mas as correntes me detiveram.

— Ordene — sibilou o *trowe*.

Puxei as correntes com força, querendo intervir, mas, então, ela disse baixinho com o ar que lhe restava:

— Está bem.

— O que você disse? — perguntou o *trowe*, soltando-a.

Aileen tossiu, massageando o pescoço. Então, inspirou uma vez e piscou lentamente, fechando os belos olhos verdes por um instante. Quando ergueu o olhar, havia uma forte determinação neles, e tive a impressão de já ter visto aquele olhar antes.

— Está bem — repetiu ela, em um tom que me soou familiar.

Ela se levantou e andou em minha direção com uma postura decidida, e os *trowes* não a impediram. Bom, isso era bom. Eles não a machucariam enquanto pudessem usá-la para me controlar por meio do contrato. Provavelmente, o contrato nem era mais válido agora que eu era humano, mas isso não vinha ao caso. Enquanto eles pensassem que o contrato existia, a Aileen estaria a salvo.

No entanto, por que aquele "está bem" dela me deixava tão inquieto?

— Aileen — sussurrei, quando ela se aproximou o suficiente. A atenção de todos estava em nós, e eu não podia dizer mais nada.

— Kelvin — sussurrou ela, e colocou as mãos em meu rosto, e passou os dedos pelos meus cabelos. — Me desculpe.

Então, eu me lembrei de quando havia visto aquele olhar e ouvido aquele tom de voz. Foi no dia em que nos conhecemos. Foi pouco antes de ela fingir aceitar os meus termos, logo antes de ela me enganar e me pegar desprevenido.

— Aileen, não!

Suas mãos encontraram as rédeas de couro em meu pescoço e, com um puxão, ela as arrebentou no ponto fraco. Atônito, vi as tiras de couro caírem aos nossos pés.

O contrato havia sido quebrado.

— Humana maldita!

Um dos *trowes* a puxou e a esbofeteou.

— Deixem ela em paz!

Aileen ergueu a cabeça e olhou diretamente para o *trowe*.

— Não sei o que querem com ele, mas eu me recuso a ser usada por vocês — disse, e o seu olhar era feroz.

O *trowe* levantou a mão novamente, mas o seu líder o impediu.

— Não temos tempo para isso. Temos um problema agora.

Os demais se remexeram inquietos. Não tinham como me controlar agora, e, se ousassem chegar um pouco mais perto, eu me sentia capaz de arrancar as suas cabeças mesmo de mãos atadas. Eu *queria* que chegassem mais perto.

— Vamos levar a garota — disse um deles, cheirando-a. — Tem cheiro de noiva — concluiu, com um sorriso desagradável nos lábios.

— *Ele* não se importa com noivas. Não é um *trowe*.

— Eu sei — grunhiu o outro. — Mas você quer ir de mãos vazias? Quando ele descobriu que essa inútil — ele apontou para a *trowe* que choramingava com as mãos queimadas — escondeu o filhote, só a deixou viver porque ela prometeu lhe levar algo melhor. O que acha que vai acontecer conosco se aparecermos sem nada?

Todos os *trowes* assentiram gravemente, como se soubessem a resposta.

— Uma humana é melhor do que nada — decidiram.

— Me soltem!

Eles a seguraram e começaram a arrastá-la consigo.

— Tirem as mãos dela! — gritei. — Eu vou matar vocês! Soltem ela!

Sem me darem atenção, tiveram que se concentrar em dominar a Aileen, que estava lutando para se libertar. A *trowe* das mãos queimadas jogou, por cima do ombro, a chave das minhas algemas, longe de meu alcance. Não me lançou nem mesmo um olhar enquanto eu continuava a gritar em vão. Só pude assistir à Aileen ser levada para longe até eu perdê-la de vista.

— Aileen...!

Tentei soltar as minhas mãos, e puxei as correntes de novo e de novo, com mais força. Finquei os pés no chão e puxei, e as algemas de ferro feriram os meus pulsos, mas eu não podia desistir, não ainda, não com a Aileen em perigo. Meus ombros começaram a doer como se meus braços estivessem prestes a serem arrancados, e as feridas nos meus pulsos ardiam, e eu continuei puxando, mas meus pés escorregaram na terra molhada e eu caí de joelhos, arfando.

— Droga! Droga!

Olhei para baixo e minha vista embaçou. Senti algo quente e molhado escorrer pelo meu rosto, deixando um gosto salgado em minha boca. Salgado como o mar.

— Droga...!

Por que eu tinha que ter comprado briga com os *trowes*? A Aileen não tinha nada a ver com isso. Eu não podia perdê-la. Não podia. Precisava ir atrás dela.

— Kelpie, aguente aí.

Uma fagulha de esperança se acendeu. Era a voz do Brownie.

— Eu vi tudo de longe — disse ele. — Onde está a chave?

— Rápido, Brownie — eu disse, levantando-me. — Ali, perto daquela pedra!

Ele correu para procurá-la, mas, assim que a tocou, soltou um grito agudo, e todas as minhas esperanças se foram.

— Ferro.

O Brownie olhou para mim, e eu trinquei os dentes. Não havia pensado nisso. A chave era grande o suficiente para ele ter que arrastá-la com ambas as mãos, e era feita de um material que ele não poderia sequer tocar.

O pequeno *faery* sabia disso. Porém, virou-se para a chave e respirou fundo várias vezes, como se tomasse coragem. Antes que eu pudesse dizer que não fizesse aquilo, ele a agarrou com ambas as mãos e gritou.

— Brownie...! — Engasguei.

Ele arrastou a chave por alguns passos, com o rosto contorcido de dor. Então, sem suportar mais, caiu de joelhos e a soltou, com as mãos em carne viva.

— Ah, ah... — Ele ofegava. — Sinto muito, Kelpie. Eu não consigo.

Balancei a cabeça, frustrado a ponto de doer, mas, ao mesmo tempo, comovido por ele ter tentado. Era preciso um humano para me libertar das correntes, mas, mesmo que o Brownie fosse pedir ajuda, nenhum humano o enxergaria, exceto...

— O Dr. Beaton! Chame o Dr. Beaton. Avise a ele que Aileen foi levada, e que a toca dos *trowes* fica perto dos rochedos. Peça para ele mandar ajuda para lá o mais rápido possível!

Sem perder mais tempo, o Brownie se levantou e saiu correndo em direção à vila. Só pude observar o pequeno *faery* lutar para ultrapassar a vegetação baixa que, para ele, era uma selva. Tentei não pensar em quanto tempo ele levaria para chegar à vila, considerando o seu tamanho.

Recusei-me a desistir. Segurei as correntes com força e continuei a puxá-las, deixando os nós dos meus dedos brancos. A dor crescente provava o quanto meus esforços eram inúteis, e não pude evitar o arrepio de arrependimento ao pensar que, se eu ainda fosse um *kelpie*, talvez fosse capaz de quebrá-las.

Afastei aquele pensamento. Eu me recusava a me arrepender daquela decisão. Precisava continuar tentando.

Pelo canto do olho, enxerguei um movimento ao longe e ergui a cabeça. Era o Velho John, que voltava para a fazenda. Ele percebeu que algo estava errado ao me ver acorrentado ao muro de pedra, e correu em minha direção.

— O que significa isso?

De alguma forma, pela primeira vez, eu estava aliviado em vê-lo.

— John, os *trowes* levaram a Aileen, precisamos correr!

— *Trowes*?

O Velho John correu para a porta aberta, e não demorou muito para voltar para o lado de fora com o rosto vermelho.

— Seu desgraçado, o que você fez?

— Foi minha culpa, ela quis me proteger! Eu devia tê-la protegido. Por favor, me solte. Eles não partiram há muito tempo, talvez eu ainda possa alcançá-los. A chave, eles a jogaram ali, na grama!

Com um olhar frio, ele pegou a chave e se virou para mim.

— Está mesmo pedindo para eu soltá-lo? Depois do que aconteceu com o pequeno Angus, até meu irmão concordou com a sua execução imediata, e agora você se atreve a...

— Aquilo foi um mal-entendido. Eu estive na fazenda aquela noite inteira, você até me viu, embora não se lembre... — Por um instante, pensei ter visto a sombra de algo que se parecia com culpa no rosto do Velho John, mas ela logo desapareceu. Calei-me por um momento, enfim entendendo. — Você se lembra, não é?

— Isso não importa.

— Você mentiu! Sabe que eu não tive nada a ver com aquilo!

Ele não respondeu.

— Estamos perdendo tempo! — Voltei a puxar as correntes. — Por favor, me solte. Me deixe salvar a Aileen!

— Cale a boca! Você mesmo disse que ela foi levada por culpa sua!

— Sim, eu...

— Você vai morrer aqui — sentenciou ele, abaixando a mão que segurava a chave, e tirando o facão do cinto.

— Por favor — sussurrei, com a voz presa na garganta. Fechei os punhos com força, e de meus pulsos escorreu sangue. — Se você me libertar agora, eu juro que irei retornar, e que deixarei que me mate, sem resistência. Só me deixe trazer a Aileen de volta. Por favor.

Com a ponta do sapato, o Velho John chutou os restos das rédeas de couro.

— Não seja ridículo. O contrato foi quebrado. Quer mesmo que eu acredite que você pretende salvá-la, com a promessa de sua própria morte ao retornar? Por que eu deveria acreditar em você?

— Eu... Eu a amo — sussurrei.

Fechei os olhos. Em minhas lembranças, vi a jovem humana que cantava canções de amor debaixo de um velho carvalho à beira do rio. Vi seu olhar determinado, seu sorriso de empolgação diante de uma nova ideia, e vi também seus dias de mau humor, suas palavras nada elegantes murmuradas ao ver alguém de quem não gostava. Eu percebia, agora, o quão cego eu era na primeira vez em que a vi: a Aileen era, na verdade, muito mais bela do que eu poderia imaginar.

Aquela era a única imagem que eu queria ver quando meu coração parasse de bater para sempre. A morte, porém, não veio tão rápido quanto eu imaginei, então arrisquei abrir os olhos.

O que eu encontrei foi um rosto velho e cansado, com o olhar em um lugar distante. Ele abaixou o facão até que o deixasse pendendo frouxo ao lado do corpo. Com uma voz rouca, quebrou o silêncio com uma pergunta estranha.

— De que cor você acha que as flores florescem — disse ele — em um mundo em que se perdeu quem você mais ama?

Eu não entendi o motivo da pergunta, mas ele ficou esperando minha resposta.

— Imagino que sejam cinzentas.

Para minha surpresa, ele balançou a cabeça em negação.

— Não. Elas florescem tão belas quanto antes — disse, com o olhar nas flores murchas na porta da casa. — E isso é ainda mais cruel.

Eu não era capaz de decifrar os sentimentos no rosto duro daquele homem, mas achava que entendia um pouco do que ele quis dizer.

— Não sei se posso aceitar que um monstro como você tenha coração. — Ele apontou o facão para mim. — Mas, se essa for a única chance de salvar a Aileen... — Guardou o facão no cinto e ergueu a chave. — Escute aqui. Não acho que você seja capaz de fingir tão bem. Se realmente ama a Aileen, salve-a, ou morra tentando. Você não vai querer viver em um mundo tão bonito sem ela. Fora que eu não vou deixar. Entendeu?

— É uma promessa.

Ele usou a chave para me libertar das algemas. Sem tempo para me sentir aliviado, girei os ombros para amenizar a dor e recolhi as correntes, vagamente ciente de que elas poderiam me ser úteis.

Assim, disparei em direção ao litoral. Surpreso, percebi o Velho Carrancudo me seguindo, e assenti para ele, grato pela ajuda.

— Ei, *kelpie* maldito, por que você não se transforma logo em um cavalo? — perguntou o Velho John, correndo com dificuldade atrás de mim.

Diminuí o passo e, com relutância, forcei-me a olhar para ele. Havia um detalhe que eu estava quase esquecendo.

— Eu tenho que te contar uma coisa, e acho que você não vai gostar.

Quando nós dois alcançamos os rochedos, passamos a caminhar com mais cuidado, esperando enxergar os *trowes* antes de sermos vistos por eles.

Tentei ignorar os resmungos do Velho John — algo sobre estarmos todos condenados — e reconhecer o lugar em que encontrei os *trowes* quando tentava recuperar a pele da Selkie.

— Deixe-me ver se entendi — disse o Velho John, abaixado ao meu lado entre as pedras. — Para resgatar a Aileen, precisamos entrar em uma caverna cheia de *trowes*, e tudo o que temos é você, que é só um humano inútil agora?

Antes eu era o Kelpie Maldito, agora eu era o Humano Inútil. Esse homem nunca estava satisfeito com nada.

— Mais alguma coisa que se esqueceu de me contar?

— Não — respondi prontamente, corando por ter um ou outro detalhe importante sobre mim e a Aileen que eu sentia que não era uma boa hora para contar. Então, gemi ao me lembrar de algo. — Sim.

— O que foi?

— Parece haver também um *faery* mais perigoso do que os *trowes*.

— Um *kelpie*?

— Pior.

Antes que o Velho John me contaminasse com mais negatividade, enxerguei o topo gosmento da cabeça de um *trowe* desaparecendo entre as pedras. Esgueirei-me naquela direção e o vi descer as pedras, em direção a um buraco que seria invisível a quem não soubesse exatamente onde procurar.

— Espero que, ao menos, tenha um plano — disse o Velho John, em uma ameaça entredentes. Talvez fosse a força do hábito.

Ainda não era um plano, pois os planos não eram o meu forte. Porém, eu tinha o esboço de uma ideia, e, para ela funcionar, eu teria que inverter a única habilidade em que sempre fui bom. Eu não era mais um *kelpie* fingindo ser humano. Agora, eu era um humano que precisava, desesperadamente, fingir ser um *kelpie*.

***

Enquanto o Velho John esperava escondido, eu comecei a descer as pedras na entrada da caverna. Mal havia dado alguns passos quando dois *trowes* perceberam a minha presença. Abandonei qualquer intenção de ser discreto, ergui o queixo e falei em alto e bom tom:

— Olá. Estou de mau humor. A cabeça de quem eu devo arrancar primeiro?

Ambos, com os olhos arregalados, titubearam por um instante. Fizeram menção de correr para dentro do corredor úmido que se estendia ao nosso lado. Mais ágil do que eles, corri e bloqueei sua passagem.

— Nem pensem nisso — eu disse, e inclinei-me em sua direção. Eles recuaram instintivamente, o que me deixou bastante satisfeito. — Então, correntes de ferro? Essa foi a ideia brilhante de vocês? Sou o *faery* mais perigoso desta ilha. Vocês achavam mesmo que estas correntes seriam capazes de me segurar?

O modo como os *trowes* buscavam por uma rota de fuga me dizia que a encenação estava funcionando. Eles ficaram impressionados. Para a maioria dos *faeries*, o toque do ferro deveria ser insuportável, e lá estava eu, usando correntes de ferro ao redor do pescoço como se fosse um colar pesado e grotesco. Tentei parecer o mais confortável possível, mas a verdade é que elas eram pesadas e estavam me fazendo suar.

— V-você não é o *faery* mais perigoso da ilha — disse um dos *trowes*. — E a ideia das correntes não foi nossa, foi dele.

— Oh, então eu preciso ter uma palavrinha com esse *faery* tão perigoso e que parece estar tão interessado na minha pessoa. Levem-me até ele.

Os dois se entreolharam e riram.

— Você não sabe o que está enfrentando, Kelpie burro!

Eles estavam certos.

— Mas vocês sabem o que estão enfrentando — eu disse, e dei o meu sorriso mais ameaçador. — Preferem que eu me livre dos dois agora e encontre o caminho por conta própria?

Muito solícitos, os dois mantiveram a cabeça abaixada ao passarem por mim para tomar a frente no corredor escuro. Eu os segui, torcendo para que o meu coração não fizesse eco naquelas paredes de pedra.

O caminho parecia estar sempre descendo, e logo os poucos raios de sol da entrada não nos alcançavam mais. Pelo jeito, era escuro demais até mesmo para os *trowes*, pois havia archotes rústicos acesos ao longo do túnel. Além de ter que prestar atenção nas pedras irregulares onde eu pisava, precisei andar um pouco abaixado, pois o teto não era muito alto.

Logo depois de uma curva, porém, o caminho se abriu em uma câmara mais ampla. O teto ficava vários metros acima de minha cabeça, e pedras pontiagudas pendiam dele, dando-me a impressão de estar dentro de uma grande boca cujos dentes se fechariam sobre mim a qualquer instante.

Estranhamente, ouvi a voz do rio ali dentro, abafada atrás das paredes. Por que isso? Aquelas galerias úmidas pareciam ter sido escavadas pela água, mas onde estaria ela?

Uma lembrança me ocorreu. No dia em que eu e a Aileen estivemos no Outro Mundo, eu havia visto uma passagem do rio bloqueada por uma pedra pelo lado de fora. Agora, eu tinha quase certeza de que a passagem se encontrava dentro daquela grande câmara.

Olhei ao meu redor, para as paredes e as irregularidades sombrias onde a luz fraca dos archotes não alcançava. A passagem deveria estar muito bem escondida.

O som de uma pedra rolando no corredor por onde tínhamos vindo fez com que os *trowes* se virassem para trás.

— Muito bem — eu disse, e minha voz foi amplificada pelo grande espaço fechado, sobressaltando aos *trowes* e até a mim mesmo. — Que tal me explicarem por que barraram a passagem do meu rio para este mundo?

— Foram ordens *dele* — disseram, sem nada acrescentar, e voltaram a caminhar.

— Preciso tirar umas satisfações com esse *faery*.

Olhei feio para trás. O combinado era que o Velho John me seguisse de longe em silêncio, mas, do jeito que as paredes daquela câmara faziam eco, talvez não tenha sido a melhor ideia dos mundos. Pelo menos ele parecia bom em se esconder, pois não consegui discernir sua silhueta entre as pedras do corredor.

Enquanto atravessávamos a câmara, chutei um pedaço de madeira. Apertei os olhos para enxergar melhor, e me dei conta de que eram destroços de barcos. Provavelmente haviam sido arrastados muito tempo atrás por um mar revolto que penetrou nas cavernas, em um encontro entre as suas águas salgadas e as águas do rio vindo do Outro Mundo. Considerei pegar uma das tábuas maiores e usar como arma, mas nenhum *kelpie* necessitaria daquilo, então abandonei a ideia.

Nós alcançamos a parede mais distante, e eu segui os *trowes* por um buraco estreito no chão. Ele dava em um caminho frio, de descida íngreme. Cheirava a ar úmido e parado. Conforme descíamos, fiquei grato pelo olfato humano não ser dos melhores, pois, naquele espaço fechado, a proximidade com os *trowes* teria sido insuportável.

Percebi que a descida chegou ao fim quando o *trowe* que ia à frente pulou uma pedra grande e saiu correndo para um espaço mais aberto. O segundo *trowe* o seguiu, e pude ouvir as suas vozes se afastarem, juntando-se a outras, anunciando a minha chegada.

Era agora. Inspirei profundamente e os segui.

Entrei em uma câmara ampla de teto alto. No centro do local, havia o que seria uma enorme ilha de pedra se a câmara estivesse inundada. E o que vi no topo dessa ilha assombraria os meus pesadelos para sempre.

— Seja bem-vindo, Kelpie — disse uma voz gélida como as profundezas escuras do mar, no idioma dos *faeries* da água.

— Demônio do Mar — sussurrei sem perceber.

Ele não tinha pele. Céus, ele não tinha pele!

Seus músculos úmidos e pulsantes eram completamente visíveis, assim como seu sangue escuro e venenoso correndo pelas veias. Eu não conhecia a sua forma verdadeira, mas a que tomava, quando no mundo dos humanos, era de um enorme cavalo com um tronco humano brotando do meio de suas costas, com proporções distorcidas. A boca era grande demais para sua cabeça, as narinas eram duas fendas. Um olho, vermelho, estava na cabeça humana, enquanto o outro estava na cabeça de cavalo. Ambos me fitaram, famintos, e a boca da cabeça de cavalo cuspiu o osso que mastigava e lambeu os beiços.

Eu poderia ter dado meia-volta e saído de lá correndo, se não tivesse ouvido a voz da Aileen.

— Kelvin!

Ela estava sentada dentro de uma pequena jaula improvisada com os restos de embarcações. Seu lábio estava cortado, e uma das bochechas parecia inchada. Senti o sangue pulsar quente em minhas veias, e me esforcei para manter a expressão neutra. Tive uma pontada de satisfação ao ver que um dos *trowes* que a guardavam estava blasfemando e apertando o nariz, que sangrava.

Ao me forçar a encarar o *faery* do mar à minha frente, não vacilei mais. Eu precisava tirar a Aileen dali.

— Estou surpreso, de fato — disse ele. — Não esperava que você viesse por vontade própria.

— E eu não esperava um Demônio do Mar se intrometendo em meus assuntos — repliquei no idioma dos humanos. Não queria que ele suspeitasse da minha pronúncia ruim do idioma da água, agora que eu era humano.

— Demônio do Mar? — Sua boca humana gorgolejou o que poderia ser um riso. — É um nome apropriado.

Esse era um dos nomes pelo qual eu ouvira falar de sua espécie. Havia poucos deles, e cada um recebia um nome diferente nas águas que dominavam. Nuckelavee era o mais poderoso deles, e vivia em águas distantes, mas outros eram referidos como *trowes* do mar ou como parentes dos *kelpies* — o que eu achava ofensivo.

— Não me importo com o seu nome — eu disse.

Por favor, que ele não se ofenda. Por favor, que ele não se ofenda.

— Vim aqui tirar satisfações com o *faery* que roubou a minha presa — continuei, e acenei com a cabeça em direção a Aileen, sem olhar para ela. Ele ainda não havia me matado, o que era um bom sinal. — Mas, ouça-me bem — eu disse, erguendo um pouco a voz para que até alguém escondido no túnel atrás de mim pudesse ouvir. — Mais importante do que isso, você andou mexendo no meu território. Mandou esses *trowes* estúpidos tamparem a passagem do meu rio para este mundo, e eu não vou tolerar que continue interferindo em minhas águas.

As bocas do Demônio do Mar estavam com os dentes à mostra, e eu esperava que fosse um indício de que ele estava achando graça.

— Só não movi aquela pedra e inundei o lugar porque tem algo que eu quero. Levei um tempão para conseguir seduzir essa humana, e agora seus *trowes* a roubam? Vim pegá-la de volta.

— O que você pretende fazer? — Novamente, o som gorgolejante. Era mesmo uma risada. — Nos obrigar a devolvê-la?

Sorri. O sorriso confiante mais forçado da minha vida.

— A minha companheira *kelpie* está aguardando do outro lado da pedra, no Outro Mundo. Se não me devolver a minha presa, eu falarei para ela inundar o lugar. Você, *faery* do mar, não suporta água doce, quanto mais água corrente, não é?

Essa era uma fraqueza comum à maioria dos *faeries* da água. Era por isso que a Banshee me aconselhara a ficar perto dos rios.

Sem parecer nem um pouco abalado pela minha ameaça fajuta, o Demônio do Mar fez um gesto com seu braço humano.

— Vocês dois, cuidem disso — disse, e dois *trowes* obedeceram, correndo em direção ao corredor, provavelmente para impedir minha companheira *kelpie* imaginária.

Então, o Demônio do Mar voltou a olhar para mim com olhos famintos.

— Foi um erro entrar aqui, Kelpie. Quer saber por que eu vim de tão longe para esta ilha odiosa, em que chove tanto que mal consigo sair para a superfície? É porque ouvi dizer que aqui, neste ilha, havia um *kelpie* que ainda não tinha partido para Tir nan Og. — Minha pele se arrepiou. Ele sabia sobre mim? Sei que sou bastante interessante, mas ninguém nunca veio me ver por isso. — Já cacei inúmeras espécies, mas nunca consegui capturar um *kelpie*, já que vocês vivem dentro dos rios. — De sua bocarra de cavalo, começou a pingar saliva no chão. — Eu me pergunto... Que sabor a sua carne tem?

Um monstro do mar com gosto peculiar por *kelpies*. Eu sabia!

Ele não tinha interesse nos humanos. Acho que eu deveria me sentir mais lisonjeado por ele ter vindo de tão longe por minha causa, mas só consegui sentir calafrios.

Pelo canto dos olhos, vi os *trowes* obedecerem a um comando silencioso do Demônio do Mar. A maioria deles se posicionou na frente da saída, bloqueando o meu caminho, enquanto outros permaneceram guardando a jaula da Aileen. Eles estavam do lado do Demônio do Mar, mas exalavam medo. Aquele era um *faery* devorador de outros *faeries*, e nenhum de nós, nem mesmo unidos, era páreo para ele.

— Já que você veio até mim de tão boa vontade — continuou o Demônio do Mar —, vou lhe conceder uma chance. Temos você, e temos a humana.

Seus olhos vermelhos arderam sobre nós com um prazer doentio.

— Só um dos dois sairá daqui com vida.

Capítulo XXV

Então, ele era do tipo que gostava de brincar com a comida. Que ótimo.

— Você quer dizer que um deve matar o outro? — indaguei, e forcei um riso. — O resultado é meio óbvio.

— Vejamos.

Um dos *trowes* abriu a jaula da Aileen e a puxou para fora. Ele a segurou firme para que outro *trowe*, com uma adaga enferrujada, cortasse as cordas que prendiam as mãos dela.

Assim que se viu livre, ela começou a correr em minha direção.

— Kelvin!

Meu peito se apertou, e trinquei os dentes. Eu precisava jogar fora qualquer indício de sentimento.

— Ainda me chamando por esse nome, Humana? Que patético.

Ela parou tão bruscamente que quase escorregou.

— O quê?

Olhei-a nos olhos, com a frieza de um rio congelado.

— Vou te fazer pagar por tudo o que me fez passar — eu disse, e comecei a me mover lentamente.

— P-pare com essa brincadeira — disse ela, respondendo ao meu movimento, e começamos a fazer um círculo, com ela se afastando de mim. — Eu não vou matar você.

— Ah, não? — Eu ri. — Queria vê-la tentar. Para mim, matar humanos é tão fácil quanto respirar. Aliás, matar os outros humanos foi fácil até demais, quase não teve graça. Queria que você tivesse visto a expressão deles, pouco antes de morrerem, quando eu lhes contei o que faria com você...

— Para com isso!

— E eles gritaram pelo seu nome enquanto a água entrava em seus pulmões...

— É mentira! Eu não acredito em você, você não é assim!

Soltei um riso de escárnio.

— Eu é que não acredito! Demorei esse tempo todo para seduzi-la, mas parece que fiz um bom trabalho. — Olhei-a de cima a baixo. O corpo dela tremia, mas eu me forcei a continuar. — Você acreditou mesmo que eu amaria uma humana, um pedaço de carne? Acreditou mesmo que eu poderia amar você?

Ela balançou a cabeça, derrubando as lágrimas.

— V-você... Não... Não pode ser...

— Vamos acabar logo com isso, Humana.

Avancei em sua direção, e ela tentou fugir, mas eu fui mais rápido. Agarrei-a por trás, e ela chutou com as pernas no ar. Segurando-a firme, comecei a enrolar as correntes em torno dela. Assim, os *trowes* não poderiam tocá-la.

Seguindo alguma ordem do Demônio do Mar, um *trowe* se aproximou de minhas costas com a adaga. Eu não podia expor a Aileen, então fingi não percebê-lo, e deixei escapar um grito quando a lâmina abriu um corte fundo em minha perna.

Eu havia entendido. O Demônio do Mar não tinha interesse na Aileen, e pretendia fazer com que o jogo terminasse no resultado em que eu morria. E eu lhe era imensamente grato por isso.

Apertei o corte com as mãos, e a Aileen se afastou de mim. O *trowe* jogou a adaga aos pés dela.

— Kelpies não são imortais, sabia? — disse o Demônio do Mar. — Ele deve morrer se você enfiar essa faca em seu coração. É claro, você pode também esperar que ele a enfie no seu.

Nós olhamos um para o outro. Então, corremos para a adaga, e deixei que a Aileen a alcançasse primeiro. Ela a ergueu no ar, e eu segurei o seu braço. Não queria machucá-la, mas a empurrei. Perdendo o equilíbrio, ela tropeçou para trás e quase caiu em cima dos *trowes* que estavam guardando a saída. Eles correram para longe, abrindo espaço, pois não queriam ser tocados pelas correntes de ferro.

Aileen se apoiou na parede para se levantar, ofegante e suada, e deixou as correntes escorregarem para o chão.

— Hora de acabar com isso — eu disse.

Corri em sua direção. Ela ergueu a adaga em frente ao seu corpo, apertando seu cabo com força. Eu estava prestes a colidir contra ela.

Trocamos um olhar.

— Agora! Corra!

Aileen se virou e correu para o túnel, ao mesmo tempo que

peguei as correntes de ferro e a segui. Os *faeries* demoraram um segundo a mais para entender que estávamos fugindo pela passagem livre.

— Atrás deles!

Cada um de nós pegou uma das pontas da corrente e a prendeu de um lado do corredor, deixando-a atravessando a passagem.

— Vá! Vá! — gritei, logo atrás da Aileen.

Corremos pelo túnel escuro, subindo, escalando as pedras. Eu esperava que as correntes atrasassem os *trowes*, mas sabia que não seria por muito tempo.

Minha perna ferida fraquejou, e eu quase caí.

— Você está bem? — Aileen perguntou, olhando para trás.

— Não se preocupe comigo, não pare!

Chegamos a uma subida mais íngreme. Ultrapassei a Aileen para ir à frente e ajudá-la a escalar. Ela me passou a adaga e aceitou a minha mão. Quando a puxei para cima, virou-se para mim com um olhar furioso.

— Por acaso era para eu acreditar em alguma parte daquela encenação ridícula?

— O quê? — perguntei, e continuei a subir. — Não! Eu sabia que você confiaria em mim e atuaria de acordo. Lembra-se de quando você pegou o brinquedo na casa da mãe do Donnchadh? A ideia era enrolar com um monte de asneiras, pegar o que eu queria, e dar o fora. — Alcancei uma parte mais plana do corredor e ajudei a Aileen a subir. Puxei-a para perto de mim, e pude olhá-la nos olhos. — Na última vez que subestimei você, acabei preso a um contrato, lembra?

A Aileen não disse nada, mas, mesmo na situação em que nos encontrávamos, vi um sorriso em seus olhos, e ela apertou a minha mão com mais força.

— Eles estão ali — um *trowe* gritou atrás de nós.

Voltamos a correr o mais rápido que conseguíamos, mas o caminho era irregular e eu estava ficando cada vez mais lento por causa do corte na perna.

— Se o Demônio do Mar vier — eu disse, ofegando —, não teremos chance. Precisamos desbloquear o rio. Assim, ele não poderá nos seguir.

— Você sabe mesmo onde fica a passagem do rio? — perguntou Aileen, ao alcançarmos o buraco para a grande câmara. — Não tem *kelpie* nenhuma lá, certo?

— Não — respondi, enquanto lhe oferecia apoio para subir. — Mas acabei de usar aquele seu plano de quando você me ajudou a encontrar a pele da Selkie.

— De quando eu o quê?

Uma mão puxou a Aileen para cima e eu a segui de imediato.

— Tio John!

Eles se abraçaram rapidamente, e o Velho John sorria.

— Você me ouviu quando eu falei da passagem do rio? — indaguei.

— Sim. Antes de eu pegar os dois *trowes* de surpresa, eles ficaram inspecionando aquela pedra grande ali.

O Velho John apontou para uma pedra encostada à parede próxima à saída daquela câmara. Nesse momento, as vozes dos *trowes* estavam chegando perto.

— Eles estão vindo!

Em vez de correr, a Aileen me passou uma placa grossa de madeira dos destroços, e eu entendi na hora. Usei-a para tampar o buraco, e o primeiro soco que o *trowe* deu na madeira quase me fez voar, mas consegui manter a passagem fechada.

— Vocês dois vão na frente! — eu disse, colocando todo o meu peso contra a madeira. — Rápido!

— Mas... — protestou Aileen.

Segurei o impacto de mais um golpe contra a madeira. Eu não aguentaria por muito tempo.

— A força de dez cavalos, lembra? — Mostrei-lhe um sorriso encorajador. — Não se preocupe comigo. Vá logo.

O Velho John, de sobrancelhas franzidas, abriu a boca como se fosse me desmentir, mas eu o calei com um olhar. A decisão era minha.

Ele compreendeu e puxou a Aileen pelo braço.

— Vamos!

Vi os dois correrem até alcançarem o túnel úmido e saírem da minha vista. Eu precisava segurar os *trowes* até que a Aileen e o John chegassem à superfície.

Meus dentes tremeram com mais um impacto, e a madeira velha rachou. Ela não aguentaria a próxima investida. Soltei-a e corri até a pedra que barrava o rio, próxima ao túnel. Joguei o meu peso contra ela com todas as minhas forças, escorregando com o sangue que escorria da minha perna. A pedra não se moveu. Era grande demais.

Os destroços da madeira voaram com um estrondo, e os *trowes* entraram na câmara. Desisti da pedra e me postei em frente ao túnel. Precisava, ao menos, atrasá-los.

— Finalmente vamos acertar as nossas contas, Kelpie — disse o líder dos *trowes*. Os outros se posicionaram ao seu lado, parecendo irritantemente contentes com a situação.

— Querem parar de me chamar assim? — Bufei.

— Peguem ele!

Ataquei com a adaga ao meu redor, tentando mantê-los longe. Porém eu estava cercado. Pularam para cima de mim ao mesmo tempo. Acertei um com a adaga, arrancando-lhe gritos, mas alguém me atingiu por trás. Caí no chão. Porcaria, como foi que eu cortei a mim mesmo?

Morderam a minha mão, e soltei a adaga. A luta já estava perdida, mas eu iria causar o máximo de dor que conseguisse.

Um dente podre de *trowe* voou. Golpeei cegamente em meio àquela massa de *trowes*, mas alguém fincou as unhas no corte em minha perna. Gritei, e um soco em meu estômago tirou-me todo o ar.

Dobrei-me no chão, lutando para respirar, e me puxaram pelos cabelos para que eu levantasse a cabeça. Era isso, eu havia sido dominado mais rápido do que minha dignidade gostaria.

Eles seguraram os meus braços para trás, e o líder fez com que eu olhasse o seu rosto bem de perto, o que eu achei maldade desnecessária.

— Espero que o Demônio do Mar não se importe se o entregarmos já semimorto — disse ele, e ergueu o punho no ar.

Fechei os olhos e ouvi um grito atrás de mim.

— Ei! Tirem as mãos do meu noivo!

Um golpe de rastelo atingiu o *trowe* no rosto, e ele caiu para trás, apertando com as mãos onde o ferro o queimara. Aileen balançou o rastelo ao nosso redor feito louca, fazendo com que os demais se arrastassem para longe de seu alcance imediatamente.

Da direção do túnel, ouvi o som de várias pessoas correndo, e os homens da vila apareceram na entrada portando instrumentos do campo como armas.

— Ali estão eles! — ouvi o Brownie gritar de cima do ombro do Dr. Beaton. O pai e o tio da Aileen o seguiam, assim como outras pessoas, incluindo até mesmo o Desagradável Donnchadh.

A equipe de resgate guiada pela Aileen no alcançou e se postou ao nosso redor, mantendo os instrumentos apontados para os *trowes*. Com os olhos fixos nas pontas de ferro, os *faeries* se mantiveram a distância, parecendo atordoados com a chegada de metade de uma vila em sua caverna.

— Você está bem? — perguntou-me Aileen, ajudando-me a me levantar.

— Você ficou maluca? — eu disse, e a abracei com força. — Era para você ter fugido!

Eu amava aquela garota. Teria buscado os lábios dela ali mesmo, se não fosse a pior hora possível, com um pequeno exército de camponeses ao nosso redor. Eles encaravam o bando de *trowes* que estavam parados a uma distância segura, tão amedrontados pelos instrumentos de ferro quanto os humanos estavam por se depararem com *faeries* pela primeira vez. Ninguém parecia saber bem o que fazer. Então, um estrondo ecoou pelas cavernas, seguido de um rugido enfurecido.

— Ele está vindo — percebi, para meu horror. Estávamos sem tempo. Juntei fôlego e gritei para os homens ao meu redor: — Precisamos empurrar aquela pedra! Rápido!

Não havia tempo de lhes explicar o motivo, mas eles entenderam a urgência em minha voz. Vários deles se juntaram a mim e começaram a fazer força para tirar a pedra do lugar.

Antes que fizéssemos qualquer progresso, outro urro se seguiu ao primeiro, e a terra começou a tremer. Ouvimos o barulho de pedras rachando, e um braço vermelho, sem pele, surgiu do buraco do outro lado da câmara. Suas unhas compridas rasgaram um *trowe* que não saiu do caminho dele a tempo. Um grotesco tronco humano começou a se espremer para fora, com o olho flamejante sobre nós.

— Corram! — alguém gritou.

A caverna tremeu com mais força. Humanos e *trowes* começaram a correr para a saída, enquanto as pedras do teto se espatifavam no chão. Um homem foi atingido e caiu.

— Não! Continuem empurrando! — gritei, tentando sobrepor a minha voz aos gritos e ao som das pedras atingindo o chão.

Alguns dos homens que me ajudavam haviam fugido, muito sabiamente. Os que permaneceram, entretanto, passaram a empurrar com uma nova força surgida do pânico.

— Não parem de empurrar, seus malditos! — gritava o Velho John. — Não parem!

A pedra cedeu um pouco, e jatos de água começaram a esguichar sobre nós.

O Demônio do Mar rugiu furioso ao perceber o que estávamos fazendo. A caverna tremeu com ainda mais violência, e mais pedras atingiram o solo.

— Corram! — ordenou John. — Vai desmoronar!

Peguei a mão da Aileen e corremos para a saída. Ouvi um barulho diferente, e olhei para trás a tempo de ver o rio se encarregar de abrir o seu próprio caminho. Terminou de empurrar a pedra e jorrou com violência pela caverna. Suas águas doces atingiram o Demônio do Mar, que soltou um grito lancinante com as suas duas bocas. Quase deixei escapar um grito de vitória, mas uma pedra pontiaguda caiu a centímetros de mim e me lembrou de acelerar o passo.

— Não parem! Não olhem para trás! — gritou o Velho John.

A luz da saída já era visível, e nós estávamos correndo para ela quando perdemos o equilíbrio. O mundo pareceu desabar com um estrondo ensurdecedor, e caímos no chão com o impacto. A poeira nos envolveu, e não enxerguei mais nada.

Pedras menores caíram ao nosso redor, mas o rugido das águas e das pedras pontiagudas caindo na câmara atrás de nós ficou abafado. No chão, senti os tremores da terra diminuírem. Ao nosso redor, tudo havia, estranhamente, se acalmado. Alguém tossiu com a poeira.

— Aileen, você está bem? — perguntei, levantando-me.

— Estou sim — respondeu ela, ofegando bem ao meu lado. — Papai? Tio John?

— Estamos bem.

A poeira começou a abaixar. Atrás de nós, o teto havia desabado. A passagem para a caverna do Demônio do Mar havia sido completamente bloqueada – com sorte, para sempre. Não ouvíamos mais os rugidos do *faery*, e apenas uma vibração contínua denunciava a força das águas inundando as cavernas abaixo de nós.

Então, ouvi a voz do Brownie mais à frente.

— Venham! É por aqui!

Tateamos o nosso caminho naquela direção, tropeçando nas pedras soltas, e saímos para a luz do dia. Pisquei, cego pela claridade, e senti várias mãos nos ampararem para chegarmos ao lado de fora.

As pessoas abraçavam umas às outras e procuravam pelos entes queridos. Todos estavam cobertos de poeira, e alguns exibiam ferimentos por causa do desabamento. O Desagradável Donnchadh dava apoio para um homem que tinha a perna virada em um ângulo não natural. Um corpo inerte era arrastado para fora da caverna, e o Dr. Beaton corria até ele para examiná-lo.

— Você está bem? — uma mulher perguntou ao Desagradável. — O que aconteceu? Só me disseram que o Dr. Beaton mandou todo mundo pegar ferramentas de ferro e correr para acudir a Aileen...

Ele deixou que a mulher o ajudasse a apoiar o homem com a perna quebrada.

— Não sei bem — respondeu ele. — Quando encontramos a maluca perto dos rochedos, ela arrancou o rastelo da minha mão e saiu correndo para as cavernas...

Sorri, pois teríamos uma longa história a explicar.

Aileen ainda estava de mãos dadas comigo. Ela tentava recuperar o fôlego e, ao mesmo tempo, convencer seu pai de que estava bem. Suspirei, aliviado. Aileen estava descabelada e suada, e totalmente coberta com a poeira, mas, fora alguns machucados leves, parecia bem. Nós dois estávamos imundos, mas a salvo.

Então, percebi que estava me sentindo engraçado, muito zonzo.

— Kelvin? — ouvi a voz da Aileen me chamar, distante. — Dr. Beaton, ele está sangrando!

Eu ia dizer alguma coisa, e tenho quase certeza de que tinha a ver com um banho, mas, nessa hora, minha visão escureceu.

**

Estava tendo um sonho esquisito sobre um Demônio do Mar nadando em um rio de mingau. Quando abri os olhos, vi que o cheiro de comida vinha da realidade, pois a Aileen comia mingau sentada ao meu lado.

— Eu também quero — grunhi, um pouco grogue.

— Você acordou!

Não era bem verdade, pois eu ainda não estava completamente acordado. Onde estávamos? Ao me levantar para sentar, meu corpo doeu em vários lugares diferentes.

— Ai.

Minha perna estava enfaixada, e eu tinha uma nova coleção de hematomas. Olhei ao redor, e percebi que eu estava deitado em um colchão de palha na saleta do Dr. Beaton. A mesinha e os bancos haviam sido retirados de lá para abrir espaço.

— O que aconteceu?

Aileen se aproximou mais e me abraçou.

— Você andou perdendo sangue, e não comia nada há um bom tempo. Precisa cuidar melhor do seu corpo agora que é humano.

Surpreso, afastei-me um pouco para olhá-la nos olhos. Ela sorriu.

— Eu, meu pai, o tio John e os Beaton tivemos uma longa conversa enquanto você dormia. — Ela imitou a voz deles. — "Como assim, ele é humano agora, Sra. Beaton?". "Como assim, ele não matou o Angus, John?", "Como assim, um *brownie* te avisou, Dr. Beaton?". — Ela riu, e tirou um pedaço de palha do meu cabelo. — Foi uma conversa engraçada.

Sorri para ela, para aqueles olhos verdes como os campos. Toquei seu rosto, onde um hematoma mudava de cor. Parecia irreal. Nós dois estávamos ali, vivos, juntos. Entrelacei meus dedos nos dela, e estava prestes a beijá-la, quando alguém pigarreou à porta. Era o pai dela.

— Ah, olá — eu disse, soltando a mão da Aileen na mesma hora. — E-eu... Nós...

Ele cruzou os braços e me encarou com uma expressão séria.

— Você acabou de enfrentar um bando de *trowes* e sei lá mais o quê — disse ele. — Isso não deveria ser tão difícil. Respire fundo e me peça a mão da Aileen de uma vez.

Era muita pressão para alguém que acabou de acordar.

— Nós dois... Eu... Eu quero me casar com a Aileen, e... — Olhei para ela, implorando por socorro. Infelizmente, ela não me ajudou em nada, e estava quase rindo da minha cara, pois eu não tinha a menor ideia de como se fazia isso. — O senhor concorda?

Ele deu um riso bem humorado.

— Foi o pior pedido que já ouvi — disse, e se virou para a sua filha. — Tem certeza?

— Sim — disse ela.

— Então, vai ter que servir. Vocês dois têm a minha bênção. — Ele deu um passo à frente e apertou a minha mão. — Faça-a feliz, filho.

Voltei a respirar, e a Aileen abraçou o seu pai. Ele sussurrou desejos de felicidade em seu ouvido, e deixei que os dois conversassem entre si.

— Não se esqueça de me convidar para o casório, heim? — ouvi uma voz aguda dizer, vindo da estante.

— Como se você fosse deixar eu te esquecer.

O Brownie estava sentado em uma das prateleiras, balançando as pernas no ar. Em suas mãos enfaixadas, havia um dedal de cerveja.

— Ah, sim. Obrigado, Brownie. Eu não estaria aqui se não fosse por você.

O pequeno *faery* enfiou a cara dentro do dedal.

— É claro — disse ele, e limpou a garganta. — O que seria de você sem mim? — Então, ele deu o seu sorriso torto de sempre. — Está me devendo uma, seu ex-*kelpie* maluco. Você vai me ajudar a alcançar os lugares altos da maior faxina que aquela fazenda já viu, entendeu?

O pai da Aileen estava nos observando, e balançou a cabeça levemente.

— É seu primeiro dia como humano, e já vai entrar para a sociedade como um maluco que fala sozinho.

Eu ia perguntar o que ele queria dizer com aquilo, mas ouvi um burburinho de vozes no cômodo ao lado. Pareciam ser várias pessoas.

— O que está havendo ali? — perguntei.

— Estão todos curiosos — disse Aileen. — Afinal, um forasteiro misterioso enfrentou, sozinho, um bando de *trowes* para salvar uma garota da vila, e ainda derrotou o *faery* maligno que estava causando a doença das plantações e dos animais da ilha.

Franzi as sobrancelhas.

— Estou confuso. Não foi você quem fez tudo isso? Enfrentou os *trowes*, salvou a minha pele, e bolou o plano que eu usei para fugirmos do Demônio do Mar?

Antes que esclarecêssemos essa questão, o Dr. Beaton apareceu na porta.

— Que ótimo! Está acordado! Está se sentindo bem? Bom, muito bom, tenho muitas perguntas a lhe fazer sobre os *faeries* do mar, mas, agora... O Sr. McNeil quer ter uma palavrinha contigo, será que se importa?

Sem esperar por uma resposta, o Proprietário entrou na saleta, seguido pela Sra. Beaton e Ferris. O Velho John permaneceu na porta, e havia mais camponeses espiando por cima do ombro dele. O pequeno cômodo ficou lotado de repente.

— Muitíssimo bom dia, ilustre forasteiro! Meu nome é Donald McNeil, e sou dono de boa parte das terras da região. É um prazer conhecê-lo — disse o Proprietário, sem saber que eu já o conhecia, embora na forma de cavalo —, senhor...?

Ele estendeu a mão e parecia estar esperando que eu me apresentasse.

— Hã... Kelvin — eu disse, e aceitei o seu aperto de mão.

— Kelvin Rivers — completou a Sra. Beaton.

Sorte minha o Proprietário não ter percebido a confusão em meu rosto.

— E pensar que o primo em segundo grau da Sra. Beaton fosse se envolver em uma confusão dessas ao visitar a nossa vila... — continuou ele, e a Sra. Beaton me lançou uma piscadela cúmplice. Sorri discretamente, grato por ela ter inventado essa explicação, e honrado em ser considerado parente dela. — Foi corajoso de sua parte salvar a jovem senhorita McAulay.

Aileen e eu estávamos de mãos dadas, e o Proprietário não conseguiu disfarçar o momento em que percebeu que parecíamos íntimos demais para quem havia acabado de se conhecer. Ele lançou um olhar indagador e nada discreto na direção do Ferris, como se estivesse morrendo de vontade de perguntar algo.

— O senhor deve ter ouvido falar... — disse Ferris. — Foi um mal entendido. Eu havia bebido um pouco além da conta no festival, e não encontramos a oportunidade de desfazer aquela confusão. Nós não estamos noivos.

— Oh — disse o Proprietário, arregalando um pouco os olhos. — Quero dizer... — corrigiu-se, pigarreando. — Eu estava dizendo que estamos muito agradecidos pelo que você fez, meu jovem. Não só pela Srta. McAulay, mas também porque os homens que estiveram na caverna disseram ter visto um Demônio do Mar.

Algumas pessoas no cômodo ao lado assentiram e murmuraram, fazendo o sinal da cruz.

— Aquele *faery* — disse o Dr. Beton, mais empolgado do que seria apropriado — é conhecido por trazer maldições para as plantações e criações de animais quando se zanga com os humanos por queimarem algas. O hálito venenoso dele, quando começou a urrar, tinha o mesmo cheiro que se espalhou pelas fazendas nestes últimos dias, você reparou?

Balancei a cabeça. Acho que estava muito ocupado tentando não morrer para perder tempo divagando sobre o hálito dele.

— Exatamente — disse o Proprietário. — Graças a você, a maldição se foi. Se tiver alguma coisa, qualquer coisa, que eu possa fazer para demonstrar nossa gratidão, é só pedir.

Qualquer coisa? Bom, era generoso da parte dele, mas eu estava vivo, a Aileen também, e estávamos juntos. Não sei o que mais eu poderia querer.

— Não precisa se incomodar. Para início de conversa, estão dando os créditos para a pessoa errada, e... — comecei a dizer. Então, lembrei que havia sim algo que eu poderia pedir. — Espere, posso mesmo fazer um pedido?

— Mas é claro.

— A maldição se foi, certo? — Virei-me para a Aileen. — Mas qual a situação da colheita desta estação?

— Imagino que as plantas parem de adoecer — disse ela. — Mas as que já foram afetadas serão perdidas.

— E nós perdemos um ótimo cavalo — murmurou o pai dela.

Senti na pele os olhares curiosos das pessoas à minha volta. Respirei fundo, pois essa era uma oportunidade que eu não poderia perder.

— Sr. McNeil — eu disse, orgulhoso por ter me lembrado do nome de verdade dele —, eu peço que ainda não substitua as fazendas por criações de ovelhas. Dê-nos mais uma chance, um contrato mais curto, se for preciso. Podemos marcar uma reunião para discutir um plano para o próximo ano.

O Proprietário ficou parado, com a boca formando um "o" surpreso.

— Não é o que eu estava esperando... É um pedido válido, mas... Um plano? Você tem um plano?

— Não, de jeito nenhum. Mas Aileen tem. — Virei-me para ela. — Tenho certeza de que ela pode lhe apresentar um plano para aumentar a produtividade das fazendas e cobrir o prejuízo desta colheita. O meu pedido é que você a escute de verdade. Que lhe dê uma chance.

Aileen se recuperou rapidamente da surpresa e assentiu para o Proprietário.

— Eu posso fazer isso — disse ela, com um brilho no olhar.

— Tudo bem — disse o Proprietário. — Vou ouvir o que a jovem senhorita tem a dizer. Venham me visitar para discutir os detalhes assim que você se recuperar.

As pessoas da vila que escutavam na sala ao lado começaram a falar alto, empolgadas com a novidade. Elas teriam mais uma chance. Mais uma oportunidade para batalhar pela terra em que viviam.

— Você é um homem bastante peculiar, Sr. Kelvin Rivers — comentou o Proprietário.

Então, o Velho John, que estivera quieto na porta esse tempo todo, soltou um riso curto.

— Ele é — concordou, lançando-me um olhar que, pela primeira vez, não era de ódio. Era de reconhecimento. — Um homem peculiar.

Ele acenou levemente para mim e virou de costas para sair.

— Haha — riu o Brownie, invisível a todos. — Isso sim me impressionou. Você fez o velho e carrancudo John acreditar no impossível.

Eu contive um sorriso e olhei discretamente para onde estava o Brownie. Porém, estranhamente, percebi que não era o único olhando para aquela direção. Em vez de sair, o Velho John havia se virado para nós, e fitava as estantes com os olhos arregalados, como se ele tivesse visto um fantasma. Os outros na sala murmuraram entre si, sem entender o que se passava.

O Velho John tirou o chapéu — aquele mesmo que era escondido em lugares estranhos uma vez por semana — e o encarou em suas mãos como se o visse pela primeira vez. Então, voltou a olhar para a estante. Para o Brownie.

— Bowie...? — chamou ele, com a voz trêmula.

— Quem mais eu seria? Seu velho lerdo.

Epílogo

Era uma linda manhã de início de primavera. Eu estava sentada debaixo da minha árvore favorita, às margens do rio que percorre a nossa vila.

Um xale inacabado jazia esquecido na sacola ao meu lado. O brilho do sol sobre as águas estava tão bonito que eu precisei cantar. Cantei uma antiga canção de amor, entregando-me à música, e só voltei à realidade quando errei feio uma das notas mais altas. Eu ri. Pelo menos ninguém estava ouvindo.

Ouvi um barulho de passos atrás de mim, e, quando me virei, encontrei um grande cavalo negro caminhando em minha direção.

Fui até ele.

— Olá — eu disse, acariciando o seu pescoço ao mesmo tempo em que analisava os seus músculos fortes. — Acho que já vi esta cena uma vez.

— Mas eu era mais bonito do que ele.

Ergui a cabeça, rindo. O meu marido trazia uma garotinha de cabelos escuros no colo.

— Mamãe!

— Se divertiram no mercado? — perguntei, abrindo os braços para ela.

Beijei os dois, pegando a nossa filha no colo, e voltei a analisar o cavalo de tração. Considerando o dinheiro que nós tínhamos, parece que conseguiram fechar um bom negócio.

— Eu era, não era? — Kelvin insistiu, fazendo-me rir.

Virei-me para olhar diretamente para os seus olhos escuros e doces. Ele era inumanamente bonito, mas estava com ciúmes de um cavalo. *Tenha a santa paciência*, pensei, contendo o riso.

— Claro que era, seu bobo. Você comprou um cavalo negro só para fazer algum tipo de piada?

— Foram a Kyna e o tio John que escolheram — respondeu ele, afagando os cabelos dela. — Não deixe eles darem o meu nome para ele, por favor. Seria muito estranho.

— Pode deixar — respondi, rindo.

Já fazia algumas primaveras desde que um magnífico cavalo negro se aproximara de mim às margens deste mesmo rio, mudando as nossas vidas para sempre. Mesmo agora, os *faeries* ainda estavam presentes no nosso dia-a-dia, como as *selkies* que nós víamos nadando ao longe no oceano, ou o Brownie que, junto com o tio John, entretinha a pequena Kyna com histórias que ela ainda não compreendia, mas já amava.

A maioria dos *trowes* parecia ter fugido para o Outro Mundo depois do desmoronamento das cavernas, e raramente nos causavam problemas. Em noites de tempestade, entretanto, quando as águas do rio e do mar ficavam agitadas, podiam-se ouvir uivos sombrios vindo dos rochedos. Muitas pessoas os creditavam ao vento, enquanto outras diziam ser o Demônio do Mar preso nas profundezas da terra, entre o mundo dos humanos e o dos *faeries*, esperando por uma chance de voltar.

Recentemente, entretanto, eu havia reencontrado outro *faery* da água.

— Ah, eu vi aquela *kelpie* fêmea hoje de manhã — comentei.

— O quê? — Kelvin perguntou, alarmado. Olhou-me rapidamente, como se para se certificar de que eu estava inteira. — O que ela queria?

Eu também havia ficado receosa quando a vira, e até tentei fugir. Porém, ela só queria conversar. Nunca a perdoei pelo que ela fez, mas a *faery* havia mantido a promessa de não caçar mais naquela região, e não me queria mal. Aparentemente, ela só estava curiosa. Havia visto o Kelvin como humano, e queria muito me conhecer e ouvir a nossa história.

— Relaxa, foi só uma conversa entre garotas. Ela disse que está partindo para Tir nan Og e nos mandou votos de boa sorte.

— Bom, isso é bom — disse ele, ainda um pouco preocupado. — Mas fique mais cuidadosa com cavalos negros perto de rios, está bem? — Então, ele tocou o nariz da Kyna, fazendo-a rir. — E você também, mocinha. Pode ser um *kelpie* pronto para te capturar.

— Não se eu o capturar primeiro — brinquei, dando-lhe um beijo. — Agora, que tal irmos nos preparar para a reunião com o Sr. McNeil? Estou ansiosa para assinar o contrato novo.

Kelvin me deu aquele sorriso carinhoso que sempre fazia o meu peito se aquecer. Então, começamos a voltar para a nossa casa, para continuar a viver nossa vida humana, que podia não ter a garantia de beleza e juventude eternas, mas tinha mais amor do que éramos capazes de expressar.

Entre os humanos, era isso que nós seríamos: apenas uma família feliz de uma pequena ilha isolada. Porém, em Tir nan Og, uma *faery* da água contaria a verdade a todos que quisessem ouvir uma bela história. De geração em geração, o povo *faery* a passaria adiante, e, como *faeries* e humanos podem estar mais próximos do que se imagina, talvez ela alcance ouvidos humanos novamente.

Assim, um dia, sob as estrelas de uma noite de verão, as pessoas se reunirão ao redor do fogo para contar a velha lenda de um *kelpie* que se apaixonou por uma garota humana.

Fim

Agradecimentos

Obrigada à minha irmãzinha Taty, que leu a primeira versão da história do Kelpie e ficou ao seu lado quando eu estava sendo malvada com ele. Aquelas madrugadas em Santos, lendo e trocando ideias sobre as histórias uma da outra, foram muito especiais para mim.

Obrigada ao editor Erick Sama pela capa maravilhosa e pela oportunidade de compartilhar esta história com mais leitores. Publicar um romance pela Draco é um sonho para mim. Admiro demais o trabalho que você faz pela literatura nacional, e é uma honra trabalhar contigo.

Obrigada a Eduardo Kasse e Karen Alvares, meus veteranos na Draco que me incentivaram na época do lançamento do meu primeiro conto. Uma palavra de apoio de autores que admiro significou muito para eu acreditar que posso seguir em frente.

Obrigada à talentosa Sheila Lima Wing pela amizade e apoio. Aprendo muito com você.

Obrigada a Laís Manfrini pela leitura crítica com importantes observações sobre o manuscrito. E obrigada a Ana Lúcia Merege, cujo parecer crítico me fez confiar mais em meu trabalho e também prestar atenção em detalhes que me escaparam. Continuarei me esforçando em melhorar a minha escrita.

Por fim, obrigada aos meus pais. Sempre e por tudo.

Este livro foi impresso
em papel pólen bold na
Renovagraf em julho de 2017.